用阿拉伯語說臺灣文化

福爾摩沙探索之旅

الثقافة التايوانية بالعربية

رحلة إلى فورموزا

國立政治大學

馬穆德 (محمود طلب عبد الدين)、**傅怡萱** (إي شوان فو) 編著

蘇怡文 (إي ون سو) 審訂

緣起

　　國立政治大學外國語文學院的治學目標之一，就是要促進對世界各地文化的了解，並透過交流與溝通，令對方也認識我國文化。所謂知己知彼，除了可消弭不必要的誤會，更能增進互相的情誼，我們從事的是一種綿密細緻的交心活動。

　　再者，政大同學出國交換的比率極高，每當與外國友人交流，談到本國文化時，往往會詞窮，或手邊缺少現成的外語資料，造成溝通上的不順暢，實在太可惜，因此也曾提議是否能出一本類似教材的文化叢書。這個具體想法來自斯拉夫語文學系劉心華教授，與同仁們開會討論後定案。

　　又，透過各種交流活動，我們發現太多外國師生來臺後都想繼續留下來，不然就是臨別依依不捨，日後總找機會續前緣，再度來臺，甚至呼朋引伴，攜家帶眷，樂不思蜀。當然，有些人學習有成，可直接閱讀中文；但也有些人仍需依靠其母語，才能明白內容。為了讓更多人認識寶島、了解臺灣，我們於是興起編纂雙語的《用外語說臺灣文化》的念頭。

　　而舉凡國內教授最多語種的高等教育學府，就屬國立政治大學外國語文學院，且在研究各國民情風俗上，翻譯與跨文化中心耕耘頗深，舉辦過的文康、藝文、學術活動更不勝枚舉。然而，若缺乏系統性整理，難以突顯同仁們努力的成果，於是我們藉由「教育部高教深耕計畫」，結合院內各語種本國師與外師的力量，著手九冊（英、德、法、西、俄、韓、日、土、阿）不同語言的《用外語說臺灣文化》，以外文為主，中文為輔，提供對大中華區文化，尤其是臺灣文化有興趣的愛好者參閱。

　　我們團隊花了一、兩年的時間，將累積的資料大大梳理一番，各自選出約十章精華。並透過彼此不斷地切磋、增刪、審校，並送匿名審，查終於完成這圖文並茂的系列書。也要感謝幕後無懼辛勞的瑞蘭國際出版編輯群，才令本套書更加增色。其中內容深入淺出，目的就是希望讀者易懂、易吸收，因此割愛除去某些細節，但願專家先進不吝指正，同時內文亦能博君一粲。

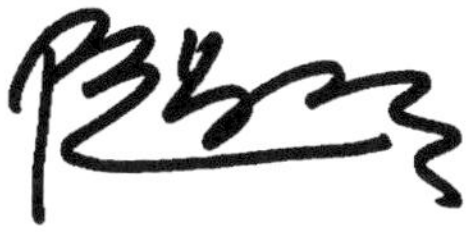

國立政治大學外國語文學院
歐洲語文學系教授
於指南山麓

بسم الله الرّحمن الرحيم

مقدّمة

هذه الرحلة إطلالة على تايوان التي سمّاها البحارة الغربيون وهم يمرون بسواحلها بـ"فورمزا" أي: الجزيرة الجميلة. فالجمال أبرز صفاتها على الإطلاق، وقد واءمت تايوان بين طبيعتها الجميلة، وإرثها الثّقافي الأصيل، ونهضتها الحديثة.

وتمنح الرحلة فرصة ثمينة لاستكشاف الطبيعة الغنيّة في تايوان، واستشعار اللمسات الإنسانية الدافئة التي يجدها الزائر في ربوع هذه الجزيرة الجميلة، وتوفّر أيضًا نوافذ للتّعرف إلى العادات التايوانية التقليدية، والحياة اليومية الحديثة. لقد أصبحت تايوان وجهة جيدة للزيارة والسياحة بفضل شبكة المواصلات العالمية الحديثة، التي جعلت من العالم قرية عالمية.

مَن جَدَّ وجَدَ ومَنْ سَارَ على الدّرب وَصَل، هكذا يقول العرب حين يَرْوُونَ قصة نجاح، أو حين يحثّون أحدًا على الجدّ والاجتهاد لتحقيق أمل أو طموح. هذا ما يتوارد إلى عقل الزائر لهذه الجزيرة عندما يرى ما تحقق فيها من إنجازات ونجاحات في ميادين كثيرة، فيكفيك أن تشاهد الطرق الحديثة، والمباني الشاهقة، ووسائل المواصلات، وخدمات استقبال المسافرين في المطارات، والخدمات المصرفية المريحة ليتأكّد عندك هذا الإحساس. ومن المدهش حقًا أن تواجه تايوان تحديات عديدة، ومع ذلك فقد استطاعت أن تتغلّب على معظمها وتحوّلها إلى إنجازات.

وتتكوّن هذه الرحلة من مقدّمة وخمسة أبواب وخاتمة. فالباب الأوّل يتكوّن من فصلين، هما لمحة عامّة عن الطبيعة والإنسان، والتاريخ والسياسة في تايوان، والباب الثّاني يتكوّن من فصلين أيضًا، يتحدّثان عن الأديان والثقافة والعادات والتقاليد، والباب الثّالث يتحدّث عن الفن والحياة في تايوان كالموسيقى الشعبية والأزياء والرياضة والأسواق الليلية والدّراجات النّارية، وبعض الخدمات العامّة: كخدمة الدراجات الهوائيّة وبطاقة الدفع المعروفة بـ"الإيزي كارد" وشبكات المتاجر ذات الخدمة الدائمة – 24 ساعة.

وأمّا الباب الرابع فيتناول الحديث عن الطّعام والشّراب من حيث الآداب وثقافة الاستضافة والمآدب والمحظورات في ثقافة الطعام، والشاي وثقافته، والمأكولات الشعبية والفواكه، وأمّا الباب الخامس فيتكوّن من فصلين تناولا الحديث عن الصحة والخدمات الطّبيّة والسيّاحة العلاجية، والمهرجانات والمناسبات، وبعض الحدائق الوطنية والمتنزهات والوجهات السيّاحيّة في تايوان.

نقدّم شكرنا لكل من أسهم في إنجاز هذا العمل وخاصة د. إي وين سُو، ود. فائزة سعادة، والآنسة سحر يين، والطالب هيثم لي، وجميع الزملاء الآخرين الذين كان لملاحظاتهم الأثر الكبير في إنجاز هذا العمل. ونقدّم اعتذارنا عن أي خطأ أو تقصير غير مقصودين، راجين من القرّاء الكرام إبداء ملاحظاتهم ونصحهم حول مضمون هذا الكتاب، وستكون ملاحظاتهم موضع كل احترام وشكر وتقدير.

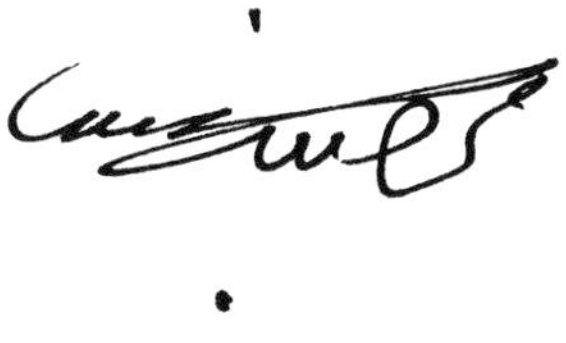

2022.07

編著者序

　　寶島臺灣——當西方的水手們航海途經這座島嶼時，便為其優美的景色讚嘆不已，稱之為「福爾摩沙」，意為：美麗之島。她的美，是鮮明的，是令人印象深刻的。臺灣不僅擁有秀麗迷人的自然風光，蘊含悠久歷史的文化遺產，同時也兼具現代化的生活脈動。

　　便捷的交通網絡已將廣袤世界串連成一座國際村，臺灣遂成為旅遊觀光的絕佳目的地，外籍旅客造訪臺灣的機會大幅提高。本書將以人文視角帶領讀者認識臺灣豐富的自然資源，感受在地溫暖的人情味，並探索臺灣的傳統習俗與現代日常。

　　中文有句名言：「一分耕耘，一分收穫；只要努力，就能成功。」這恰好也是阿拉伯人在描述成功、鼓勵人們努力實踐理想及抱負時的俗諺。而這些話，用來形容臺灣現今的成就，也不以為過。當旅客造訪臺灣時，現代化的道路、櫛比鱗次的高樓大廈、四通八達的交通網絡、接待賓客的機場指引、快捷便利的銀行服務等，在在使人印象深刻。由於地理及歷史因素，臺灣面臨許多挑戰，然而這座島嶼上的人們始終秉著樂觀積極、不畏艱難的個性，克服了無數困難並將之轉化為成就，令人刮目相看。

　　本書由編著者序、五篇章節及結語組成。第一章「自然與人文」，概述臺灣的地理自然、人文歷史；第二章「文化與民俗傳統」，介紹臺灣的宗教與風俗文化；第三章「藝術與日常生活」，談論臺灣的藝術活動及日常生活，如傳統戲曲、服飾、夜市、樂活體育，還有獨特的機車文化。此外，該章也列出臺灣便民的大眾服務，如公共租賃腳踏車、便利的悠遊卡以及隨處可見的 24 小時便利商店等。第四章「飲食與文化」，說明臺灣的飲食，包含反映人文風俗的餐桌禮儀及宴客文化、節慶飲食與禁忌、飲茶與創新的茶飲文化、傳統小吃及種類豐富的四季水果等。最後一章「衛生醫療與觀光」，則介紹臺灣的衛生醫療，以及部分觀光勝地與旅遊景點。

本書為介紹臺灣人文歷史及觀光景點的大眾旅遊指南，期待海外讀者能透過此書展開一場精彩的寶島之旅；臺灣讀者更可藉由此書，在學習語言之餘，亦能從不同角度向阿語人士介紹寶島，促進文化交流，搭建友誼橋樑，與阿拉伯世界分享迷人多元的福爾摩沙之美。

本書得以順利付梓，有賴諸位教授同仁及親友參與協助，在此特別感謝蘇怡文教授、法伊莎教授、顏抒容女士、助理李祥豪，以及所有曾經提供寶貴意見的朋友。書中內容如有任何錯漏不足之處敬請見諒，還望讀者賜教指正。

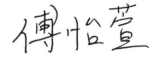

傅怡萱

2022.07

第一章 自然與人文

第二章 宗教、文化與民俗傳統

第三章　藝術與日常生活

第一章

الباب الأول

自然與人文

الطبيعة والإنسان

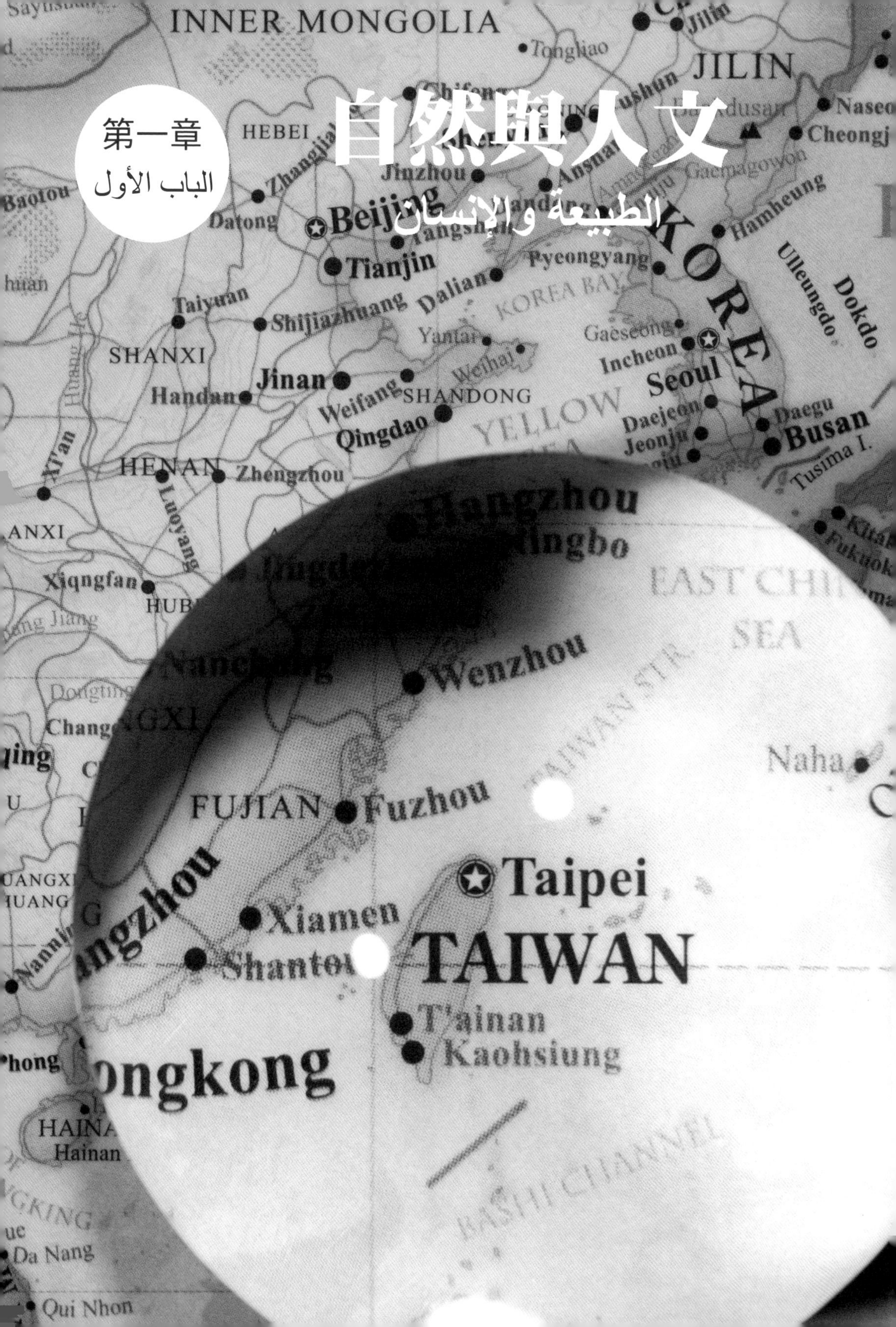

第一章
自然與人文

　　臺灣，座落於太平洋西岸的一座寶島，鬱鬱蔥蔥，氣候宜人，吸引許多民族駐足紮根，在這片土地上刻劃出深深的印記。地理位置的送往迎來、歷史板塊的堆疊沉積，創造出現今臺灣豐饒多樣的文化、熱情且友善的人民，以及進步而安定的社會。

　　本章首先介紹臺灣名稱的由來。臺灣先後有許多民族造訪，因而有著許多美麗的名稱，如相傳葡萄牙人眼中的福爾摩沙、美麗之島，或是日本人口中的高山國，以及大陸沿海居民口中的大灣，嗣演變為今日的臺灣。

　　隨後介紹寶島特殊的地理環境及豐富的自然景觀。臺灣因地處副熱帶氣候區，季風吹拂下帶來了溫暖潮濕的氣候，造就了令人驚豔的自然風貌，以及種類繁多的生物；然而，也因位處板塊交界及所屬的氣候帶，臺灣飽受天然災害的侵擾，儘管如此，這些並不能打敗這座島上人們堅定的生存意志，藉由科技與災害防治的結合，人們試著將自然災害所帶來的損失降至最低。

　　本章也提到臺灣的人口組成及所使用的語言。最早在此世代生活的原住民屬於南島民族，目前約有 16 族，每一族都有屬於自己獨特的語言。此外，臺灣因地理位置鄰近中國大陸，早年有許多東南沿海居民陸續移居至此，民國 38 年後，大量漢族人口隨中華民國政府遷徙來臺，逐漸成為族群人口之大宗[1]；目前臺灣通行的語言有華語、閩南語、客家話及原住民的南島語言，人們所使用的書寫方式則為傳統的中文繁體字。

　　本章並於末尾概括簡述了臺灣的歷史更迭及其政體制度。17 世紀開始，臺灣先後經歷了荷蘭、西班牙、明鄭、清朝、日本的佔領統治，以及迄今的中華民國，時代的演變也使臺灣成為一個極具包容性的島嶼。藉由本章的介紹，讀者將能初步地了解臺灣，並準備開啟接下來的探索臺灣之旅！

الباب الأول
الطبيعة والإنسان

. . . .

الفصل الأول
لمحة عامة

تقع تايوان في جنوب شرق آسيا في غرب المحيط الهادئ بين اليابان والفلبين، ويفصلها عن الصين مضيق تايوان، وتتكون من جزيرة تايوان، ومجموعة أخرى من الجزر الصغيرة التابعة لها. وأبرزها: "بنغهو" (pēng hú, 澎湖) الواقعة في مضيق تايوان، بين تايوان والصين الشعبية، ومعظم سكانها يحترفون صيد الأسماك، وجزيرة "ليو تشيو يو" (liú qiú yǔ, 琉球嶼) الواقعة قريبًا من الساحل الجنوبي الغربي لجزيرة تايوان وتُعْرَف وطنيًّا باسم "شو ليو تشيو" (小琉球) (xiǎo liú qiú)، وجزيرة "ماتزو" (mǎ zǔ, 馬祖) الواقعة في الشمال الغربي من جزيرة تايوان، وجزيرة "جينمن" (jīn mén, 金門) وتقع غرب تايوان قريبًا من البرّ الصيني، وجزيرة "قوي شن تاو" (guī shān dǎo, 龜山島) في الشمال الشرقي، وهي تعني جزيرة السلحفاة، وجزيرتا "ليوتاو" (lǜ dǎo, 綠島)، و"لانيوو" (lán yǔ, 蘭嶼) الواقعتان في الجنوب الشرقي. وتقدَّر مساحة تايوان والجزر التابعة لها بـ36,000 كم^2 تقريبًا^2. وعاصمتها مدينة تايبيه (tái běi, 臺北)، وتقع في أقصى الشمال في جزيرة تايوان، واللغة الرسمية في تايوان لغة الماندرين، ونظام الحكم رئاسي، مُتعدِّد الأحزاب، والعملة الرسميّة المستخدمة هي الدّولار التايوانيّ الجديد. والعيد الوطني للبلاد في العاشر من أكتوبر في كلّ عام.

الجزيرة الجميلة "إيلها فورموزا" من البحر

أ. أصل الاسم[3]

كانت تايوان مسرحًا للعديد من الأمم والمجموعات العرقية منذ العصور القديمة بسبب موقعها الجغرافي المهم، فقد نزلت على شواطئها كثير من المجموعات العرقية، واحتلتها العديد من الأمم، وانعكس هذا الأمر على تعدّد الأسماء التي سمّيت بها وفقًا لكل مجموعة عرقية. على سبيل المثال، في القرن السادس عشر، كان عدد السكان يزداد في المناطق الساحلية في جنوب شرق الصين مما دفع كثيرًا منهم إلى الهجرة صوب تايوان، وكان هؤلاء القادمون يُطلقون على تايوان بعض الأسماء، مثل: "جيلونغ" (jī lóng, 雞籠) و"دا وان" (dà wān, 大灣).

وسمّى اليابانيون تايوان باسم "قاو شان قو" (gāo shān guó, 高山國) أي: البلاد ذات الجبال الشاهقة، بينما أطلق البرتغاليون على تايوان اسم: "إيلها فورموزا" (ilha Formosa)، أي: الجزيرة الجميلة، فقد قيل إن البرتغاليين بُهروا بالمناظر الطبيعية الجميلة للجزيرة لمّا أبحروا قريبًا منها.

وكما يبدو فالروايات السابقة تشير إلى تعدد الأسماء التي سميّت بها تايوان، وتبين أيضًا علاقة تايوان الحميمة بعدد من الأمم من أنحاء العالم. ولكن تلك الروايات لا تفسّر من أين اكتسبت (تايوان) هذا الاسم الذي طغى وشاع على غيره من الأسماء الأخرى.

ثمة العديد من التفسيرات حول تسمية تايوان بهذا الاسم، أبرزها أن أصل اسم تايوان مشتق من لغة "تيوان"(teywon) وهي لغة قبيلة "بين بو زو" (píng pǔ zú, 平埔族) من السكان الأصليين لهذه الجزيرة، والتفسير الآخر أن هذا الاسم مأخوذ من لهجة "ها لو" (hé luò, 河洛)، وهي اللهجة التي كان ينطقها السكان في شرق جنوبي الصين، فقد كانوا يسمون منطقة "آنبينغ" (安平) (ān píng) الواقعة ضمن مدينة "تاينان" (tái nán, 臺南) في الوقت الحاضر بـ"ديوان" (Tayouan , 大員) بلهجة "ها لو".

ولما احتلّ الهولنديون جنوبَ تايوان في القرن السابع عشر تداولوا التسمية السابقة بلهجة "ها لو"، ولكن بمرور الوقت وبسبب التغييرات السياسية التي مرت بها تايوان وأدّت إلى اعتماد صينية الماندرين لغة رسمية للتخاطب والكتابة، فإنّ نطق "دي وان" بلهجة "ها لو" قد أصابه نوعًا من التغيير عندما كان يُكتَب بالماندرين، إذ كان نطق الدال أقرب ما يكون إلى التاء، وهو ما أدى إلى استقرار الاسم على الصورة المستعملة اليوم "تايوان" وثبت هذا الاسم حتى يومنا هذا.

والجدير بالذكر أنّ اسم تايوان يُكتب باللغة الصينية التقليدية: (tái wān, 臺灣)، ولكن الجزء الأول من الكلمة "تاي" (tái, 臺) له طريقة كتابة أخرى وهي: "تاي" (tái, 台) وهي شائعة أيضًا، ولهذا يمكن أن نرى هاتين الطريقتين لكتابة اسم تايوان: 台灣، و臺灣 مستعملة بين الناس.

خريطة تايوان

ب. الجغرافيا

الجزيرة الرئيسة مستطيلة الشكل تمتد من الشّمال إلى الجنوب بمسافة تقدّر بـ394كم، وعرضها من الشرق إلى الغرب لا يزيد على 144كم عند أعرض نقطة.[4] حبا الله تايوان بطبيعة جغرافية ساحرة جمعت بين الأراضي السهلية والجبلية، وتتميّز طبيعتها بسلاسل من المرتفعات الجبلية الرائعة وتشكّل ثلثي مساحتها تقريبًا، ولذا تحمل تايوان لقب "جزيرة الجبال الشاهقة"، وتتركز المرتفعات الجبلية في شرق تايوان، كسلسلة جبال "هوادونغ" (huā dōng, 花東)، وسلسلة جبال "جونغيانغ" (中央) (zhōng yāng) في الوسط المعروفة بالجبال الوسطى، وسلسلة جبال "يوشان" (玉山) (yù shān). وتقترب السلاسل الجبلية في الشرق من خط الساحل حيث تنحدر سفوحها صوب المحيط الهادئ بصورة حادّة؛ لذا تتّسم السهول الساحلية الشرقية بضيقها الواضح[5]. ومعظم السلاسل الجبلية تزيد ارتفاعاتها على 3000م فوق سطح البحر، ومن أشهرها: جبل "يوشان" أعلى قمة جبلية في شرق آسيا الذي يرتفع 4000م تقريبا.[6]

وتتميز تايوان أيضًا بوجود الجبال البركانية، كجبال "داتوين" (dà tún, 大屯) البركانية في الشمال، والتلال الخضراء، والأحواض والسهول المستوية المحيطة بمعظم السلاسل الجبلية، إضافة إلى وجود أنهار صغيرة سريعة الجريان، معظمها يتجه إلى الغرب، وتتركز الأراضي السهلية الواسعة في الجزء الغربي من الجزيرة، ويتّسم سطح الأرض في هذه المناطق بالانحدار التدريجي من الشرق إلى الغرب، وهو نفس اتجاه الأنهار التي تصبّ في مضيق تايوان. وتتّسم الأراضي السهلية القريبة من ضفاف الأنهار بخصوبة تربتها، مما أسهم في تركّز السّكان فيها بأعداد كبيرة.

وتغطي الغابات مساحات واسعة من جملة الأراضي في تايوان، وكانت تُقدّر في الماضي بحوالي 70% من مساحة تايوان، بينما تُقدّر اليوم بحوالي 58%، وأسهم ثراء تايوان بالغابات بالقياس إلى مساحتها في ضخامة إنتاجها من الأخشاب[7]. وفي تايوان بعض البحيرات أشهرها: بحيرة الشمس والقمر، وفيها أيضًا ينابيع بحرية ساخنة على طول سواحل الجزيرة، وجزيرة "قوي شن تاو".[8]

وعلى الرّغم من صغر مساحة تايوان، إلا أنّ مناخها متنوّع بين الاستوائي والمعتدل، لوقوعها في مسار تيارات المحيط البحرية الدافئة قبالة الساحل الشرقي لآسيا، ويمر مدار السرطان بالجزء

الجنوبي من تايوان؛ لذا يسود المناخ المداري الحارّ في معظم جهات الجزيرة باستثناء النطاقات الجبلية مرتفعة المنسوب.

الغابات في تايوان

ويقع شطرها الجنوبي تحت تأثير الرياح الموسمية الجنوبية الغربية، والأمطار الصيفية. وتتعرض البلاد لهبوب الرياح الموسمية الجنوبية الغربية خلال شهور الصيف، فيسبب ذلك سقوط الأمطار الغزيرة، وخاصة على سواحلها الشمالية والشرقية والجنوبية، كما تتعرّض الجزيرة إلى أعاصير التايفون خلال فترة الصيف. وفي الشتاء تهبّ على الجزيرة الرياح الشمالية الشرقية القادمة من آسيا، وتؤدي إلى سقوط أمطار غزيرة على السواحل الشرقية لمرورها فوق مُسطّحات مائية قبل وصولها إلى الجزيرة[9].

وتشتهر مدينة "كيلونغ" (jī lóng, 基隆) الواقعة شمال شرق تايبيه باسم "المدينة المُمطرة"، إذ تبلغ الأيام الممطرة فيها نحو 200 يوم في السّنة تقريبًا، وربما كان هذا من الأسباب في عدم استخدام ميناء "كيلونغ" على نطاق واسع في شحن وتفريغ البضائع والسّلع، مقارنة بميناء "كاوشيونغ" (gāo xióng, 高雄) الواقع في جنوب غرب البلاد، لقلة الأمطار في الجنوب بالقياس للأمطار في الشمال[10].

ج. بيئة تايوان الطبيعية[11]

تقع تايوان على الجانب الغربي من المحيط الهادئ. والجزيرة الرئيسة المعروفة بتايوان طويلة وضيقة، وتنتشر الجزر الأخرى حولها، ونظرًا لموقعها عند تقاطع الصفيحة الأوراسية بالصفيحة الفلبينية، فإن ثلثي الجزيرة يتكونان من جبال وتلال مرتفعة، في حين أن المساحات الأخرى عبارة عن مرتفعات وأحواض سهلية، وهذا يعني أن مساحة الأراضي الصالحة للزراعة قليلة نسبيًا، فهي تبلغ حوالي 790,197 هكتارًا.[12]

وبسبب تقاطع الصفيحتين الأرضيتين: الأوراسية والفلبينية تكثر الزلازل، وتنتشر التضاريس البركانية وينابيع المياه المعدنية الحارة في كل أرجاء الجزيرة، كجبل "يانغ مينغ شان" (陽明山 yáng míng shān) في تايبيه حيث ما يزال بالإمكان رؤية المناظر الطبيعية البركانية الحرارية.[13]

ويمكن القول إنّ تايوان جزيرة شابة، وجبالها شاهقة، ومعظمها تنحني من الشمال إلى الجنوب، من بينها القمة الرئيسة لسلسلة جبال "يوشان" وتبلغ حوالي 4000م[14]، وهي أعلى قمة في شرق آسيا. بالإضافة إلى ذلك، ثمة أخاديد عميقة مذهلة تسبّبها مياه الأنهار المندفعة، مثل أخدود "تا رو كو" (tài lǔ gé, 太魯閣) في محافظة "هوالين" (huā lián, 花蓮)، شرق تايوان.

وقد أسهم الموقع الجغرافي لتايوان ومناخها الممطر والرطب في التنوع البيئي الغني لها، وثمة كثير من النباتات والحيوانات النادرة في تايوان: كزهور الأوركيد (lán huā, 蘭花) الجميلة المنتشرة في الغابات، والدب الفورموزي الأسود (tái wān hēi xióng, 臺灣黑熊)، والأسماك الفريدة في الأنهار مثل سلمون تايوان (yīng huā gōu wěn guī, 櫻花鉤吻鮭). وبالإضافة إلى الجبال الشاهقة، والغابات الخضراء، والأنهار الغزيرة، فإن تايوان مُحاطة بالمياه من جميع الجوانب، وبيئة المحيط متنوعة وجذابة حول تايوان، على سبيل المثال: تكثر العديد من الحيتان والدلافين في المحيط الهادئ شرق تايوان بسبب التقاء التيارات المحيطية، ويكثر المرجان الجميل الذي يجذب عددًا لا يحصى من الأسماك المتنوعة بسبب المناخ الاستوائي في الساحل الجنوبيّ، وتجذب الشواطئ في الغرب أنواعًا عديدة من الطيور المهاجرة، وكل ذلك يزيد من سحر تايوان وجاذبيّتها.

د. المناخ[15]

تقع جزيرة تايوان في المنطقة شبه الاستوائية، ومناخها بشكل عام دافئ ورطب طول العام، ويبلغ معدل درجات الحرارة السنوي حوالي 22 درجة مئوية، ويصل معدل درجات الحرارة الأدنى إلى ما بين 12-17 درجة مئوية، وهذا يعني أن مناخها معتدل ومناسب للمعيشة.

وغالبًا ما تكون الرطوبة في شمال تايوان أعلى من جنوبها بسبب الموقع الجغرافي، فثمة تغيّرات جوية في شمال وشمال شرق تايوان، بينما يكون الجنوب أقرب إلى المناخ المداري، مما يجعلها أكثر غنى بأشعة الشمس، وأكثر جفافًا من الشمال.

وبسبب الموقع الجغرافي لتايوان، عند تقاطع الضغط العالي القاري والضغط المنخفض للمحيط، فإنها تتأثر بالمناخ البحري والقاري، ففي الربيع - من آذار إلى أيّار- تتسبب التيارات الهوائية غير المستقرة في استمرار تساقط الأمطار، وهذه الفترة هي الفترة نفسها لنضج البرقوق، لذلك تسمى بموسم الأمطار أو موسم أمطار البرقوق (méi yǔ jì, 梅雨季)[16] ، وخلالها تعدّ المظلات ضرورية ولذلك يحرص الناس على حملها في تلك الأيام. بالإضافة إلى ذلك، يكون الطقس باردًا وحارًا ومتغيّرًا في الربيع، فشاع المثل باللغة التايوانية: الربيع كوجه زوجة الأب (春天後母面) (Tshun- thinnāu- búbīn) مما يعني أن الطقس متقلب كزوجة الأب المزاجيّة.

شجر البرقوق

وفي الصيف -من حزيران إلى آب- يتأثر مناخ تايوان بالتيارات الهوائية القادمة من المحيطات، فيكون الجو حارًا ورطبًا بشكل عام، وبسبب عوامل الموقع الجغرافي، غالبًا ما تتأثر تايوان في هذه الفترة بالأعاصير التي تتسبب في هطول أمطار غزيرة. لذلك، من الضروري الانتباه إلى السلامة العامة عند الذهاب إلى شاطئ البحر أو الجبال. بينما فترة الخريف -من أيلول إلى تشرين الثّاني- قصيرة ومريحة، مع اختلاف كبير في درجات الحرارة بين النهار والليل. وفي الشتاء -من كانون الأوّلِ إلى شباط- يكون الجو دافئًا بشكل عام باستثناء فترة التيارات الهوائية الباردة، لذلك لا يُرى الثلج إلا في قمم الجبال العالية، ونادرًا جدًا أن يُرى الزائر الأبيض يكسو الأراضي السهليّة، ويعتبر هذا الفصل أيضًا وقتًا مثاليًا لمشاهدة احمرار أوراق بعض الأشجار، أو الاستمتاع بالعيون المعدنية الحارة.

ونظرًا للموقع الجغرافي لتايوان، فإنها تتأثّر أحيانًا ببعض الكوارث الطبيعية[17]، وفيما يلي وصف موجز لأكثر الكوارث الطبيعية شيوعًا في تايوان:

- الأعاصير: تقع تايوان على الجانب الغربي من المحيط الهادئ، وهذا يعني أنها تقع على المسار الذي تتولد وتسير من خلاله المنخفضات الجويّة الاستوائية التي تنشأ عادةً في فصل الصيف، وتُعرف هذه الفترة بموسم الأعاصير، وهي أعاصير استوائية تسبب هطول أمطار غزيرة ورياحًا قوية، وفي الشتاء لا تعاني تايوان من هبوب الأعاصير بسبب تأثرها بالضغط الجوي البري المرتفع الذي تتأثر به، مما يجعلها في مأمن من تشكّل الأعاصير.

وحين تتأثّر البلاد بالإعصار، فغالبًا يتسبب ذلك في هطول أمطار غزيرة ورياح عاتية قوية، مما يؤدي إلى انجراف التربة، إضافة إلى أضرار بيئية خطيرة كالفيضانات، وقدّ يتسبب في خسائر فادحة في الأرواح والممتلكات. وتجنّبًا للأخطار التي تسبّبها هذه الأعاصير فغالبًا ما تلجأ الحكومة إلى تعطيل الدراسة والعمل، وتُعرف هذه العطل بعطل الأعاصير (tái fēng jià, 颱風假)[18]. وهي ليست للاستجمام والخروج، بل للبقاء في البيت وتجنّب الخروج أثناء هبوب الإعصار. وغالبًا تقوم الحكومة المحلية بتقييم ما إذا كان يجب تعطيل الدوام والدراسة ليوم واحد قبل حلول الإعصار، حتى يتمكن الناس

من الاستعداد للإعصار في المنزل وتجنب الحوادث عند الذهاب إلى العمل والدراسة؛ لذلك فإنه ليس من المناسب إطلاقًا الخروج من البيت إلى الشاطئ أو الجبال، أو حتى الذهاب للتسوق أثناء الإعصار. [19]

صورة جويّة لأحد الأعاصير

● الزلازل: هي احتكاكات واهتزازات عنيفة في الطبقات الأرضية في فترة قصيرة من الزمن، بما في ذلك الاهتزاز العمودي أو الأفقي، والطاقة المتولّدة نتيجة لهذا الاهتزاز خطيرة للغاية، إذ قد تؤدي إلى كوارث فظيعة، ودرجة التدمير تساوي درجة التدمير الناتجة من قنبلة ذرية. وتقع تايوان عند تقاطع الصفيحة الأوراسية والصفيحة الفلبينية، وهي جزيرة حديثة السن. ولهذا تكثر الزلازل بسبب حركة الصفائح وتصادمها، والمنطقة التي تقع على خط الزلازل هي شرق تايوان، ولكن توجد أيضًا خطوط الزلازل في جميع أنحاء تايوان. والزلازل لا يمكن التنبؤ بها وقد تحدث في أي وقت، وهذا يسبّب العديد من المخاطر. في ضوء ذلك، تعمل الحكومة التايوانية جاهدة لتعزيز أعمال الوقاية من الكوارث وأعمال الإغاثة، وتحديث اتصالات الهاتف المحمول من وقت لآخر، وبذل قصارى جهدها لإرسال رسائل التنبيه إلى هواتف المواطنين عند حدوث الزلازل،

وعندما يحدث الزلزال، لا بد من حماية الجسد والإسراع إلى مكان آمن في الهواء الطلق، وإذا كنت في طابق عالٍ في مبنى ما عند حدوث الزلزال، فغالبًا تنقطع الكهرباء، فالأفضل عدم استعمال المصعد عند حدوث الزّلازل.

الزلازل من أكثر الكوارث الطبيعية خطورةً في تايوان

رسالة إلكترونيّة لتنبيه المواطنين عند حدوث الزلازل

على الرغم من أن تايوان هي واحدة من المناطق التي تحدث فيها الكوارث الطبيعية في العالم، وتتعرض لخسائر كل عام بسبب الكوارث الطبيعية، إلا أن الشعب التايواني مجتهد ومثابر، ويطوّر من قدراته العملية للوقاية والإغاثة من خلال التدريبات الميدانية على مواجهة الكوارث، وهو ما يُظهر للعالم قوة إرادة التايوانيين المذهلة وقدرات تايوان المتقدمة والفعّالة في الوقاية والإغاثة.[20]

٥. السّكان

ينحدر قرابة 97% من سكان تايوان من قومية "الهان" (hàn zú,漢族) الصينية، ويمثل "الأستروناسيون" (nán dǎo yǔ zú, 南島語族) وهم السكان الأصليون للجزيرة حوالي 2% أو ما يزيد قليلاً من نسبة السكان، وينتمون إلى 16 قبيلة معروفة، لها ثقافاتها ولغاتها الخاصة بها،

ويكثر وجودهم في المناطق الجبليّة العالية المكسوّة بالغابات، وأما بقية السّكان فيمكن القول إن معظمهم من المهاجرين الجدد الذين هاجروا خلال القرن السابع عشر من البرّ الصيني، وجنوب شرق آسيا، وهم ينتمون إلى مجموعات عرقية مختلفة. وعلى الرّغم من هذا التنوّع، فإن جميع هذه القوميات تعيش في تجانس وتفاهم، حتى أصبح التميز بينها صعبًا؛ نتيجة للتزاوج المتبادل، والاندماج الثقافي والاجتماعي. وهو ما جعل من المجتمع التايواني مجتمعًا متجانسًا ومتناغمًا، ومتطلعًا إلى مزيد من التقدم والانفتاح.[21]

السكان الأصليون في تايوان

وصل عدد السكان في تايوان خلال عام 2020 م إلى 23,574,334 نسمة[22]، يعيشون على مجمل مساحة تايوان[23]، مما يجعلها تحتل المركز الثاني عشر على مستوى العالم من حيث الكثافة السكانية، التي تصل إلى 651 نسمة لكل كم^2، ويبلغ متوسط الأعمار في تايوان حوالي: 80.2 عامًا[24] نتيجة للمستوى المتميّز للرعاية الصحية التي يتلقاها السكان.

و. اللغة[25]

نظرًا للسياق التاريخي الخاص الذي مرت به تايوان، فقد غدت مجتمعًا متعدد الأعراق، وهو ما يعكس أيضًا بيئة تايوان متعددة اللغات. فبسبب وجود غالبية شعب "الهان" (hàn zú, 漢族) في البلاد، فإن اللغة الأكثر تداولًا هي لغة الماندرين الصينية التايوانية. بالإضافة إلى ذلك، فإن معظم أصول سكان "الهان" في تايوان تعود إلى مقاطعات ومدن جنوب الصين، لذا فإن لغة "الهوكين" (mín nán yǔ, 閩南語) -أو تسمى باللغة التايوانية (tái yǔ, 臺語)- ولغة "الهاكا" (kè jiā yǔ, 客家語) هما لغتان محلّيتان شائعتا الاستخدام في الحياة اليوميّة. وبعض السكان الأصليين يستخدمون أيضًا لغاتهم الخاصة، وتُعدّ هذه اللغات جزءًا من اللغات "الأسترونيزية".

- **لغة الماندرين الصينية التايوانية (tái wān huá yǔ, 臺灣華語)**

هي لغة رسميّة مشتقة من اللغة الصينية (hàn yǔ, 漢語) وتنتمي إلى عائلة اللغة الصينية التبتية (hàn zàng yǔ xì, 漢藏語系). وفي الوقت الحاضر ثمة سكان ناطقون بالصينية بشكل رئيسي في الصين وتايوان وسنغافورة وماليزيا ودول أخرى، مع العديد من الصينيين المغتربين الذين يشكّلون جاليات في كثير من الدول حول العالم. وفي تايوان خلال عهد أسرة "تشينغ" (qīng cháo, 清朝)، استخدمت الحكومة وسكان المدن اللغة الصينية، وخلال فترة الاستعمار الياباني، اشتدت حملة الترويج لليابانيّة، ولكن بعد انتقال الحكومة الشرعية بقيادة حزب "الكومنتانغ" (國民黨) (guó mín dǎng) إلى تايوان في عام 1949م، وتعزيزًا للحكم وتقويته، فقد نفّذت الحكومة حملة اللغة الوطنيّة (guó yǔ yùn dòng , 國語運動)، وروّجت للغة الماندرين الصينية، ومنعت اللغات واللهجات الأخرى، لذلك فلغة الماندرين الصينية في تايوان معروفة بـ"اللغة الوطنيّة" (guó yǔ, 國語).

وتختلف لغة الماندرين الصينية المستخدمة في تايوان الآن عن تلك اللغة الصينية المعروفة بـ"بو تونغ هوا" (pǔ tōng huà, 普通話) الموجودة في الصين بسبب السياق السياسي المعقد الذي مر به البَلَدان. ولذلك فإن اللغة المستخدمة في تايوان تسمى

لغة الماندرين الصينية التايوانية، والرموز المستعملة في الكتابة في تايوان هي الرموز التقليدية، وهي طريقة تقليدية للكتابة الصينية وريثة الثقافة والحضارة الصينيّة، وهي تختلف عن الرموز المبسطّة التي يُروّج لها في برّ الصين.

وقد تأثّرت لغة الماندرين الصينية التايوانية بلهجات القادمين من مقاطعات البرّ الصيني بسبب هجرة عدد كبير من تلك المقاطعات إلى تايوان بعد عام 1949م، وخصوصًا من مقاطعتي "فوجيان" (fú jiàn, 福建)، و"غوانغدونغ" (廣東) (guǎng dōng) إذ كان عدد كبير منهم يتحدثون بلغتي "الهوكين" و"الهاكا".

وبسبب الاستعمار الياباني، فإن شعب تايوان تأثّر بالعديد من أساليب الحياة الموروثة من اليابان، كما شمل هذا التأثر الجانب اللغوي أيضًا، فقد اقترضت اللغة الصينية التايوانية واللغات التايوانية المحليّة كثيرًا من الألفاظ من اليابانية. ويمكن القول إنّ التنوع الثقافي المحلّي في تايوان، إضافة إلى العوامل التاريخية السياسية التي مرّت بها البلاد أسهمت بشكل كبير في تأثر نطق النغمات الصوتية في لغة الماندرين الصينية التايوانية باللهجات المحلية واليابانية، ولهذا فإن نطق هذه النغمات يختلف -إلى حدٍ ما- عن نطق الصينيّة في بر الصين الآن. 26

● لغة "الهوكين" (mín nán yǔ, 閩南語) أو اللغة التايوانية (tái yǔ, 臺語)

تنتمي لغة الهوكين إلى اللغات الصينية العريقة، وهي -من حيث التاريخ والتطور- كانت تستخدم في جنوب الصين. ففي وقت مبكر من عهد أسرة "تشينغ"، هاجر العديد من سكان السواحل الصينية الجنوبية الشرقية إلى تايوان. ويتحدّث معظم هؤلاء المهاجرين بلغة "الهوكين" و"الهاكا"، وتصل نسبة التايوانيين الذين يتحدّثون بهما حوالي 70% من السكان في تايوان. وخلال فترة الاستعمار الياباني، تأثّرت لغة "الهوكين" باليابانية كثيرًا، بدا ذلك من خلال اقتراضها عددًا كبيرًا من الكلمات اليابانية، ولهذا فهي تختلف عن لغة "الهوكين" المستعملة في برّ الصين الآن.

ونظرًا للقرار السياسيّ خلال فترة ما بعد عام 1949م وحتى أواخر الثمانينيات،

فقد كانت لغة الماندرين الصينية لغة رسميّة وحيدة مسموحة في الميادين والمناسبات الرسميّة وفي وسائل الإعلام والتعليم في المدارس، بينما كانت لغة "الهوكين" لا تُستخدم إلاّ في البيوت أو في الحياة الشعبيّة، ومع ذلك فقد كانت لغة "الهوكين" أكثر حيويّة وحميمية عند أكثر الناس لأنها لغة الحياة الشعبية، وفي الوقت نفسه، وبسبب القرارات السياسية التي كانت تمنع استعمال لغة "الهوكين" في الميادين الرسميّة، واجهت هذه اللغة أزمة الانقراض. وأثمرت الجهود الشعبية المطالبة بإحياء هذه اللغة والمحافظة عليها، إلى اتخاذ الحكومة قرارات تسهم في الحفاظ على التنوع اللغوي والثقافي للأعراق الأصلية في تايوان، فأعلنت الحكومة في عام 2019م قوانين لإحياء اللغات الوطنية، ومنها لغة "الهوكين". وهي الآن ليست مجرد لغة تستخدم في البيوت وبين الأهل فقط، بل تُدرّس في المدارس، ويكثر استخدامها في البرامج التلفزيونية والموسيقى، فهي في الوقت الحاضر مستخدمة في الحياة اليومية بشكل كبير ولها تأثيرات ملموسة.[27]

- **لغة "الهاكا" (kè jiā yǔ, 客家語)**

هي إحدى اللغات الصينية، وهي لغة يتحدّث بها شعب "الهاكا" الذين يعيشون غالبًا في المناطق الجبلية في الصين بمقاطعات "جيانغشي" (jiāng xī, 江西) و"فوجيان" و"غوانغدونغ"، وتأثرت هذه اللغة باللغات المحليّة الأخرى في تلك المناطق. ومع مرور الوقت، هاجر بعض سكّان "الهاكا" إلى تايوان، ومعظمهم حافظ على أسلوب المعيشة الأصليّة، فكانوا يفضّلون العيش في المناطق الجبلية بتايوان. ويتوزّع "الهاكا" في تايوان في ثلاث مناطق رئيسة في الشمال: في "تاويوان" (táo yuán, 桃園)، و"شينجو" (xīn zhú, 新竹)، و"مياولي" (miáo lì, 苗栗)، وفي المنطقة الوسطى، في "تايجونغ" (tái zhōng, 臺中)، و"نانتو" (nán tóu, 南投)، و"جانغهوا" (zhāng huà, 彰化)، و"يونلين" (yún lín, 雲林)، وفي الجنوب يتوزعون في منطقتي "كاوشيونغ"، و"بين دونغ" (píng dōng, 屏東).

وتأثرت لغة "الهاكا" كغيرها من اللغات المحلية الأخرى بالحملة الوطنيّة التي

نفّذتها الحكومة في بداية انتقالها إلى تايوان، فأدى ذلك إلى مواجهة لغة "الهاكا" أزمة الانقراض وبصورة أشدّ من اللغات المحلية الأخرى، وفي السنوات الأخيرة، ونظرًا للتوجه الحكومي الجديد لإحياء اللغات المحليّة، فقد تمّ تأسيس لجنة لشعوب "الهاكا" وإنشاء قناة تلفزيونية تشجيعًا على استخدام هذه اللغة والإبداع الفني بها.[28]

- **لغات السكان الأصليين**

تنتشر الشعوب "الأسترونيزية" (nán dǎo mín zú, 南島民族) في جزر المحيط الهادئ والمحيط الهندي، وينتمي سكان تايوان الأصليون إلى الشعوب "الأسترونيزية"، وتنتمي اللغات التي يستخدمونها إلى هذه الأسرة.

ثمة حوالي ألف لغة "أسترونيزية"، وهناك أكثر من عشر لغات "أسترونيزية" على جزيرة تايوان. لا تحتفظ اللغات" الأسترونيزية" التايوانية بالتنوع اللغوي فحسب، بل تحافظ أيضًا على العديد من الميزات القديمة للغات. لذلك، فإن تايوان لها مكانة مهمة في تطوّر هذه اللغات. وفي الوقت نفسه، هناك أيضًا العديد من التغييرات بسبب التاريخ واندماج الناس وتعايشهم. وتتميز اللغات" الأسترونيزية" التايوانية بالثراء اللغوي، لذلك يأتي العديد من الخبراء اللغويين إلى تايوان لدراسة هذه اللغات على وجه الخصوص. بالإضافة إلى ذلك، أنشأت الحكومة لجنة للشعوب الأصلية لتشجيع نهضة وتطوير لغات السكان الأصليين، كتشجيع السكان الأصليين على استخدام أسمائهم بلغتهم الأم، وإنشاء القنوات التلفزيونية الخاصة، وتشجيعهم أيضًا على المحافظة على الأغاني والأدب بلغاتهم.[29]

وتشجّع تايوان التنمية والازدهار المشترك لجميع الثقافات. ولهذا وضعت الحكومة قوانين لإحياء اللغات الوطنية لضمان المحافظة على اللغات المحلية. بالإضافة إلى اللغات المذكورة سابقًا، وبسبب الموقع الجغرافي والعوامل التاريخية والعولمة، ازداد عدد المتحدثين باللغات: الإنجليزية واليابانية والكورية ولغات جنوب شرق آسيا في الوقت الحاضر.

ز. التّعليم [30]

التّعليم ركيزة أساسيّة لكلّ نهضة، ويبدو أنّه قد نال أولوية واهتمامًا واسعًا لدى الحكومات المتعاقبة وصنّاع القرار في تايوان، يتجلّى ذلك في أمرين، الأوّل: النفقات الكبيرة التي خُصّصت لقطاع التعليم والعلوم والثقافة، إذ بلغت هذه النفقات 19.9% من ميزانية الحكومة المركزيّة في عام 2021م [31]. والثّاني: توسيع مِظلّة الدراسة الإلزاميّة من ست سنوات إلى تسع سنوات منذ عام 1968م، ثمّ توسيع هذه المِظلّة مرّة أخرى من تسع سنوات إلى 12 سنة يقضيها الطالب في المدارس الابتدائية والإعدادية المتوسطة والثّانوية، وبُدِئ بتنفيذ هذه السياسة التعليمية فعليًا منذ عام 2014م [32]. وقد أتاحت هذه السّياسة الجديدة فرصة أوسع للطلاب للتعلّم وبناء القدرات الأكاديمية والمهنية لتلبية متطلبات التطور الصناعي في البلاد.

وفي مجال التعليم العالي بلغت عدد المؤسّسات التعليمية 140 [33] جامعة تغطي مجالات الدراسة فيها جميع البرامج الدراسية: كالبكالوريوس والماجستير والدّكتوراة، إضافة إلى برامج الكليات المتوسطة، وثمة بعض الجامعات والكليّات التي تقدّم برامج تقنية ومهنية مميزة، وتوفّر الجامعات التايوانية ووزارة الخارجية منحًا دراسيةً سنويةً للراغبين في الدراسة في المجالات الأكاديمية المختلفة، وفي مجال تعلّم لغة الماندرين الصينية للطلاب الأجانب.

الفصل الثاني
التاريخ والسياسة

أ. لمحات تاريخية

يعود التاريخ القديم لتايوان إلى عدّة ألفيات من الزّمان، حين كانت مأوى لشعوب"أسترونيزية"، لفترات طويلة من الزمن[34]، وبسبب موقعها الحيوي فقد كان لها على الدّوام تاريخ حافل، ففي فترة حكم سلالة "مينغ" (1386م-1644م) زاد الاتصال بين البر الصيني وتايوان، وخصوصًا في فترة الجفاف الشديد الذي أصاب مقاطعة "فوجيان" في ذلك الوقت، فكان ذلك سببًا في هجرة أعداد من الناس صَوبَ تايوان طلبًا للرزق والعمل، مما أسهم في إحياء الزراعة وتطور البلاد على نطاق واسع في ذلك الوقت. وعندما أصبحت سلالة "مينغ" على حافة الانهيار لجأ بعض المقاومين إلى تايوان لتكون ملاذًا ومنطلقًا للمقاومة بقيادة أشهر المقاومين آنذاك "جينغ شينغ غونغ" (鄭成功 zhèng chéng gōng) المعروف عند الغربيين بـ"كوكسينجا" (guó xìng yé, 國姓爺) وقد أسهم ذلك في فتح أبواب تايوان لهجرة الصينين واستيطانهم فيها[35]. ويوضّح التّسلسل الآتي أبرز الأحداث التاريخية التي مرّت بها تايوان:

- **ما قبل القرن السادس عشر**

شهدت تايوان في هذه الفترة هجرة العديد من "الهان" إلى "بنغهو"، وكانت مكانًا للصيد والتجارة والتهريب، كما ظهر تأثير القراصنة في هذه الفترة، ويعتقد بأنّ البحارة الأوروبيين المارّين بتايوان في ذلك الوقت أطلقوا عليها اسم (إيلها فورموزا) أي: الجزيرة الجميلة.[36]

- **القرن السابع عشر**

نظرًا لما تتمتّع به تايوان من موقع حيوي، وموارد طبيعية فقد كانت في هذه الفترة منطقة جاذبة للقوى الغربية، وميدانًا يحاول كل طرف فيه السيطرة على هذه الجزيرة الجميلة والغنية، ففي عام 1624م تمكّن الهولنديون من السيّطرة على جنوب تايوان،

وقاموا ببناء قلعة "آنبينغ" (ān píng, 安平) الواقعة الآن في "تاينان"، وأنشأت شركة شرق الهند الهولندية قاعدة في جنوب غرب تايوان، مما سبّبَ التّحول في أساليب إنتاج الحبوب، وتوظيف العمال الصينيين للعمل على زراعة الأرز وقصب السّكر.

قلعة "آنبينغ" في مدينة "تاينان"

وفي عام 1626م تمكّن الإسبان من احتلال المنطقة الواقعة في أقصى شمال تايوان، ودامت سيطرتهم حوالي 16 سنة، وقاموا ببناء قلعة سان دومينغو في "دانشوي" (dàn shuǐ, 淡水)، ولكنّ الهولنديين تمكنوا من طردهم في عام 1642م. وقد استطاع الهولنديون أن يجعلوا من تايوان مركزًا للتجارة الدولية للشحن، وكان التبادل التجاري الرئيسي لتايوان في ذلك الوقت مع أسرة "مينغ"، ومنطقة جنوب شرق آسيا.[37]

قلعة سان دومينغو أحد شواهد الوجود الإسبانيّ والهولنديّ في تايوان

● حكم عائلة "جينغ" (zhèng shì, 鄭氏) 1662م- 1683م

في عام 1662م نجح "جينغ شينغ غونغ" المعروف بـ"كوكسينجا" وهو أحد الموالين لحكم أسرة "مينغ"، والقوات المرافقة له في طرد الهولنديين من تايوان وإنهاء سيطرتهم، وبعد وفاته استلم الحكم ابنه وأسست عائلة "جينغ" (zhèng shì, 鄭氏) أول نظام "هان" في تايوان. وفي هذه الفترة قام ابنه ببناء معبد كونفوشيوس في "تاينان" في عام 1665م لتعزيز التعليم، وانتهى حكم سلالة "جينغ" في تايوان في سنة 1683م، وهو ما فتح الباب لسيطرة سلالة "تشينغ" على تايوان.[38]

معبد كونفوشيوس بداية انطلاق النهضة التعليميّة

● حكم سلالة "تشينغ" (qīng cháo, 清朝) 1683م- 1895م

سيطرت قوات سلالة "تشينغ" على المناطق الساحلية الغربية والشمالية لتايوان، وأُعْلِنت تايوان مقاطعة تابعة لإمبراطورية "تشينغ"[39]، وفي بداية حكمها لتايوان اتخذت حكومة "تشينغ" إجراءات سلبية تجاه تايوان، إذ منعت الناس من الذهاب إلى تايوان، ولكن في الفترة الأخيرة من حكمها فتحت حكومة "تشينغ" الموانئ للتجارة، مما أسهم في ازدهار التجارة الخارجية لتايوان في ذلك الوقت.[40]

● الاحتلال الياباني 1895م- 1945م

نتيجة لهزيمة الصين في حربها الأولى مع اليابان، فقد وقّعت الصين على إثر ذلك معاهدة "شيمونوسيكي" (馬關條約) مع اليابان، وبموجب هذه المعاهدة تنازلت أسرة

"تشينغ" لليابان عن جزيرتي تايوان و"بنغهو".[41]

كان مقر الحاكم الياباني في تايوان يعدّ أعلى سلطة، وأنشأت السلطات اليابانية فروعًا للحكم في جميع البلديات والمحافظات، واستخدمت نظامًا شرطيًا عُرف بنظام "باوجيا" (bǎo jiǎ, 保甲)، فكانت الإدارة المحلية لتايوان تتمحور حول الشرطة، وبالتالي شكّلت سياسة بوليسية تسيطر فيها الشرطة بقوة على المجتمع التايواني. ومن جهة أخرى قامت الحكومة اليابانية بتحسين العادات والمفاهيم الطبية والصحية للتايوانيين، مما أسهم في انخفاض كبير في معدل الوفيات من الأمراض المعدية، ودامت فترة الحكم الياباني لتايوان خمسين سنة انتهت في عام 1945م.[42]

● تأسيس الجمهورية

أُسِّست جمهورية الصّين في أوائل كانون الثاني عام 1912م، على إثر الإطاحة بإمبراطورية "تشينغ"، وخلال الحرب العالمية الثانية اجتمع رئيس جمهورية الصين "شيانغ كاي شيك" (jiǎng jiè shí, 蔣介石) مع كل من رئيس الولايات المتحدة روزفلت، ورئيس وزراء بريطانيا ونستون تشرشل في القاهرة، وصدر في نهاية الاجتماع بيانًا مشتركًا عُرف باسم: "إعلان القاهرة"، ونصّ الإعلان على وجوب إعادة فورموزا (تايوان)، وجزر "بنغهو" إلى جمهورية الصين، وهو ما تمّ تنفيذه فعليًا في عام 1945م إثر انتهاء الحرب العالمية الثانية واستسلام اليابان. وعلى إثر ذلك أرسل الرئيس التنفيذي لإقليم تايوان "تشين يي" (chén yí, 陳儀) مذكرة إلى الحاكم العام الياباني يخبره باسترداد الشعب التّايوانيّ للإقليم وكل مرافقه الإدارية والسياسية والاقتصادية، بما في ذلك جُزر "بنغهو"[43].

وجرى إعلان دستور جمهورية الصّين في الأوّل من كانون الثاني عام 1947م، على أن يتمّ تطبيقه فعليًا في الخامس والعشرين من كانون الأوّل من العام نفسه، ولكن ذلك لم ينفّذ بسبب انتفاضة السكان في تايوان نتيجة حادثة الثامن والعشرين من شباط (èr èr bā shì jiàn, 二二八事件). حيث أرسلت الحكومة في الصّين قوات إلى

تايوان لقمع الانتفاضة، وتلا ذلك اندلاع الحرب الأهلية في الصين عام 1948م، بين حزب الكومنتانغ الذي كان يرأس حكومة جمهورية الصين والحزب الشيوعي الصيني، مما أدّى إلى فرض الأحكام العُرْفيّة وتعليق العمل بالدّستور، لمواجهة السلطة الشيوعية، وظلّت الأحكام العرفية سارية في تايوان حتّى عام 1987م[44].

وفي عام 1949م انتقلت حكومة جمهورية الصّين إلى تايبيه، نتيجة لسيطرة الشيوعيين على الحكم في الصين[45]، وانتقل مع الحكومة الشرعية إلى تايوان أعداد كبيرة من الموظفين والمواطنين[46]. وأدّى هذا إلى نشوء سلطتين، الأولى هي السلطة الشرعية التي انتقلت إلى تايوان، وعاصمتها (تايبيه) وتُعرف بجمهورية الصين، والثّانية هي السلطة الشيوعية الجديدة التي سيطرت على الحكم في الصين، وعاصمتها (بكين) وتُعرف بجمهورية الصين الشعبية. ومنذ ذلك الوقت ظل كلّ طرف يصرّح بأنه الممثل الشرعي للصين، وهو ما يفسّر طبيعة الخلاف بين الحكومتين في بكين وتايبيه[47].

وجرى في عام 1952م إنهاء حالة الحرب بين جمهورية الصين (تايوان) واليابان رسميًا، من خلال توقيع معاهدة السّلام بين الجانبين، في دار ضيافة تايبيه، وأكّدت المعاهدة على تخلي اليابان عن أيّ حقوق أو مطالبات في تايوان (فورموزا)، و"بنغهو" وجزر "سبراتلي" (nán shā qún dǎo, 南沙群島) و"باراسيل" (西沙群島 xī shā qún dǎo)، كما أعلن إلغاء جميع المعاهدات والاتفاقيات المبرمة قبل التاسع من كانون الأول عام 1941م، بين جمهورية الصين واليابان نتيجة للحرب.

كما جرى في عام 1954م توقيع معاهدة الدّفاع المشترك بين الولايات المتحدة الأمريكية، وجمهورية الصين (تايوان) في واشنطن[48]. وعلى الصعيد الدّولي ظلّت جمهورية الصين في تايوان تحظى باعتراف دولي واسع، وتمثّل الصين في هيئة الأمم المتحدة ومجلس الأمن كونها الحكومة الشرعية، واستمر ذلك طيلة الخمسينيات والستينيات من القرن العشرين، كما حظيت تايوان بدعم المعسكر الغربي والولايات المتحدة على وجه الخصوص سياسيًا وعسكريًا. وفي عام 1971م فقدت تايوان مقعدها

في الأمم المتحدة لصالح جمهورية الصين الشعبية، كما قامت الولايات المتحدة الأمريكية بإلغاء معاهدة الدفاع المشترك مع تايوان بالرغم من استمرار الروابط القوية بين البلدين.[49]

ب. الحياة السّياسية[50]

النظام السياسي في تايوان رئاسي يعتمد على التعددية السياسية، والتداول الديمقراطي للسلطة بين الأحزاب، ويسمّى الحزب الفائز في الانتخابات بالحزب الحاكم، وأشهر الأحزاب السياسية التايوانية التي تولّت الحكم في البلاد: الحزب الديمقراطي التقدمي (mín jìn dǎng, 民進黨) وحزب "الكومنتانغ"، وهناك أحزاب أخرى موجودة في المشهد السياسي، ولكنها لم تستطع الحصول على الأصوات الكافية التي تؤهّلها للفوز بالحكم.

ويُنْتَخَبُ رئيس البلاد ونائبه بالانتخاب المباشر كل أربع سنوات لفترتين اثنتين فقط. كما يُنْتَخَبُ أعضاء المجلس التشريعي (البرلمان) المكوّن من 113 مقعدًا كل أربع سنوات. وتمتد الفترة الرئاسية والتشريعية أربع سنوات، وطبقًا للنظام الانتخابي الجديد، فإنّ لكل دائرة انتخابية مقعدًا واحدًا، ولكل ناخب صوتان، واحد للدائرة الانتخابية، والآخَر للمقاعد الحرّة، وللمواطنين الحق أيضًا في المشاركة في التصديق على أيّ تعديلات دستورية من خلال الاستفتاءات العامّة.

وتنفَّذ السياسات العامة للحزب الحاكم من خلال الرئيس المنتخب ونائبه، والمجلس التنفيذي (مجلس الوزراء) الذي يختاره الرئيس، وهذا يعني أنّ الرئيس هو رأس الدّولة، والقائد الأعلى للقوات المسلحة، ويمثّل الدولة في العلاقات الخارجية، وله الصلاحيات في تعيين رئيس المجلس التنفيذي (رئيس الوزراء)، الذي يقوم بدوره باختيار فريقه الوزاري، ويكون المدير التنفيذي والوزراء مسؤولين أمام المجلس التشريعي.

مرت تايوان بظروف سياسية صعبة وخصوصًا بعد انتقال الحكومة الشرعية إليها عام 1949م نتيجة لسيطرة الشيوعيين على الحكم في الصين، وهو ما أرغم السلطات في تايوان على فرض الأحكام العرفية في البلاد، ودام ذلك مدة ثمانية وثلاثين عامًا، ولكن هذه الأحكام ألغيت في عام1987م، فكان هذا مؤذنًا ببداية عصر جديد من الانفتاح والديمقراطية، فأنشئت أحزاب سياسية جديدة، وأطلقت

الحريات الصحفية، وحرية الانتقال عبر المضيق بين تايوان والبَرّ الصيني.[51] كما أتاح ذلك فرصة لمراجعة الدستور وإدخال التعديلات اللازمة، فخضع الدستور للمراجعة والتعديل مرات عديدة، بلغت سبع مرات، وقد امتدت فترة المراجعة والتعديل منذ عام 1991م حتى عام 2005م.

الانتخابات مظهر أساسي للحياة السياسيّة في تايوان

وفي مظهر من مظاهر الانفراج السياسي بين الجانبين في بكين وتايبيه التقى عام 1992م ممثلون معتمدون من جانبي مضيق تايوان للمرة الأولى في هونج كونج، وأثمرت الاتصالات مجموعة من التفاهمات المشتركة بين البلدين، انعكست إيجابًا على حياة المواطنين، كتشجيع الاستثمارات وتبادل مستلزمات الإنتاج. وتُوِّجت حالة الاستقرار السياسي والديمقراطي في تايوان بإجراء أوّل انتخابات رئاسية مباشرة في البلاد عام 1996م، وحصل فيها زعيم حزب "الكومنتانغ" "لي تنج هوي" (lǐ dēng huī, 李登輝)، ونائبه على 54% من الأصوات. وفي عام 2000م جرت انتخابات رئاسية جديدة أسفرت عن فوز الحزب الديمقراطي التّقدمي بحكم البلاد منهيًا بذلك حكم حزب "الكومنتانغ" الذي استمرّ لأكثر من خمسين سنة، وجرى انتخاب "تشن شوي بيان" (chén shuǐ biǎn, 陳水扁)، ونائبته "ليو شيو ليان" (lǚ xiù lián, 呂秀蓮)، وكان هذا الفوز يمثّل أول انتقال فعلي للسلطة بين الأحزاب السياسية في جمهورية الصين (تايوان) منذ تأسيسها،

وأعيد انتخابهما في الانتخابات الرئاسية الثالثة في عام 2004م.

وبقي التداول الديمقراطي للسلطة بين الحزبين أحد أبرز المؤشّرات لاستقرار الحياة السياسية والديمقراطية في البلاد، فقد استطاع حزب "الكومنتانغ" الفوز بحكم البلاد في انتخابات 2008م، و2012م، فيما فاز الحزب الديمقراطي التّقدمي في الانتخابات الرئاسية في 2016م، و2020م وما زال باسطًا حكمه على البلاد بعد تجديد انتخاب رئيسة الحزب "تساي اينج ون" (蔡英文)(cài yīng wén)، وستستمرّ رئاستها حتى موعد الانتخابات الرئاسية القادمة.

هوامش ومراجع الباب
本章參考文獻

本書所有章節之中文拼音皆參考教育部，＜中文譯音轉換系統＞，載於：https://crptransfer.moe.gov.tw/

本書所有章節之閩南語拼音皆參考教育部，＜臺灣閩南語常用詞辭典＞，載於：https://reurl.cc/1okn28

[1]　行政院，＜國情簡介 - 土地與人民＞，載於：https://reurl.cc/NZN3Y9（最後瀏覽日：2021.07.31）。

[2]　交通部觀光局，＜台灣概況＞，載於：https://reurl.cc/ZjlDNa（最後瀏覽日：2020.07.19）。

[3]　黃秀政、張勝彥、吳文星，《臺灣史》，台北：五南，2011 年 4 月 2 版。

[4]　行政院，＜國情簡介 - 土地與人民＞，載於：https://reurl.cc/73bOK5（最後瀏覽日：2020.07.19）。

[6]　交通部觀光局，＜台灣概況＞，載於：https://reurl.cc/ZjlDNa（最後瀏覽日：2020.07.19）。

[8]　行政院，＜國情簡介 - 土地與人民＞，載於：https://reurl.cc/73bOK5（最後瀏覽日：2020.07.19）。

[11]　交通部觀光局，＜台灣概況＞，載於：https://reurl.cc/ZjlDNa（最後瀏覽日：2020.7.22）。

[12]　行政院農業委員會，＜農業指標＞，載於：https://reurl.cc/NZN3x9（最後瀏覽日：2021.04.14）。

[13]　王乾盈，＜台灣地區板塊運動與地震活動＞，載於：https://reurl.cc/MkMrzp（最後瀏覽日：2021.04.14）。

[14]　交通部觀光局，＜台灣地形＞，載於：https://reurl.cc/n5lkl6（最後瀏覽日：2021.04.14）。

[15]　交通部觀光局，＜臺灣概況＞，載於：https://reurl.cc/ZjlDNa（最後瀏覽日：2020.07.22）。

[16]　交通部中央氣象局，＜氣候百問＞，載於：https://reurl.cc/l5a8a9（最後瀏覽日：2021.04.14）。

[17]　中央氣象具數位科普網，＜台灣有哪些重要的天然災害?＞，載於：https://reurl.cc/

YjkLk0（最後瀏覽日：2021.04.14）。

18 全國法規資料庫，< 天然災害停止上班及上課作業辦法 >，載於：https://reurl.cc/Q6V0VM（最後瀏覽日：2021.04.14）。

19 中央氣象局數位科普網，< 台灣有哪些重要的天然災害 ?>，載於：https://reurl.cc/YjkLk0（最後瀏覽日：2021.04.14）。

20 同上。

21 行政院，< 國情簡介 - 土地與人民 >，載於：https://reurl.cc/73bOK5（最後瀏覽日：2020.07.19）。

22 中華民國統計資訊網，< 最新指標 >，載於：https://reurl.cc/35bGbl（最後瀏覽日：2020.07.19）。

23 同上。

24 國家發展委員會，< 中華民國人口推估 -2018 至 2065>，載於：https://reurl.cc/q1KyKy（最後瀏覽日：2020.07.19）。

25 行政院，< 語言文字 >，載於：https://reurl.cc/xEKdWZ（最後瀏覽日：2021.04.14）。

26 同上。

27 同上。

28 同上。

29 同上。

31 行政院，< 中央政府總預算案 >，載於：https://reurl.cc/kL8mpL) 最後瀏覽日：2021.10.04)。

32 教育部，< 高級中等教育 >，載於：https://reurl.cc/73bOED) 最後瀏覽日：2021.10.04)。

33 教育部，< 教育現況 >，載於：https://reurl.cc/52be3v) 最後瀏覽日：2021.10.04)。

36 黃秀政、張勝彥、吳文星，《臺灣史》，台北：五南，2011 年 4 月 2 版，45-48 頁。

37 同上，59 頁。

38 同上，66-70 頁。

40 同上，144-145 頁。

41 同上，197 頁。

42 同上，256-257 頁。

5 الزوكة، محمد خميس، 2000، آسيا دراسة في الجغرافيا الإقليمية، ط2، دار المعرفة الجامعية، مصر، ص276.مصر، ص276.

7 المرجع نفسه، ص277.

9 انظر: عزيز، محمد مكي، 1986. آسيا الموسمية: دراسة جغرافية، جامعة الكويت، الكويت، ص420.

10 الزوكة، محمد خميس، 2000، آسيا دراسة في الجغرافيا الإقليمية، ط2، دار المعرفة الجامعية، مصر، ص277.

21 وزارة الخارجية، 2019، لمحة عن تايوان، جمهورية الصين ،ط1، مجلّة بانوراما تايوان ، تايوان، ص10-9.

30 المرجع نفسه، ص69-67.

34 وزارة الخارجية، 2018، لمحة عن تايوان، جمهورية الصين ،ط1، مجلّة بانوراما تايوان ، تايوان، ص17.

35 لقمان، فاروق، حكاية تايوان، شركة المدينة للطباعة والنشر، د.ت، د.ط.، السعودية، ص34.

39 وزارة الخارجية، 2018، لمحة عن تايوان، جمهورية الصين ،ط1، مجلّة بانوراما تايوان ، تايوان، ص16.

43 المرجع نفسه، ص-18 19.

44 المرجع نفسه، ص20.

45 الصّباغ، عبد اللطيف، تاريخ آسيا الحديث والمعاصر، د.ت، د.ط.، ص128.

46 وزارة الخارجية، 2018، لمحة عن تايوان، جمهورية الصين، ط1، مجلّة بانوراما تايوان ، تايوان، ص19.

47 يان، عبد الحميد، 1997، تعليم اللغة العربية في جامعة جين جي الوطنية في تايوان، جامعة الإمام محمد بن سعود، السعودية، ص12.

48 وزارة الخارجية، 2018، لمحة عن تايوان، جمهورية الصين، ط1، مجلّة بانوراما تايوان ، تايوان، ص19.

49 الشيخ، رأفت غنيمي، وآخرون، 2000، تاريخ آسيا الحديث والمعاصر، ط2، عين للدراسات والبحوث الإنسانية والاجتماعية، مصر، ص-409 410.

50 وزارة الخارجية، 2018، لمحة عن تايوان، جمهورية الصين، ط1، مجلّة بانوراما تايوان ، تايوان، ص25-28.

51 المرجع نفسه، ص 20.

第二章
الباب الثاني

宗教、文化與
民俗傳統

الدين والثقافة والعادات والتقاليد

第二章
宗教、文化與民俗傳統

• •

　　宗教是人們心靈的依託，文化和民俗傳統則是民眾對於生活的詮釋，以及日常經驗的傳承。

　　基於法律的保障，臺灣民眾對於宗教信仰有選擇的自由，多元化的宗教信仰在民眾的日常生活中也佔有一席之地。臺灣的宗教承襲了佛教及道教，並結合了諸多地方民間信仰，一年四季各地皆舉辦許多宗教儀式、活動。本章首先介紹臺灣主要宗教信仰的發展，和部分有名的寺廟宮觀。

　　此外，本章也簡述臺灣傳統的婚嫁習俗、婦女懷孕生產之禮俗、喪葬習俗，以及常見的風俗禁忌，如對於不同數字與顏色的偏愛及忌諱，以及送禮需避免的物品等。並說明農民曆法的制定與運用、二十四節氣所代表的意涵，以及十二生肖的由來與各生肖動物所代表的人格特質。並於最後介紹臺灣主要傳統節日的由來及其習俗。

الباب الثاني
الدين والثقافة والعادات والتقاليد
....

الفصل الأول
الأديان والمعابد

أ.   الأديان

تنعم تايوان ببيئة ثقافية منفتحة، تتعايش فيها ديانات متعدّدة في وئام وسلام، إذ ينصّ الدستور على الحرية الدينية للأفراد والجماعات المقيمة، وتشير الإحصاءات الرسمية إلى وجود حوالي 22 ديانة في تايوان، منها: البوذية والطاوية والكونفوشيوسية، والمسيحية، والإسلام، واليهودية.[1] ووفقًا لإحصاءات عام 2017م الصادرة عن وزارة الداخلية، فإن الطاوية والبوذية، هما الديانتان الأكثر انتشارًا في تايوان، إذ يدين حوالي 35% من السكان بالبوذية، وحوالي 33% بالطاوية، وحوالي 3.9% بالمسيحية، و28.1% بديانات أخرى: كالإسلام، واليهودية، والهندوسية. وهناك ديانات محلية أخرى.[2]

ويبدو أنه ليس هناك خط واضح بين الطاوية والبوذية والكونفوشيوسية، وهذا ما يميّز الديانات الأصلية في تايوان، وخصوصًا البوذية والطاوية، فتتسمان بالتكامل والاندماج الديني، ففي بعض الأحيان قد يظهر الإله نفسه في ديانات مختلفة بأسماء مختلفة، وقد تتشابه مشاهد الاحتفالات الدينية لتلك الدِّيانات في البلاد، كما أنّ العديد من المعتقدات الدينية التي رافقت القادمين من البر الصيني إلى تايوان قد أخذت خصائص البيئة التايوانية. ويمكن إيراد معلومات عامة عن الديانات الآتية في تايوان:

أحد المعالم الطاوية في مدينة "كاوشيونغ"

- **الطاوية**

يُعتقد أنها ظهرت في القرن السادس قبل الميلاد، (وتكتب أيضاً: التاوية أو الداوية)، ومعناها: المنهج أو الطريق، وقد تعني أيضًا: نمط حياة. وهي خليط من الآلهة والمعتقدات المحلية الشعبية وتعاليم البوذية. وتعدُّ الطاوية إحدى أكبر الديانات الصينية القديمة، التي ما زال لأتباعها وجود إلى اليوم في الصين وتايوان، وبعض دول آسيا.

تنسب الطاوية إلى "لاو تزي" (lǎo zǐ, 老子) الذي يعتقد أنه ولد سنة 604 قبل الميلاد، ويعني اسمه: المعلم الحكيم أو الفيلسوف الحكيم. وكانت الطاوية في عهد "لاو تزي" عبارة عن فلسفة، لكنها تحولت بعد موته إلى دين وعقيدة لها نظام وعبادات[3].

تُعْلِي الطاوية من شأن الطبيعة، ولهذا يتعلق الطاويون بها تعلقًا كبيرًا ويجعلونها النظام الذي تتبعه الفصول، وهي قانون الأشياء العادل الذي يجب أن يخضع له الناس إذا أرادوا العيش بحكمة وسلام. ويهتمون بالالتجاء إلى حياة العزلة والتقشف، والتأمل الهادئ في الطبيعة، ويعتبر الطاويون الموت والحياة بمثابة دورات تكمّل إحداهما الأخرى، وأنّ الذي يموت إنما يذهب ليرتاح بين الأرض والسماء[4]. ومن الطّاو تفرّع عنصران مهمان هما: "الين" و"اليانغ" (yīn yáng, 陰陽) اللذان أنجبا الأرض والسماء والإنسان -حسب المعتقدات الطاوية- ومن الثلاثة تفرعت الأشياء والكائنات. ويمثّل "الين" الأنوثة،

والإذعان، والتّقبل، والقمر، والغيوم، والماء، والأرقام الزّوجية، بينما يمثّل "اليانغ" الذكورة، والصّلابة، والنّشاط، واللون الأحمر، والشمس، والأرقام الفردية. والقوتان في حركة مستمرة، وعندما تبلغ إحداهما ذروتها، تأخذ الأخرى بالانحسار.

وفي القرن السابع عشر كان على مهاجري "الهاكا" من "فوجيان" و"غوانغدونغ" في البرّ الصيني مواجهة مرض الطاعون، ولهذا رحل بعضهم إلى تايوان واستقروا فيها، وكانت الطّاوية تُلبّي احتياجات الناس من الناحية الرّوحية، وفي ظلّ هذه الظروف، انتقلت الطاوية إلى تايوان مع هؤلاء المهاجرين، وانتشرت بسرعة في جميع أنحاء البلاد.[5]

البوذية إحدى الديانات الرئيسة في آسيا

- **البوذية**

انتشرت في تايوان في فترة القرنين السّادس عشر والسّابع عشر، عن طريق المهاجرين القادمين من الصين. والبوذية هي إحدى الديانات الرئيسة في آسيا، وتنتشر في القارة الهندية والصين وتايوان، ومعظم البلاد في جنوب شرق آسيا، مثل: تايلند وميانمار وكمبوديا وغيرها.

تنسب البوذية إلى "بوذا" الذي عُرف بـ"سا كيا مو ني" (釋迦摩尼)

(shì jiā mó ní)، واسمه الأصلي "سدهارتاجوتاما" (喬達摩悉達多)
(qiáo dá mó xī dá duō)، ويُعتقد أنه ولد في سنة 623 قبل الميلاد، في شمال شرق
الهند، أما كلمة بوذا فتعني: اليقظ أو المستنير، ولها معانٍ أخرى، كلها تدور حول المعنى
السابق، كالحكيم، أو ذي البصيرة النّفاذة[6].

تؤمن البوذية بتناسخ الأرواح، وتعني انتقال الروح وتجوالها من جسد مات صاحبه
إلى جسد مخلوق آخر سواء كان إنسانًا أم حيوانًا، ويعتبر ذلك الانتقال جزاءً للعمل،
فالروح تلاقي في دورة الحياة التالية جزاء ما عملت في دورة سابقة، مع الاعتقاد بعدم
خلود الروح، فإذا مات شخصٌ فإنّ روحه ـ بسبب ما يشوبها من الشهوات ـ ستعود فتولد
من جديد في أدوار أخرى من التّقمّص، وهكذا إلى ما لا نهاية، ولا يمكن الإفلات من هذا
إلا بتطهير النّفس، والتغلّب على الشهوات والتجرّد من رغبات الدنيا[7].

وفي العقود الأخيرة، كان الاهتمام بدراسة البوذية يزدهر أكثر فأكثر بين الجامعات
في تايوان، فنشأ في العديد من الجامعات أندية خاصة لدراسة البوذية، إلى جانب ذلك،
فإن الهيئات البوذية في تايوان تعمل أيضًا في مجالات متنوعة، كرياض الأطفال
والمدارس وحتى المستشفيات، كما أنها تقدّم أنشطة خيرية وإغاثية، في داخل تايوان
وخارجها[8].

● **الإسلام[9]**

يمكن تقسيم انتشار الإسلام في تايوان إلى مرحلتين: الأولى في عهد إمبراطورية
"تشينغ" 1683م - 1895م الذي انتقل إلى تايوان مع قواته عام 1661م، وواجه
الهولنديين الذين سيطروا على بعض المناطق في جنوب غرب تايوان، ثم استقرّ في
الجزيرة، وقد اعتنق كثيرٌ من الجنود الذي جاؤوا معه الإسلام، واستقروا في تايوان بعد
أن أحضروا أسرهم، وبنوا المساجد فيها، وخاصة في الساحل الغربي لتايوان. والمرحلة
الثانية كانت حين انتقلت حكومة جمهورية الصين إلى تايوان، بقيادة "شيانغ كاي شيك"،
فقد تبع الحكومةَ عشرون ألفًا من المسلمين، معظمهم موظفون ومهنيون وجنود؛ ولأن

معظم المسلمين كانوا يعيشون في أماكن مختلفة، ولم تكن لهم مساجد في ذلك الوقت، فقد قرر المسلمون بناء مساجد في تايوان للحفاظ على معتقداتهم. ويوجد الآن حوالي عشرة مساجد، أكبرها مسجد تايبيه الكبير، كما يوجد بعض الجمعيات الإسلامية، كجمعية المسلمين الصينيين، والمؤسسة الإسلامية للثقافة والتعليم التابعة للحكومة التايوانية[10].

مسجد تايبيه الكبير في مدينة "تايبيه"

● **المسيحية**

دخلت المسيحية إلى تايوان مع الإسبان والهولنديين، في أوائل القرن السابع عشر، وقد لعبت الكنيسة المسيحية دورًا تاريخيًا مهمًا في التطور المبكر في تايوان.[11]

إحدى الكنائس في مدينة "شينجو"

ب. المعابد[12]

تشكّل المعابد مظهرًا جماليًا ودينيًا وثقافيًا في تايوان، يقصدها كثير من التايوانيين في المناسبات والأعياد الدينية، وبالإضافة إلى كونها دورًا للعبادة، فإن لها قيمة معمارية وجمالية بارزة، ويلحظ التشابه المعماري بين معظم المعابد، مع وجود اختلافات أحيانًا لاختلاف فترات بنائها، واختلاف الآلهة الموجودة فيها، فلكلّ إله شكل يميّزه عن الآلهة الأخرى، وهذه الاختلافات المعمارية أبقت من المعابد وجهة ثقافية سياحية يرغب كثير من الزائرين في استكشافها والتمتّع بمشاهدتها.

يُستخدم في المعابد البخور والمفرقعات أحيانًا ضمن الطقوس المرافقة للاحتفالات الدينية. ويقوم المصلون بضم الكفين ووضعهما أمام الوجه مع انحناءات متكررة أمام الآلهة، وإشعال البخور أيضًا، ويأتي المصلون إلى المعابد لتأدية العبادات، وليطلبوا من الآلهة تحقيق الآمال والأمنيات، كما يمكن أن تشاهد في المعابد كميات من الفواكه أو الأطعمة أو الزهور الموضوعة على طاولات خاصة، للحصول على البركة لأصحابها الذين يعودون بعد وقت لأخذها أو تناولها في بيوتهم.

ومما يجب على المصلي في المعبد أن يراعيه: الدخول إلى المعبد من الجانب الأيمن، والمغادرة من الجانب الأيسر، وعبادة الإله الرئيسي، ثم عبادة الآلهة الأخرى التي بجانبه، وضرورة عبادة نفس الإله بانتظام، وإذا كان للمعبد غرف أخرى فيها آلهة، فتكون عبادة هذه الآلهة حسب منزلة الإله، فَيُبْدَأ بالأعلى منزلة، ثم الذي يليه، كما يجب على المصلي ارتداء ملابس مناسبة غير كاشفة للجسد، وعدم الإشارة إلى الآلهة بالأصابع، أو الغضب، أو تأنيب أحد من الناس في المعبد. وفيما يلي إشارة إلى بعض المعابد المشهورة في تايوان[13]:

- **معبد "باو آن قونغ" (bǎo ān gōng, 保安宮)**

يقع في منطقة "دا تونغ" (dà tóng, 大同) وهو حائز على جائزة اليونسكو لمنطقة آسيا والمحيط الهادئ للتراث، بُني في البداية كهيكل ريفي في منتصف القرن الثامن عشر، والإله الرئيسي للمعبد "باو شينج دا دي" (保生大帝) (bǎo shēng dà dì)، المشهور بمعرفته الطبية حسب المعتقدات الصينية، ويمكن مشاهدة الأعمال الفنية المنحوتة بالحجارة في جميع غرف المعبد، ولكنَّ أقدم المنحوتات

تقع في القاعة الأمامية، حيث توجد أعمدة التنين المنحوتة حول السقف. ويُقام مهرجان سنوي للفنون الشعبية في المعبد من أذار إلى حزيران، وتُقدّم في المعبد عروضٌ للأوبرا، ويوجد فيه عيادة صحية مجانية.[14]

معبد "باو آن قونغ" في مدينة "تايبيه"

- **معبد "تسي يو قونغ" (cí yòu gōng, 慈祐宮)**

وهو معبد مخصص لإلهة البحر "ماتزو" (mā zǔ, 媽祖)، التي تراقب البحّارة والصيادين حسب الثقافة الصينية. ووفقًا للمعتقدات الصينية، فقد بُنيَ المعبد من قبل راهب متنقل انضم إلى مجموعة من أتباع "ماتزو"، وقضوا معًا عشر سنوات لجمع ما يكفي من المال لتمويل مشروع بناء المعبد. وصُمِّم هذا المعبد الطاوي بعناية فائقة مع الاهتمام بالتفاصيل، ولهذا يتميّز المعبد بسقفه المتقن المتعدد المستويات، وبالتنين الخزفي الملون، مما يمنح الهيكل الخارجي للمعبد واجهة رائعة يمكن التعرف عليها بسهولة من بعيد[15]. مع الإشارة إلى أن هناك كثيرًا من المعابد الأخرى التي تعبد الإلهة "ماتزو" وتنتشر في مناطق متعددة في تايوان.

إلهة البحر"ماتزو"

- **معبد "تشينغ شان قونغ" (qīng shān gōng, 青山宫)**

يقع معبد "تشينغ شان قونغ" في حي"وان هوا" (wàn huá, 萬華)، وهو بناء أنيق بُني لتكريم الإله "تشينغ شان وانغ" (qīng shān wáng, 青山王) إله الأوبئة حسب الثقافة الصينية، وعلى الرغم من أنه ليس مشهورًا وكبيرًا مثل معبد "لونغ شان سي" القريب، إلا أن المنحوتات الحجرية في المبنى والسقوف المدهشة تجعله يستحق الزيارة. وبُنِيَ المعبد من الخشب والحجر، مع تفاصيل فنية معقدة على الجدران والسقف. ويقام مهرجان لمدة ليلتين للاحتفال بعيد ميلاد "تشينغ شان وانغ". يتميز هذا الاحتفال النابض بالحياة بألعاب نارية، وفوانيس ومسيرة ليليّة مليئة بالألوان[16].

معبد "فو قوانغ شان" في مدينة "كاوشيونغ"

- **معبد "فو قوانغ شان" (fó guāng shān, 佛光山)**

هو المقر الرئيسي للرهبانية أو البوذية الإنسانية، يقع في جنوب تايوان، في مدينة "كاوشيونغ"، ويعتبر هذا المعبد أكبر معبد بوذي في تايوان، تبلغ مساحته 55 فدانًا[17]، وهو مكان للسلام والهدوء. ويمنحك فرصة لإلقاء نظرة على الثقافة وتاريخ الدين البوذي، والمعبد بمناظره الجميلة متعة للعيون، في حين أن أصوات الرياح من حوله تبعث على الاسترخاء، وكأنها ترحب بالزائرين أثناء استكشاف المكان. ويتكوّن المعبد من عدد من المعابد الداخلية، بالإضافة إلى الحدائق وغرف الدراسة والتأمّل. يلحظ اختلاف بين الأجزاء القديمة والجديدة في المعبد بسبب أعمال التجديد التي مرت في السنوات الأخيرة، وفيه كثير من التماثيل البوذية الضخمة.[18]

معبد كونفوشيوس في مدينة "تاينان"

- **معبد كونفوشيوس (kǒng miào, 孔廟)**

يشتهر كونفوشيوس كواحد من أهم المعلمين والفلاسفة في الصين، وتعاليمه تركت تأثيرًا كبيرًا في الثقافة الصينية، وتنتشر اليوم المعابد المكرسة لكونفوشيوس في العديد من المدن التايوانية، بما في ذلك تايبيه، و"تاينان". على عكس المعابد الأخرى في تايبيه،

فإن تصميم معبد كونفوشيوس أكثر بساطة، بدون العديد من الزخارف الدقيقة في الداخل. وبُنِيَ المعبد في الأصل عام 1879م، ولكنه دُمِّر عندما أصبحت البلاد تحت الحكم الياباني، وأعيد بناؤه فيما بعد.[19] وأمّا معبد كونفوشيوس في مدينة "تاينان" فقد تم إنشاؤه في عام 1665م[20] بهدف التثقيف وتوفير مكان لإقامة المحاضرات. يمثّل المعبد الطراز المعماري لجنوب الصين، ويعدّ اليوم مكانًا لمختلف المناسبات الثقافية، ومَزارًا شهيرًا لكل من السكان المحليين والسياح.[21]

- **معبد "لونغ شان سي" (lóng shān sì, 龍山寺)**

هو أقدم معبد في تايبيه، بُنِيَ لأول مرة في عام 1740م، في عهد إمبراطورية "تشينغ"، والمعبد من أشهر المعالم الثقافية في تايبيه، وبُني في الأصل لآلهة الرحمة، وتتميز جدرانه الملونة وأسقفه الذهبية بالطراز المعماري الكلاسيكي التايواني، وتم تشييد المعبد على شكل قصر يضم خمسة أقسام مختلفة، وتحرسه المخلوقات الأسطورية بما في ذلك التنين والعصافير والأبطال من الفولكلور الصيني القديم. ويأتي البوذيون والطاويون إلى المعبد للعبادة معًا مرتين في الشهر، وغالبًا ما يجلبون الطعام والزهور معهم.[22]

وبالتأكيد هناك كثير من المعابد الأخرى المنتشرة في أنحاء تايوان، ولكن لا يتسع المجال للحديث عنها جميعًا.

معبد "لونغ شان سي" في مدينة "تايبيه"

الفصل الثاني
الثقافة والعادات والتقاليد

الثقافة كالهواء الذي يُستنشق، يحتاجه الإنسان، ولا يستغني عنه مطلقًا، وهي نظام متكامل يتكوّن من المعتقدات، والقيم والأعراف، والقواعد السلوكية التي يتمّ تكوينها ومشاركتها ضمن فئة معينة من الناس، ويكون لها تأثير قوي ومهم في سلوكهم، فهي تمثّل خصوصية لكل أمة، تميّزها عن غيرها من الأمم.

تستمد تايوان معظم ثقافتها من الثقافة الصينية التقليدية، وبفضل قربها من اليابان استطاعت أن تجمع بين الثقافتين الصينية واليابانية، بالإضافة إلى عناصر من القيم الغربية الحديثة، وهذا يشير إلى أنّ الثقافة والعادات التايوانية تأثرت بالأحداث والمتغيرات السياسية والاجتماعية المحيطة بها منذ بداية التاريخ، وحتى تاريخها المعاصر.

ومع ذلك فلكل بلد تقاليده وعاداته المحليّة المميّزة له، وفي تايوان ما زال الناس يتّبعون العادات والتقاليد الصينية، على سبيل المثال، خلال الاحتفال بالعام التقليدي الجديد، إلى جانب أن الناس يتبادلون التهاني فيما بينهم، فهم أيضًا مازالوا يتبعون طرق الاحتفال التقليدية، ويحاولون تجنّب القيام بالمحرّمات خلال حفلات الزفاف والجنازات أو العبادة، كما أنّ البناء الأسري في المجتمع التايواني ما زال متماسكًا إلى حدٍّ كبير، وتسود بين الناس القيم والأخلاق التي تؤكد على احترام الآباء، والمحافظة على الروابط العائلية.

هناك مظهران للثقافة التايوانية التقليدية، أحدهما: ما يمكن أن يطلق عليه تعبير المرئيات الجامدة، وهو الأكثر وضوحًا، ويتمثّل في الآثار القديمة الموجودة في المتاحف، والمعابد الضخمة، والخط الصيني المتميز وغير ذلك، والمظهر الآخر يتميز بأنه أكثر رقة وحيويّة، وهو الثقافة الحيّة للناس التي تعكس طريقة حياتهم وأساليبهم التقليدية في التفكير والسلوك، وهي ثقافة تعود جذورها إلى الثقافة الصينية التي تستند إلى ثلاثة محاور ذات نفوذ مؤثّر، وهي: الكونفوشيوسية والبوذية والطاوية[23]، مما يعني أنّ هناك العديد من التقاليد والعادات الأصيلة المتوارثة في المجتمع التايواني

يحرص الناس على اتباعها.

وفيما يلي عرض لبعض العادات الشائعة في الثقافة التايوانية وقد تكون طريفة بالنسبة لغيرهم:

أ. عادات الزواج

عندما يخطب الشاب فتاة، يكون من المناسب أن يقدّم لخطيبته مهرًا تأكيدًا لحبه وصدقه، ويجب أن يكون عدد الهدايا زوجيًا وليس فرديًا، كما يجب على والديّ الفتاة تقديم هدية لابنتهما تهنئة لها بهذه المناسبة. وبحسب العادات التايوانية يجب العناية باختيار تاريخ الزفاف؛ لأنّ بعض الأشهر غير محببة للزواج حسب الموروثات الثقافية، فيتجنّب الناس الزفاف في الشهر السّابع في التقويم القمري؛ لأنهم يعتقدون أنّه شهر الأشباح.

من عادات الزواج - العريس يتوجّه إلى بيت العروس

وعلى الرغم من ميل المجتمع إلى تبسيط عمليات الزفاف في الوقت الحاضر، إلا أن الناس ما زالوا يهتمون ببعض التفاصيل، إذ تبدأ مراسم الزفاف بذهاب العريس ومرافقيه إلى منزل العروس لمرافقتها إلى مكان الزفاف، ويأخذ العريس معه باقة من الزهور، وتكون العروس في انتظاره في غرفة خاصة، وتطلب منه القيام ببعض الأنشطة أو الألعاب لاختبار حبه وإخلاصه لها.

بعد فتح باب الغرفة التي تجلس فيها العروس انتظارًا للعريس، تنتقل العروس مع وصيفتها إلى

والدها ليقدمها للعريس، وبعد ذلك يقومان بتأدية بعض العبادات حسب التقاليد التايوانية، وفي النهاية ينحني العريس والعروس احترامًا لوالديها، ويقدمان الشاي للوالدين تقديرًا لجهودهما في تربية العروس ووداعًا لأسرتها.

وعند مغادرة العروس لمنزلها تظلّلها وصيفتها، أو أخت زوجها بمظلّة حمراء، وترمي الأرز على الأرض لدرء الشرور عنها. وعند الدخول إلى بيت العريس، يبدأ العروسان بطقوس العبادة، ويرافق ذلك عملية تقديم الشاي لوالديّ العريس، ثمّ يقدّم الأقارب والمدعوون التهاني للعريسين، والنقود في مغلّفات حمراء، يتلو ذلك تقديم الشاي للأقارب والمدعوين.[24]

طقس تقديم الشاي لوالدي العروس

ب. عادات الحمل والولادة

أثناء فترة الحمل يوجد بعض الممنوعات بالنسبة للمرأة الحامل في الثقافة التايوانية، فعلى سبيل المثال لا يمكن للأم الحامل قصّ أو خياطة الملابس خوفًا من إيذاء الجنين، ولاعتقاد الناس بأن ذلك سيكون سببًا في تشوّه الأبناء الذين ستلدهم، كما لا يجوز للحامل أن تَحضر الجنائز، أو الشعائر الدينية والأعراس، أو أن تلمس مهر عروس أخرى. وبعد الولادة عادة ما تلتزم الأمّ بنظامٍ غذائي خاص، ونمطٍ حياتي محددٍ؛ لاستعادة حيويتها ونشاطها تعويضًا لما خسرته أثناء الولادة.[25]

وبعد مرور شهرٍ على الولادة، يحتفل الوالدان ببلوغ طفلهما شهرًا واحدًا بتقديم أرجل الدجاج المطبوخة والبيض الأحمر والأرز المتبّل بالزيت إلى الأقارب والأصدقاء، وإذا كان المولود بنتًا، فالعادة أن يقدّموا كعكة، ولكنْ الآن، وبصرف النظر عن كون الطفل ولدًا أو بنتًا، فإنهم عادةً يقدمون الكعك والأرز المتبّل بالزيت.[26]

تقديم الطعام التقليديّ بمناسبة مرور شهر على الولادة

وعند بلوغ الطفل عامه الأول، تحتفل الأسرة بعيد ميلاده بوضع مجموعة من الأدوات أمامه، وترك المجال له لاختيار أيّ منها لاستكشاف شخصيته، فعلى سبيل المثال: توضع أدوات الخط الصينيّ، ونقود نحاسية، ومِعْداد، وقوس، وملابس وغير ذلك أمام الطفل، ويترك الوالدان للطفل أن يختار أي شيء يريده، ووفقًا للشيء الأول الذي يمسك به، يخمّنان شخصيته أو وظيفته في المستقبل.

طقوس استكشاف شخصية الطفل

ج. طقوس الجنائز

تبدأ طقوس الجنائز بإعلان النعي لإبلاغ الأقارب أو الأصدقاء بهذا الخبر الحزين، وغالبا تُنقل الجثة إلى ثلاجة الموتى في المستشفى لحفظها، ويُنقَل بعض الموتى إلى منازلهم حسب رغبة أهل المتوفَّى، وفي هذه الأثناء يقوم متعهد دفن الموتى بغسل الميّت وإلباسه الملابس الخاصة به، وقد يُستعمل المكياج، ثمّ توضع الجثة في التابوت استعدادًا لنقلها إلى المقبرة. يفضّل معظم الناس في هذه الأيام حرق الجثث، وبعد الحرق تضع عائلة المتوفَّى رماد الجثّة في جرة تُحْفَظُ في المقبرة في غرفة مخصصة للاحتفاظ بهذا الرماد.

ويحرص المشاركون في تشييع الجنازة على ارتداء الألوان الداكنة، ولا يمكن ارتداء الملابس الملونة، كما لا يجوز تأخر المشاركين عن الوقت المحدد لمراسم التشييع، ويتجنّبون الضحك أو التحدث أثناء التشييع. ويقدّم المعزون لأهل الميت مغلفات بيضاء، فيها مبالغ نقدية مساعدةً لأسرة الفقيد، ويُرَاعَى أن يكون المبلغ رقمًا فرديًا، وفي المقابل يقدّم أهل الميت المناشفَ للمعزين تقديرًا لحضورهم ومشاركتهم في التشييع.

وبعد مرور مئة يوم على الوفاة، تطلب بعض العائلات من الرهبان أن يقرؤوا تعاويذ الكتاب المقدس الخاصّ للمُتوفَّى، ويقدمون لروحه بعض الأطعمة، وتقدّم أسرة المتوفَّى للمشاركين مناشف تقديرًا لمشاركتهم، وغالبًا ما تقوم العائلات بالشيء نفسِه بعد مرور عام، وبعد مرور ثلاثة أعوام على الوفاة أيضًا.[27]

د. محظورات ثقافية

في كل الثقافات يوجد محرمات أو محظورات يحرص الناس على اجتنابها وعدم ممارستها في حياتهم اليومية، فيتجنَّبون الوقوع فيها، وربما يحبون أن يحترمها الآخرون عند التعامل معهم، وغالبًا تشمل هذه المحرّمات شؤونًا مختلفة في الحياة اليومية والاجتماعية، ومعرفة هذه المحرّمات أو المحظورات يجنّبنا الوقوع في مواقف محرجة، عند التعامل مع الناس في المجتمعات التي نزورها أو نعيش فيها.

يروي أحد العرب المقيمين في تايوان أنه ذهب في أحد الأيام إلى زيارة أسرة تايوانية في مدينة

"كاوشيونغ" جنوب تايوان، فبدأ يفكّر بالهدية التي يمكن أنْ يقدّمها، وأثناء تجواله هناك وقعت عيناه على مصنوعات خشبية متنوعة في أحد المحلات التجارية، فأعجب بها، واختار واحدة منها، كانت الهدية ساعة حائط مصنوعة من الخشب، وكانت في رأيه تحفة فنية جميلة جدًا، وكم كانت دهشته كبيرة حين رأى الاستغراب الشديد في وجوه الحاضرين حين قدّم الهدية لهم، فقد تبيّن له أنّ الساعة في الثقافة التايوانية لا تصلح لأن تكون هدية، وهو ما أوقعه في حرج شديد حين عرف ذلك، فبدأ بالاعتذار، مع أنّ الحاضرين قد التمسوا له العذر، فغمروه بلطفهم وحسن تعاملهم وتقبّلهم لهديته، لأنهم يعرفون أنه لا يعلم بهذا الأمر.

وفي الحقيقة هذه قصة بليغةٌ في أهمية معرفة المحظورات الثقافية للبلد الذي نزوره؛ لتجنّب مثل هذه المواقف المحرجة. ولعلّ هذا من المبرّرات التي تؤكد أهميّة الحديث عن مثل هذه الموضوعات، فضلًا عن طرافتها، لأن ذلك يُنبئ عن كيفية تفكير الآخرين وخصوصيتهم الثقافية. وفيما يلي حديث عن بعض المحظورات:

● **الأعداد**

للأعداد أهمية في حياة الناس، ليس فقط لحاجتهم إليها في حياتهم اليومية في البيع والشّراء، بل لأنها تعبّر أحيانًا عن دلالات إيجابية أو سلبية في بعض الثقافات، فيحرص الناس حينئذٍ على اختيار أعداد بعينها عند تحديد موعد زواج، أو تقديم هدية نقدية، وتجنّب أخرى تبعًا لتلك الدلالات.

في تايوان يعتقد الناس أنّ الأعداد السعيدة تكون زوجية، فيقولون: إن الأشياء الجيدة تأتي في أزواج. وهو شيء يعبّر عن أماني الناس في أن تأتي السعادة وافرة مضاعفة، بينما يعتقدون بأن الأعداد الفردية جالبة للشؤم؛ لأنها تتعارض مع الرغبة في مجيء السعادة وافرة.

فعلى سبيل المثال: الزواج خطوة مهمة، ولذلك فإنّ الكثير من التايوانيين يبدؤون التخطيط لهذه المناسبة بجلوس أسرة الخطيبين أيامًا عديدة لتحديد موعد الزفاف، باختيار

الشهر الذي يعتقدون أنه يرمز إلى الحظّ السعيد، فيختارون الشهر السادس مثلًا، بينما يتجنّبون الشهر السابع في التقويم القمري، ورجال الأعمال حين يقررون السفر فإنهم يحرصون على اختيار اليوم الثامن أو الشهر الثامن أملًا في الحظ السعيد بالثراء والغنى، وكذلك يحرص الناس على أن تكون هداياهم النقدية زوجية العدد لا فرديّة. [28]

وفي بعض الأحيان تفرض طبيعة المناسبة اختيار العدد، فإذا كانت المناسبة سعيدة، كما في حالة الزواج أو أعياد الميلاد فحينئذٍ يجب اجتناب الأعداد الفردية في الهدايا النقدية المقدّمة، بينما في حالات زيارة المرضى، أو تشييع الجنائز يتجنّب الناس تقديم المبالغ النقديّة ذات الأعداد الزوجية، لأن الناس يعبّرون عن أملهم في ألّا تتكرّر هذه الأمراض أو الأحزان. وهناك أمثلة للأعداد المحظورة في بعض الحالات:

- العدد (1): بما أنه رقم فردي، فهو غير محبب في المناسبات السعيدة، لذلك إذا أراد شخص ما تقديم هدية نقدية في زواج أو عيد ميلاد، فسوف يتجنب تقديم المبالغ النقدية الفردية كهدية، لأنه يأمل للعروسين أو لصاحب عيد الميلاد سعادة مضاعفة. [29]

- العدد (2): على الرغم من أنه عدد زوجي ويعدّ عددًا مرغوبًا في المناسبات السعيدة، إلا أنه ليس من المناسب استعماله في بعض المناسبات الحزينة، على سبيل المثال: عند زيارة المرضى، أو حضور الجنائز يتجنّب الناس تقديم مبالغ نقدية ذات عدد زوجي، كما يتجنب الناس اختيار الأيام الزوجية لدفن الموتى؛ لأن الناس لا يأملون أن يتكرّر حدوث الأشياء السيئة. [30]

- العدد (3): يميل الناس إلى تجنّب هذا العدد لأنه فردي، ونطقه (sān, 三) مشابه لكلمة الفراق والانفصال في اللغة الصينية (sàn, 散). [31]

- العدد (4): نطقه (sì, 四) مشابه لنطق كلمة "الموت" بالصينية (sǐ, 死)، لذلك فإن معظم الناس لا يحبون هذا العدد. فليس غريبًا أن نلحظ في المستشفيات أو الفنادق عدم وجود الطابق الرابع؛ تجنبًا لاستعمال نطق هذا العدد المشابه لكلمة

الموت. كما يتجنّبون الأرقام الهاتفية، أو أرقام السيارات المكوّنة من الرقم (4). ولا يحب الناس نطق هذا العدد خلال العام الصيني الجديد أو المناسبات السعيدة.[32]

مصعد بدون الرقم 4 في أحد المستشفيات

- العدد (5): يتجنّب الناس هذا العدد، لأنه فردي ويتشابه نطقه (wǔ, 五) بنطق عبارة: " لا شيء" (wú, 無) وفي الماضي غالبًا ما يشعر الأشخاص الذين وُلدوا في الخامس من أيار في التقويم القمري بالاستياء، كما يتجنّب التجار عقد الصفقات التجارية في الأيام ذات الرقم خمسة.[33]
- العدد (6): من الأعداد المرغوبة، فهو عدد محظوظ، لأنّ نطق (6) (liù, 六) مشابه لـ (liū, 溜) وهي تعني أن الأمور ستسير على ما يرام.[34]
- العدد (7): من الأعداد غير المرغوبة لأنه فردي، ويرتبط كثيرًا بالموت ومراسمه، كما أن الشهر السابع في التقويم القمري هو شهر الأشباح، لذلك عندما يزوج الناس بناتهم يحاولون تجنب هذا العدد.[35]
- العدد (8): هو عدد مرغوبٌ ومحبّب، لأنه نطقه "با" (bā, 八) يشبه كلمة: الثّراء "فا" (fā, 發)، ولذلك يحرص الناس على اختيار هذا العدد في حياتهم اليومية، وفي الماضي، كان التجار يختارون دائمًا الأيام ذات الصلة بالعدد (8) للذهاب في رحلة عمل أو تجارة. حتى الآن هناك قول مأثور: "إذا أردت الغنى والسعادة، فعليك بالعدد (8)". ولهذا يحب الناس اختيار الأرقام الهاتفية، أو أرقام السيارات ذات

العدد (8).[36]

- العدد (9): هو عدد الإنجاز والوفاء، ويعدّ محظوظًا، حيث يتشابه نطقه "جو" (jiǔ, 九) بكلمة "جو" (jiǔ, 久) التي تعني طويل الأمد والبقاء. علاوة على ذلك، فإن عيد كبار السن، وهو تقليد صيني قديم يتم الاحتفال به في اليوم التاسع من الشهر القمري التاسع، تكريمًا لكبار السنّ، كما أنّ من المقولات المعروفة: "للقط تسع أرواح"، مما يعني أن القطط محظوظة لأنها تنجو من الموت كثيرًا.[37]

محظورات أخرى

تشتمل دائرة المحظورات على شؤون أخرى في الحياة التايوانية اليومية يحرص الناس على اجتنابها، ولعلّ من المفيد الإشارة إلى بعضها:

- ● **الألوان**

يستحسن تجنّب اللون الأبيض والأسود عند تقديم الهدايا، لأنهما يستخدمان عادة في مناسبات الموت، فإذا كنت تريد تقديم الزهور هدية في مناسبة سعيدة، فلا تستخدم اللون الأبيض، وخاصة زهور الأقحوان البيضاء التي تستخدم فقط عند زيارة القبور أو أثناء الجنائز. كما لا يجوز استعمال الأغلفة البيضاء لتقديم الهدايا في المناسبات السعيدة، سواء كانت هذا الهدايا نقدية أو عينية. والأفضل استعمال المغلّفات الحمراء، لأنّ اللون الأحمر محبب لدى التايوانيين والصينيين عامّة، لأنه يرمز إلى السعادة والفرح والسرور. ومع ذلك لا يستحبّ استعمال اللون الأحمر في كتابة الأسماء، لأنه لون الدم، لذلك إذا كُتِب اسم شخص ما باللون الأحمر، فقد يعني ذلك أن هذا الشخص قد يتعرض لحادث خطير.[38]

- ● **الأكل**

يتجنّب الناس إدخال عيدان الأكل عموديًا في وعاء الأرز، لأن ذلك يشبه طريقة إدخال البخور في الطعام المخصص لروح المتوفى، وهذا لا يفعله الناس إلا خلال الجنازة، أو شهر الأشباح، وهو الشهر السابع في التقويم القمري. وبعبارة أخرى، إذا تم

فعل ذلك بهذه الطريقة، فكأننا نرجو للحاضرين الشّر. وعندما يأكل الناس الطعام، فإنهم لن يتركوا شيئًا من حبات الأرز في الصحن، لأننا إذا تركنا بعض حبات الأرز في الوعاء، فهذا يعني أن الشّخص سيتزوّج امرأة ذات وجه مُنمّش، وكذلك الحال بالنسبة للمرأة.[39]

من محظورات الأكل – تجنّب وضع عيدان الأكل عموديًا في وعاء الأرز

- **الهدايا**

لا يتبادل الناس الساعات كهدايا، لأن نطق الساعة في اللغة الصينية، يشبه نطق الموت والنهاية،[40] وهو أمرٌ يتجنبه الناس حين يتبادلون الهدايا فيما بينهم. كما أنهم لا يتبادلون المظلات كهدايا، لأن نطق المظلة في الصينية يعني "التشتت" (sǎn, 散)، وهو ما لا يرغب فيه أحد.[41] ويتجنّب الناس تقديم الأحذية هدية للآخرين، لأنّ نطقها (xié, 鞋) مشابه لنطق كلمة "شرّ" في اللغة الصينية، كما يعتقد الناس أن الأحذية تساعد على المشي والذهاب بعيدًا، فهي ترمز إلى الفراق.

- **الصفير في الليل أو فتح المظلة داخل البيت**

يتجنّب الناس الصفير أثناء الليل أو فتح المظلة داخل المنزل؛ لأنهم يعتقدون بأن ذلك يجلب الأشباح.[42]

- **التربيت على الكتف في الليل**

لا يستحسن أن نربّت على كتف أحد، لاعتقاد الناس أن هناك ثلاث نيران على

أكتافنا وفوق رؤوسنا. فإذا قمنا بالتربيت على كتف شخص ما، فقد نطفئ نيرانه، وقد نكسر حظه أو قد يتسبب ذلك في موت شخص ما، وقد يؤدي فعل ذلك في الشهر السابع من التقويم القمري إلى جلب الأشباح حسب اعتقاد الناس.[43]

- **مناداة الشخص باسمه الكامل في الليل**

لا يُنادى شخص باسمه الكامل أثناء التجول في الليل، لأن ذلك قد يجلب الأشباح وفق المعتقدات الصينية، لذلك إذا نُودِيَ شخص ما، فَسَيُنادى بلقبه دون مناداته باسمه الكامل.[44]

ه. التقويم القمري التقليدي (تقويم الفلاحين) (nóng mín lì, 農民曆)

يحدّد هذا التقويم بداية الأشهر ونهايتها في السنة كلها حسب تغيرات القمر، فيبدأ الشهر بظهور الهلال، ثمّ يكبر حتى يصبح بدرًا، وينتهي بظهور هلال الشهر التالي. وللتقويم القمري اسم آخر هو "تقويم هوانغ لي" (huáng lì, 黄曆). ويسمّى بالتقويم القمري تمييزًا له عن التقويم الميلادي المستخدم أيضًا، والذي يسمّى غالبًا التقويم الشمسي.[45]

وفي الواقع إنّ التقويم التقليدي الصيني هو تقويم قمري وشمسي في نفس الوقت، لأنه يعتمد على دورتي القمر والشمس، إذ يُقسّم التقويمُ القمري الصيني الأيامَ الاعتيادية في كل سنة إلى أربعة فصول، و24 فترة محددة بناء على التقويم الشمسي، والفترات الشمسية الأربعة والعشرون المحددة هي تراث ثقافي خاص بالشعب الصيني، تعكس تغيّر الفصول، وتُرشد إلى النشاطات الزراعية التي كان يمارسها الفلاحون، كأوقات زراعة المحاصيل وحصدها.

وهذا يعني أن التقويم القمري التقليدي قد ارتبط بالمجتمع الزراعي الصيني القديم، ولهذا يهتم بالتغيرات المناخية والدورات الطبيعية التي تؤثر في حياة المجتمع الزراعي، فتم تحديد الفصول الأربعة، ثمّ أضيفت إليها الوحدات المناخية التفصيلية وفقًا لحالات الطقس وتغيّر المناخ، وهي 24 فترة مناخية، وهذا هيكل أساسي للتقويم القمري التقليدي، فقد كان الناس يعتمدون عليه لمعرفة الأوقات المناسبة للزراعة ولحصد الزرع. والجدير بالذكر أنّ السنة الكاملة في التقويم القمري التقليدي

355 يومًا تقريبًا، وهناك نظام خاص لتعديل أيام السنة حتى تكون الأشهر مطابقة للفصول والتغيرات المناخية بشكل دقيق في كل سنة.

ويشمل التقويم التقليدي عادةً تفاصيل الأيام وتواريخ الأعياد ومناسبات الطقوس الدينيّة، والتوقّعات للأبراج الصينية للعام كاملًا، وبعض المعلومات عن "فونغ شوي" (fēng shuǐ, 風水)، وهي فلسفة تهدف إلى إيجاد التناغم مع البيئة المحيطة بالإنسان ليستطيع التعايش معها بشكل إيجابي بدون توتر، وتُوظّف هذه الفلسفة الآن في مجال الهندسة المعمارية والتصميم لمساعدة الناس في تحديد الأماكن المناسبة للسكن، ولها تأثيرات عميقة في الثقافة الصينية التقليدية وحياة المجتمع. ويشمل التقويم القمري أيضًا نظرية "الين واليانغ" (yīn yáng, 陰陽) أي نظرية عناصر الطبيعة الخمسة التي نشأت من الفلسفة الطاوية، وهي: "المعدن، والخشب، والماء، والنار، والأرض". وصارت نظرية شائعة في الثقافة الصينية والثقافات الأخرى المشتركة.

التقويم القمري التقليدي (تقويم الفلاحين)

والفترات الشمسية الأربعة والعشرون المحدّدة وفقًا للتقويم الشمسي حسب الفصول[46] هي:

- **فصل الربيع، ويشمل الفترات الست الآتية:**

بداية الربيع (3–5 شباط)، وبداية المطر (18– 20 شباط)، ويقظة الحشرات (5–7 آذار)، والاعتدال الربيعي (20–22 آذار)، ويوم الصفاء (4 – 6 نيسان)، وغيث الحبوب (19 – 21 نيسان).

- **فصل الصيف، وفيه الفترات الست الآتية:**

بداية الصيف (5 – 7 أيار)، وامتلاء السنابل (20 – 22 أيار)، والبذار الصيفي (5 – 7 حزيران)، والانقلاب الصيفي (21 – 22 حزيران)، والحر الصغير (6 – 8 تموز) ، والحر الكبير (22 – 24 تموز).

- **فصل الخريف، وفيه الفترات الست الآتية:**

بداية الخريف (7 – 9 آب)، واختفاء الحر (22 – 24 آب)، والندى الأبيض (7 – 9 أيلول)، والاعتدال الخريفي (22 – 24 أيلول)، والندى البارد (8 – 9 تشرين الأول)، ونزول الصقيع (23 – 24 تشرين الأول).

- **فصل الشتاء، ويشمل الفترات الست الآتية:**

بداية الشتاء (7 – 8 تشرين الثاني)، والثلجة الصغيرة (22 – 23 تشرين الثاني)، والثلجة الكبيرة (6 – 8 كانون الأول)، والانقلاب الشتوي (21 – 23 كانون الأول)، والبرد الصغير (5 – 7 كانون الثاني)، والبرد الكبير (20 – 22 كانون الثاني).

يمكن القول إنّ التقويم القمري التقليدي سِجلّ ثقافي عظيم للشعب الصيني والتايواني، يربط الحاضر بالماضي، كما يربط الحياة والناس معًا، وحتى الآن مازال الشعب التايوانيّ يهتم بالتقويم القمري ويراعيه قبل إقامة المناسبات اليومية، كالزفاف والجنائز، طلبًا للخير، وتجنّبًا للشرور، كما يحتفل الشعب بالأعياد والمناسبات التقليدية وفقًا لهذا التقويم.

و. الأبراج الصينية

يلاحظ في العديد من الحضارات القديمة أنّ الرقم 12 قد استعمل في مجال الدلالة على الزمن[47]، فالسنة على سبيل المثال تتكون من اثني عشر شهرًا. وفي الصين، كان القدماء ينظمون التقويم القمري التقليدي حسب دوران القمر، ووضعوا نظامين للتوقيت، الأوّل يسمّى: "10 تيان غان" (天干) (tiān gān) والثاني: "12 دي جي" (dì zhī, 地支) ، وكلاهما لتوقيت الساعات والشهور والأعوام، فالرقم 12 يرتكز على علم الفلك الذي تَشكّل منه التقويم في الحضارة الصينية القديمة.

وارتبط نظام "12 دي جي" بصفات الحيوانات المعروفة التي تكثر في الحياة اليومية، إضافة إلى الحيوان الأسطوري الصيني: التنين، فابتكرت الأبراج الصينية، المكونة من 12 برجًا، ولكل برج حيوان خاص يرمز إليه، وتميّزه خصائص وسمات شخصية تنطبق على الشخص الذي ولد في سنة هذا الحيوان، كما رُبِطت أرقام السنوات بالأبراج، فتعتبر الأبراج الصينية الاثنا عشر دورة واحدة تتكوّن من اثنتي عشرة سنة.

في البداية كان ترتيب الحيوانات في الأبراج يتغيّر ولا يستقر حتى في عصر "هان". ومع مرور الوقت، اندمجت الأبراج الصينية بالثقافة والأساطير الشعبية ونظرية "الين واليانغ"، فأصبح لكل برج حيوان محدد له ميزات وصفات تميزه عن غيره، وجرى استخدام هذه الأبراج لوصف المواليد الذين يولدون في تلك السنة ذات البرج الخاص، كما ينعكس هذا على التمنيات الجميلة التي يتمناها الناس لأطفالهم.

إنّ الأبراج الصينية لها تأثيرات قوية في الثقافة الصينية، ففي الآداب الصينية تكثر الحكم والتعبيرات والقصص عن الأبراج الصينية وحيواناتها، بالإضافة إلى ذلك، يجعل الناس الأبراج وسيلة للتنجيم وتوقعات الحظ، وهذا يشير إلى الدور المهم الذي تمثّله الأبراج الصينية في الحياة اليومية للناس.

حيوانات الأبراج الصينية

● ترتيب الأبراج[48]

1- برج الفأر: أوّل الحيوانات، فهو الأول في الترتيب، وحسب القصص الصينية القديمة، كان الفأر قد فاز في سباق الحيوانات، فاستحق هذا الترتيب. والصفات الشخصية التي يتمتع بها المولود في هذه السنة هي: الذكاء والإحساس المرهف، وهو حريص وموهوب.

2- برج الثور: الثور له أهمية في الثقافة الصينية، لأن المجتمع الصيني كان مجتمعًا زراعيًا، ويتميز الشخص المولود في سنة الثور بأنه: وفيّ ومخلص وحازم، وأحيانًا عنيد شديد التمسك بأفكاره.

3- برج النمر: وهو حيوان مفترس، وملك الحيوانات حسب الثقافة الصينية، فهو رمز للعدالة والقوة، ويُستعمل رمزًا للجيوش في العصور القديمة، والشخص المولود في هذه السنة: نشيط وشجاع وذو همة لا يخاف من التعب.

4- برج الأرنب: وهو حيوان أليف محبوب في الثقافة الصينية، ففي الأسطورة كان هناك أرنب يسكن في قصر القمر. والشخص المولود في هذه السنة: لطيف وحذر جدًا ولبق ومحبوب.

5- برج التنين: يعتبر التنين أحد الحيوانات الأسطورية المشهورة، وهو رمز مهم في الثقافة الصينية، ولهذا يهتم به المجتمع. ويرمز التنين للآلهة، وسلطة الإمبراطور، فهو قادر على أن يطير في السماء أو يغوص في البحر، فهو يرمز إلى الحظ الجيد، وهو محبوب عند الناس، فالشخص المولود في سنة التنين: لبق ومهذّب ومحظوظ، ولهذا يفضّل الناس ولادة أطفالهم في هذه السنة.

6- برج الأفعى: ثمة أبطال في كثير من الأساطير الصينية أجسادهم من الأفاعي، مثلا بطلة "نيو وا" (nǚ wā, 女媧) في الأسطورة الصينية القديمة هي إلهة على شكل أفعى، وقد أنقذت العالم من الانقراض وخلقت الإنسان، كما أنّ جسد التنين يشبه جسد الأفعى، فهي أيضًا تسمّى "التنين الصغير". والشخص المولود في سنة

الأفعى هو: حكيم مفكّر ودقيق.

7- برج الحصان: وهو حيوان محبوب عند الناس بسبب شكله الجميل وقدراته القوية، ويتمتع الشخص المولود في هذه السنة بالنشاط والاجتهاد والمثابرة.

8- برج الخروف: وهو حيوان له علاقة حميمة بالحياة اليومية، وثمة كثير من الحكم تتعلّق بالخروف في الثقافة الصينية. والشخص الذي ينتمي إلى هذا البرج: لطيف متفهم وطيب القلب وودود.

9- برج القرد: القرد يشبه الإنسان، وقربه من الناس جعله يرمز إلى صفات جيدة في الثقافة الصينية، فهو حيوان ذو حظ جيد. في الآداب الصينية القديمة ثمة رواية بطلها القرد مثل رواية" الرحلة إلى الغرب". والشخص المولود في هذه السنة: ذكي مرن ومغامر ومبتكر.

10- برج الديك: وهو من الحيوانات الداجنة وله علاقة حميمة بالناس. ويُعرَف الشخص المولود في سنة الديك بأنه منظّم في الأعمال ومهتمّ بالوقت، بسبب ارتباط صياح الديك بالوقت في الصباح.

11- برج الكلب: يعتبر الكلب صديقًا مخلصًا للإنسان، والشخص المولود في هذه السنة: صادق وأمين وشجاع، وهو متفائل ويحترم آراء الآخرين.

12- برج الخنزير: آخر حيوان في الأبراج الصينية، والخنزير له تاريخ عريق في الثقافة الآسيوية، والشخص المولود في هذه السنة: ذكي ومتفائل وودود، يكره الصراعات والمشاكل، وتتسم حياته بالهدوء والراحة.

تنعكس كل مواصفات الأبراج المذكورة السابقة على التمنيات الطيبة لكل الأولاد والأشخاص الذين ينتمون لكل برج منها. فهيّا، ابحث عن برجك الصيني الخاص، واكتشف ميزاتك الشخصية!

سنة الولادة (التقويم الميلادي)	البرج	
1924-1936-1948-1960-1972-1984-1996-2008-2020	鼠	الفأر
1925-1937-1949-1961-1973-1985-1997-2009-2021	牛	الثور
1926-1938-1950-1962-1974-1986-1998-2010-2022	虎	النمر
1927-1939-1951-1963-1975-1987-1999-2011-2023	兔	الأرنب
1928-1940-1952-1964-1976-1988-2000-2012-2024	龍	التنين
1929-1941-1953-1965-1977-1989-2001-2013-2025	蛇	الأفعى
1930-1942-1954-1966-1978-1990-2002-2014-2026	馬	الحصان
1931-1943-1955-1967-1979-1991-2003-2015-2027	羊	الخروف
1932-1944-1956-1968-1980-1992-2004-2016-2028	猴	القرد
1933-1945-1957-1969-1981-1993-2005-2017-2029	雞	الديك
1934-1946-1958-1970-1982-1994-2006-2018-2030	狗	الكلب
1935-1947-1959-1972-1983-1995-2007-2019-2031	豬	الخنزير

ز. الأعياد والمناسبات

الأعياد الشعبية مناسبات يحرص عليها الناس وينتظرون قدومها بفارغ الصبر للاحتفال والترفيه، أو القيام بالعبادات الخاصة، فهي تحمل قيمة عالية لدى المجتمع، وتعكس ثقافته وتقاليده. ويلاحظ تنوع الأعياد الشعبيّة في تايوان بسبب تاريخها العريق، والاختلاط بالثقافات المختلفة. وترتبط معظم الأعياد الشعبية التايوانية بالتقويم القمري التقليدي، ومن أشهر الأعياد والمناسبات التقليدية في تايوان:

● عيد الربيع (chūn jié, 春節)

هو أهم عيد في الثقافة الصينية، لذلك هناك العديد من العادات المتعلقة بهذا العيد. ففي العصور القديمة، كان الشهر الثاني عشر في التقويم القمري الصيني، يعتبر أفضل وقت للاستعداد للعيد، إذ كان الناس يخيطون ملابس جديدة، أو يذهبون إلى الأسواق لشراء الملابس، وتنظيف البيوت، وإزالة الأشياء القديمة إيمانًا منهم بأنّ القيام بهذه الأمور يجلب الحظ الجيد للعام الجديد.

ومن العادات التي تسبق حلول عيد الربيع، الطقوس التي تقام في الرابع والعشرين من الشهر الثاني عشر في التقويم القمري، إذ يعتقد الناس أنّ هذا اليوم تعود فيه العديد من الآلهة إلى السّماء لإبلاغ إمبراطور "اليشم"(yù huáng dà dì, 玉皇大帝) عن حياة الناس خلال السنة كلِّها. ومن بين تلك الآلهة، إله المطبخ (zào shén, 灶神) وهو الإله المسؤول عن المواقد والتغذية حسب المعتقدات الصينية التقليدية، وهو يرتبط ارتباطًا وثيقًا بحياة الناس اليومية، ولذلك يتوجه الناس في هذا اليوم إلى هذا الإله ويقدّمون الأطعمة الوفيرة والحلويات له، لشكره ونيل رضاه لينقل صورة طيبة عن كل أسرة حين يرفع تقاريره إلى إمبراطور "اليشم" في السّماء، حتّى يوفّر الرزق والبركة للناس في العام الجديد.

وفي الأيام القليلة الأخيرة قبيل عيد الربيع، يبدأ الناس بتزيين البيوت والأبواب بالملصقات بصور إلهَي الأبواب طلبًا للسلامة والحماية منهما، ويقومون أيضًا بلصق ملصقات الربيع على النوافذ.

الملصقات الحمراء بالخط الصينيّ بمناسبة السنة الجديدة

وهذه الملصقات هي أوراق حمراء تُكتب بالخط الصيني الجميل، وغالبًا ما تكون العبارات في زوجين، تُلصق على جانبي باب المنزل، وأحيانًا يُضاف مقطع أفقي في الأعلى، ويكون محتوى الملصقات في الغالب دعاء بالحظ السعيد والبركة للأسرة،

وتتصف الكلمات بالسّجع والتنغيم والموازنة وفق النظام النحوي الصيني. وبالإضافة إلى ذلك، يكتب الناس بعض المفردات في الملصقات مثل: كلمة "فو" (fú, 福) أي: الحظ الجيد، و"تشوون" (chūn, 春) أي: الربيع، ويلصقونها بالطريقة المقلوبة على الجدران أو الأبواب، وذلك أن نطق الكلمة في اللغة الصينية "مقلوبًا" (dào, 倒) يشبه نطق كلمة " قدوم" أو "إتيان" (dào, 到)، ولهذا يضع الناس الملصقات مقلوبةً أملًا في إتيان النعمة والرخاء إلى بيوتهم.

وفي اليوم الثلاثين في آخر يوم في السنة القمرية، يتوجه الناس إلى الآلهة والأجداد شاكرين لهم حمايتهم ورعايتهم لهم، وراجين السلامة والسعادة في العام المقبل. وفي عشيّة هذا اليوم يعود كل أفراد الأسرة إلى بيوتهم، ويجتمعون لتناول العشاء وقضاء عشيّة ليلة العيد، التي تعدّ أهم ليلة في عيد الربيع، ويكون العشاء وليمة كبيرة تقدّم فيها كثير من الأطباق الشهية ذات المعاني والدلالات والآمال الجيدة للسنة المقبلة.

ويتجنّب الناس في فترة العيد أكل العصيدة، أي: الأرز المطبوخ بالماء الكثير، لأنه يشير إلى الفقر والمرض، كما يتجنّبون كسر الأواني والأطباق.

عيد الربيع فرصة لالتقاء الأهل والأصدقاء

وبعد العَشاء، يبقى أفراد العائلة مجتمعين، للتحدث والاستمتاع بالجوّ العائلي الجميل، ويسهرون معًا حتى منتصف الليل، وعندئذٍ يبدأ الناس في إطلاق الألعاب النارية للاحتفال بقدوم العام الجديد، ولإخافة وحش السنة "نيان شاو" (nián shòu, 年獸) حسب الأسطورة الشعبية القديمة، ويستمر ذلك حتى الصباح الباكر. وترمز الألعاب الناريّة إلى الحياة السعيدة للسنة الجديدة الممتلئة بالأنوار والخيرات والفرح.

وفي اليوم الأول من السنة الجديدة يرتدي الناس الأزياء الجديدة، ويزورون الأهل والأقارب، وفي اليوم الأول أيضًا يذهب بعض الناس إلى المعابد مبكرًا للعبادة أملًا في الحصول على بداية سعيدة ومباركة من الآلهة. لذلك، يتم القيام ببعض العبادات كوضع البخور أمام الآلهة في المعابد، ويكون هذا الأمر على شكل منافسة شيقة بين زوّار المعابد. كما أنّ الناس يقومون برقصات التنين ورقصات الأسد، ورقصات إله الأموال أملًا في طرد الأرواح الشريرة وجذب الحظ السعيد والثروة، وأمّا في اليوم الثاني فيزور الأزواج بيوت أحمائهم حتى تقابل النساء المتزوجات أهلهن.

وفي أيام عيد الربيع يقدم الكبار الظروف الحمراء وفيها مبالغ نقدية للأبناء والأطفال والأحفاد. وفي الثقافة التايوانية، يفضّل الناس الأرقام الزوجية، ويجتنّبون الأرقام الفردية، والمبالغ المتعلقة بالرقم أربعة. وفي الماضي كان عيد الربيع يستمرّ 15 يومًا، وأما الآن فتبدأ العطلة الرسمية لهذا العيد في تايوان من عشيّة اليوم الأخير من السنة القمرية إلى اليوم السادس من السنة الجديدة.[49]

كرات الأرز اللزج بحشوة السمسم الأسود الحلو

الفوانيس الصينيّة التقليديّة

● عيد الفوانيس (yuán xiāo jié, 元宵節)[50]

من العادات التقليدية الأصيلة، أن يستمرّ عيد الربيع 15 يومًا، وبعد ذلك يستعد الناس للسنة الجديدة الكاملة، ويبدأ الدوام كالعادة، فيعتبر اليوم الخامس عشر في الشهر القمري الأول ختامًا لعيد الربيع، ويعلّق الناس في ذلك اليوم العديد من الفوانيس، ويعدّون طعام "يوان شياو" (yuán xiāo, 元宵)[51]، وهي أكلة شعبية مصنوعة من دقيق الأرز ومحشوة بحشوة حلوة الطعم: كمعجون السمسم الأسود، أو معجون الفول السوداني، أو بحشوة مالحة كاللحوم والخضار، ويرمز شكلها الدائري إلى تكامل الأسرة.

وخلال الفترة ما بين عيد الربيع وعيد الفوانيس، تُقام العديد من المهرجانات والأنشطة في جميع أرجاء تايوان، فتُطلق الفوانيس السّماويّة في "بينغشي" (平溪) (píng xī)، وهي بلدة تقع في ضواحي العاصمة تايبيه، وتقام أيضًا بعض الطقوس للآلهة مثل: طقوس الإله "هان دان" (hán dān, 邯鄲) وذلك بإشعال الألعاب النارية الضخمة في محافظة "تايدونغ" (tái dōng, 臺東)[52].

● عيد تشينغ مينغ (qīng míng jié, 清明節)

عيد تشينغ مينغ وهو يوم الصفاء (ما بين 4 - 6 من نيسان) وهو من الفترات الأربعة والعشرين المحددة في التقويم القمري التقليدي، وهذا العيد مناسبة لتذكّر الأسلاف والأجداد والوفاء لهم. وبمناسبة حلول هذا العيد يذهب جميع أفراد الأسر التايوانية إلى مقابر الأجداد لتنظيفها وترميمها والعناية بها.

● عيد قوارب التنين (duān wǔ jié, 端午節)

يصادف هذا العيد اليوم الخامس من الشهر الخامس وفقًا للتقويم القمري، ويرجع تاريخه إلى حوالي ألفي سنة مضت، يقال إن هذا العيد لإحياء ذكرى الشاعر المشهور "تشيو يوان" (qū yuán, 屈原) وكان أيضًا وزيرًا لبلدة "تسو" (chǔ, 楚) في فترة الربيع والخريف، وهي فترة في التاريخ الصيني يُعتقد أنها تمتدّ من سنة 770 ق.م وحتى 403 ق.م.

وتشير القصة إلى أنّ هذا الشاعر قد صدر قرار بنفيه من بلدته، فضحّى بنفسه في
النهر رفضًا للظلم وحبًا لوطنه، وحين علم الناس بما فعله الشاعر، ركبوا القوارب لإنقاذه،
فكانوا يرمون الخيزران المحشو بالأرز في النهر حتى تنشغل الأسماك بأكلها بدلًا من
أكل جسد الشاعر العظيم، وهذه العادات مازال الناس يتبعونها حتى اليوم، إذ يأكلون
مثلثات الأرز الملفوفة، ويقومون بالسباق بقوارب على شكل التنين.

مثلثات الأرز اللزج الملفوفة

ونظرًا لأن العادات التقليدية المرتبطة بالتقويم القمري في هذه الفترة تشير إلى أن
المناخ ما بعد هذا العيد يكون صيفًا حارًا، وتزداد الرطوبة وتكثر الحشرات، فيجب
الانتباه إلى العناصر البيئية المحيطة بالناس، وعادة ما يُقصد بها: الرطوبة والمناخ
والحشرات السامة التي تؤدي إلى المرض. والحشرات الخمس السامة في الثقافة الصينية
هي: الثعابين، والمئويات، والعقارب، والسحالي السامة، والضفادع، لذلك يُعلّق الناس
أوراق الشيح "أي تساو" (ài cǎo، 艾草) والأعشاب الأخرى على الأبواب، ويضعون
نبيذ "شيونغ هوانغ" (xióng huáng، 雄黃)، المُستخدم في الطب الشعبي التقليدي،
على جبين الأطفال، أو بخياطة أكياس البخور المملوءة بمواد طبية غنية بالبخور، وتُعلّق
على أعناق الأطفال لطرد البعوض والحشرات والأرواح الشريرة، ضمانًا للسلامة
والأمان.[53]

أوراق الشيح "أي تساو" لطرد الحشرات

أكياس البخور المملوءة بمواد طبية غنية بالبخور

- **عيد الأشباح (zhōng yuán jié, 中元節)**

يعتبر الشهر السابع من التقويم القمري شهر الأشباح وفق التقاليد الصينية، إذ تُفتح الأبواب لعالم الأشباح من أول يوم في هذا الشهر وحتى اليوم الثلاثين من الشهر نفسه، فيأتي الأشباح إلى عالم الإنس باحثين عن الأكل أو البدلاء لأرواحهم، ويُعتقد أن هؤلاء الأشباح هم الذين لم يُكرَّموا بعد وفاتهم، أو أولئك الذين لم يُعطوا أبدًا طقوس وداع مناسبة، فيعدّ الناس الأطعمة لتكريم الأشباح تجنّبًا لشرورهم، وهذا أيضا نوع من الأخلاق الجيدة لمساعدة الآخرين واحترامهم، ففي هذه الفترة تُقام كثير من العبادات أو الأنشطة الدينية مثل: إطلاق السفن الورقية في مدينة "كيلونغ"، وإقامة مهرجان "تشيان قو" (搶孤) (qiǎng gū) في عدة محافظات في تايوان لتوجيه الأشباح بعيدًا عن عالم الإنس. وللدعاء بالخير والبركة.[54]

طقوس لعيد الأشباح

● **عيد منتصف الخريف (zhōng qiū jié, 中秋節)**

يعتمد التقويم القمري على دوران القمر، فيظهر القمر بدرًا في اليوم الخامس عشر من هذا الشهر، وحسب التقويم القمري التقليدي، فإنّ الشهر الثامن هو من فصل الخريف، واليوم الخامس عشر من ذلك الشهر يكون عيد منتصف الخريف، أو عيد القمر حيث يجتمع التايوانيون لمشاهدة البدر، ولأكل الحلويات المصنوعة بهذه المناسبة وأشهرها: كعك القمر، إضافة إلى ولائم الشواء مع الأهل والأصدقاء تحت ضوء القمر للاحتفال وتعزيز العلاقات الأسرية.

وفي الثقافة التايوانية، فإنّ القمر نجم ذو علاقة حميمة بالإنسان، وله مكانة رمزية مهمة، وثمة عديد من الأساطير تتعلق بالقمر تزيد من جاذبيته للناس، وتضفي جمالًا على هذا العيد. ولعيد منتصف الخريف تاريخ عريق من العادات المشتركة في بعض الدول المتأثرة بالثقافة الصينيّة مثل كوريا وفيتنام.[55]

كعك القمر وفاكهة البوملي مأكولات مشهورة في عيد منتصف الخريف

● **عيد تشونغ يانغ (chóng yáng jié, 重陽節)[56]**

وهو في اليوم التاسع من الشهر التاسع في التقويم القمري. ويرمز الرقم 9 (九)
(Jiǔ) وفقًا للثقافة الصينية إلى البركة والكرامة، ونطقه يشبه كلمة "جو" (Jiǔ, 久)
في الصينية ومعناها: طول العمر، فهذا العيد يجمع ميزتين أو بركتين معًا، فهو في الشهر
التاسع واليوم التاسع أيضًا، وهذا العيد للاحتفال بتكريم كبار السن، وفيه يُقام نشاط تسلق
الجبال، ومشاهدة زهور الأقحوان، وتذكّر الأجداد.

زهور الأقحوان

هوامش ومراجع الباب
本章參考文獻

1　行政院，<國情簡介 - 宗教>，載於：https://reurl.cc/ARbxxQ（最後瀏覽日：2020.07.19）。

2　美國在台協會，<Taiwan 2017 International Religious Freedom Report>，載於 :https://reurl.cc/KrOZZy（最後瀏覽日：2020.07.19）。

5　董芳苑，《台灣宗教大觀》，台北：前衛，2008 年 8 月，222-187 頁。

8　同上，231-275 頁。

9　同上，377- 439 頁。

11　經濟部，<宗教信仰>，載於：https://reurl.cc/L7QY93 (最後瀏覽日 :2021.05.16)。

12　王品豐，《這樣拜才有效》，台北：春光，2010 年 6 月，158-209 頁。

14.　臺北市政府觀光傳播局，<大龍峒保安宮>，載於：https://reurl.cc/DZbaW6（最後瀏覽日：2020.01.10)。

15　交通部觀光局，<松山慈祐宮>，載於：https://reurl.cc/emVqjW（最後瀏覽日：2020.01.10)。

16　臺北市政府觀光傳播局，<艋舺青山宮>，載於：https://reurl.cc/OkRdxv（最後瀏覽日：2020.01.10)。

18　高雄市政府光觀局，<佛光山>，載於：https://reurl.cc/GbG7MG（最後瀏覽日：2020.01.10)。

19　臺北市孔廟管理委理會，<孔廟簡史>，載於：https://reurl.cc/emVqjQ（最後瀏覽日：2020.01.10）。

20　文化部文化資產局，<臺南孔子廟>，載於：https://reurl.cc/OkRdxD（最後瀏覽日：2020.01.10)。

21　文 化 部，< 台 灣 的 孔 廟 >，載 於：https://reurl.cc/NZN3z9（最 後 瀏 覽 日：2020.01.10)。

22　交通部觀光局，<臺北龍山寺>，載於：https://reurl.cc/Rb9Aag（最後瀏覽日：2020.01.10)。

24　史慧玲，《傳統習俗事典》，香港：文化，2014 年 12 月，12 頁。

25　同上，68-70 頁。

26　同上，72 頁。

27 臺灣殯葬資訊網，<喪禮習俗與禁忌>，載於：https://reurl.cc/zWK0ma（最後瀏覽日：2021.04.07）。

28 姜義鎮，《民間禁忌》，新竹：新竹縣竹東鎮樹杞林客家文化協會，2012 年 6 月。

29 同上。

30 同上。

31 同上。

32 同上。

33 同上。

34 同上。

35 同上。

36 同上。

37 同上。

38 劉元，《一本書讀懂中國文化知識》，台北：海鴿，2017 年 11 月，60 頁。

39 姜義鎮，《民間禁忌》，新竹：新竹縣竹東鎮樹杞林客家文化協會，2012 年 6 月，118-119 頁。

40 林倫倫，《中國言語禁忌和避諱》，香港：中華，1994 年 3 月，23 頁。

41 高慶吉，<台灣的禮節及送禮禁忌>，《海峽科技與產業》，06 期，中國：北京，2001 年 11 月，37 頁。

42 後生人，<農曆 7 月禁忌真與假？>，載於:https://reurl.cc/73bO65（最後瀏覽日：2020.08.08）。

43 同上。

44 同上。

45 薛允通，《看懂農民曆不求人》，台北：西北國際，2009 年 10 月，125 頁。

46 高伊姿，《我們的節氣》，台北：幼福，2019 年 9 月。

47 張晶，《中華傳統文化經典：十二生肖》，合肥市：時代，2012 年 7 月，2 頁。

48 高伊姿，《我們的生肖》，台北：幼福，2019 年 6 月。

49 交通部觀光局，<節慶活動—傳統節慶>，載於：https://reurl.cc/r1Kpzx（最後瀏覽日 2020.08.19）。

50 曹銘宗，《蚵仔煎的身世：台灣食物名小考》，台北：書虫，2016 年 11 月，138 頁。

51 史彗玲，《傳統習俗事典》，香港：文化，2014 年 12 月，107 頁。

52 交通部觀光局，<節慶活動—傳統節慶>，載於：https://reurl.cc/r1Kpzx（最後瀏覽日 2020.08.19）。

53. 同上。

54 同上。

55 同上。

56 高伊姿，《我們的節氣》，台北：幼福，2019年9月，35頁。

3 برقان، إبراهيم، 2017، الدّيانة التّاويّة وعقيدتها في الألوهية، مجلة دراسات علوم الشريعة والقانون، المجلد 44، ع 4، ملحق 3، الجامعة الأردنية، عمان، ص82.

4 المرجع نفسه، ص87-85.

6 نومسوك، عبدالله مصطفى، 1999، البوذية تاريخها وعقائدها، ط1، مكتبة أضواء السّلف، الرّياض، ص-86 106.

7 المرجع نفسه، ص121.

10 انظر: العبودي، محمد، 1997، زيارة رسمية لتايوان، ط1، دار خضر للنشر والتوزيع، بيروت، ص-25 32.

13 تم ترتيبها حسب التسلسل الهجائي.

17 الفدّان: وحدة مساحة تستعمل كثيراً في مصر والسودان، ويساوي الفدان الواحد: 4.200 م2.

23 لقمان، فاروق، حكاية تايوان، شركة المدينة للطباعة والنشر، د.ت، د.ط، السعودية، ص41.

第三章

الباب الثالث

藝術與日常生活

الفن والحياة

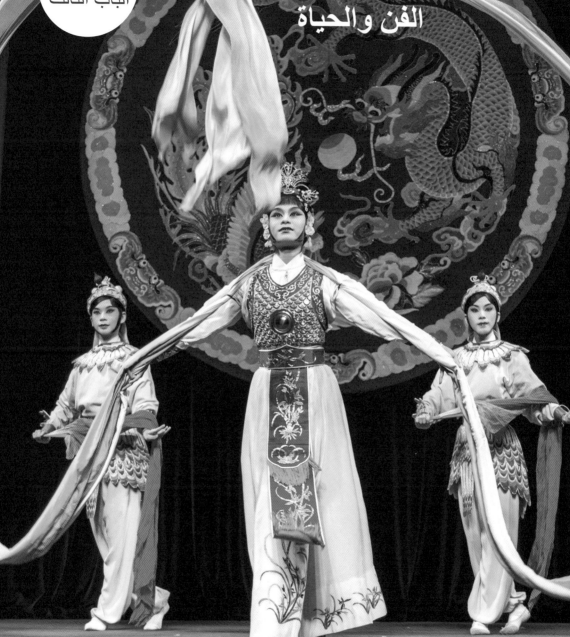

第三章
藝術與日常生活

∙∙

　　藝術反映了人們對於美感的鑑賞，以及生活中的創意發想。

　　本章首先介紹臺灣流行音樂的演變，從臺灣最早的流行樂——民謠——開始，即深受地方風格影響，優美的曲調搭配上情感真摯的歌詞，反映出市井小民的心聲及願望。隨著時代潮流的演變，臺灣的流行音樂蔚為風潮後，逐漸發展並培養出引領華語樂壇的歌曲及歌手。除了流行歌曲外，隨後介紹結合表演傳統與傳播科技的布袋戲、本土特有的歌仔戲等傳統戲曲，及臺灣傳統服飾等，在在展現了傳統的承襲及文化的創新。

　　除此之外，本章也介紹臺灣盛行的休閒活動，如不分男女老少都積極運動的樂活風氣、民眾為之沸騰的棒球比賽、結合中華文化和運動的氣功、令人眼花撩亂的夜市生活等。

　　本章最後，介紹臺灣快速方便的生活型態，如隨處可見且具有豐富功能性的便利商店、主要用於大眾交通工具和便利商店付款的悠遊卡、舉世聞名的機車文化，和兼具節能減碳及運動功能的公共租賃腳踏車，以及讓人在購物之餘也能體驗幸運兌獎的發票制度等，這些生活中的點滴看似不起眼，卻寫實地形塑臺灣人的日常及精神生活。

الباب الثالث
الفن والحياة

......

أ. الموسيقى الشعبية[1]

تتأثر الموسيقى التايوانية بالجغرافيا والتاريخ بشكل كامل، فهي تجمع بين الألحان الجميلة المتنوعة للسكان الأصليين والموسيقى الصينية التقليدية في الوقت نفسه، فهذا يشكّل موسيقى تايوانية فريدة من نوعها. وفيما يلي تقديم موجز عن أنواع الموسيقى الرئيسة في تايوان في العصور الحديثة:

● فترة الحكم اليابانيّ

خلال فترة الحكم اليابانيّ، ظهرت في تايوان العديد من الأغاني الشعبية بالألحان التايوانية الموروثة من مقاطعة "فوجيان"، مثل أغنية "الزهرة في الليل الممطر" (ú iā hue, 雨夜花) التي تصف النساء يتألمن بسبب حياتهن المأساوية كالزهرة المحطّمة في الليل الممطر. وهناك أيضًا أغنية مشهورة: "في انتظار نسيم الربيع" (bāng tshun hong, 望春風)، وهي بالألحان الصينية التقليدية، و"نسيم الربيع" له معنى غني في اللغة الصينية، وفي هذه الأغنية يشير النسيم إلى الحب، فاسم هذه الأغنية يعني: في انتظار الحب. وتصف الأغنية مشاعر جميلة بين رجل وامرأة وقعا في الحب، وهما خجلان ينتظران اللقاء. ومع أن هذه الأغنية تصف المشاعر الدقيقة، إلا أن هناك بعض الأغاني ظهرت نتيجة الوضع السياسي الذي مر به التايوانيون. فخلال الحرب العالمية الثانية، جنّدت الحكومة اليابانية العديد من الشباب في تايوان كجنود عسكريين، لكنهم لم يتمكنوا من العودة إلى تايوان بعد الحرب، لذلك ثمة أغنية مشهورة هي "أرجو أن تعود قريبًا" (bāng lí tsá kui, 望你早歸) التي تصف القلق ورجاء عودة الأحبّة.[2]

● **ما بعد انتقال حكومة جمهورية الصين إلى تايوان**

في عام 1949م، انتقلت حكومة جمهورية الصين إلى تايوان، وواجهت اضطرابات سياسية واجتماعية واقتصادية أدّت إلى زيادة التضخّم المالي وارتفاع معدّلات البطالة. وقد ظهرت بعض الأغاني التايوانية في هذه الفترة، مثل "بائع مثلثات الأرز الملفوف" (sio bah tsàng, 燒肉粽) التي تصف حياة الشاب المسكين الذي يواجه أزمة التضخم، فيبيع المثلثات لمواجهة تحديات المعيشة. وهناك أغنية "جامع القوارير" (siu tsiú kān, 收酒矸)، التي تصف الشاب المسكين يجمع القوارير والأشياء الأخرى لكسب ما يكفي من النقود للعيش، فهذه الأغاني كانت تعكس تطلّعات الشعب ومعاناته، وبسبب وصفها الدقيق منعت الحكومة بثها في ذلك الوقت.

وبعد ستينيات وسبعينيات القرن العشرين، ومع تطوّر صناعة التلفزيون والأفلام، ظهرت العديد من الأغاني بلغة الماندرين، وخلال الفترة التي انقطعت فيها العلاقات الدبلوماسية بين جمهورية الصين والولايات المتحدة في عام 1978م، ثمة أغاني تعبر عن وعي قومي قوي، مثل أغنية "أحفاد التنين" (龍的傳人) (lóng de chuán rén)، التي تصف التنين كرمز مهمّ للأمة الصينية، وتعبّر عن الشوق الشديد إلى الصين بأسلوب مجازيّ. وفي الوقت نفسه، بعد انتكاسة العلاقات الدبلوماسية بين أمريكا وجمهورية الصين، بدأ الناس يتساءلون عن الثقافة التي تصدّرها الولايات المتحدة بقوة، وارتفع الوعي بالعودة إلى الوطن وأرض الآباء والأجداد. وقد بدأت الحملة الثقافية المحلية في العثور على الأغاني الخاصة بالتايوانيين وإبداعها. كما اختارت المحطات التلفزيونية بشكل علني الأغاني وكلماتها المكتوبة بلغة الماندرين والتايوانية، فأثار ذلك تداعيات واسعة النطاق، وشجّع ذلك إنجاز العديد من الأغاني الشعبية الفولكلورية الشهيرة التي غنّيت أولًا في الحرم الجامعي، ثم أصبحت مشهورة في كل مكان، كما اشتهر بعض المطربين في المناطق التي تعيش فيها جاليات صينية، وبعض المطربين ما زالوا معروفين حتى اليوم، مثل المطربة الشهيرة "تيريزا تنغ"

(dèng lì jūn, 鄧麗君) التي تتمتَّع بصوت جميل ومؤثِّر، ولها مكانة عالية بين الناطقين بالصينية وحتى في مناطق شرق آسيا بشكل عام، وظلَّت أغانيها معروفة حتى الوقت الحاضر.[3]

وبعد الثمانينيات، ومع التطوّر الاقتصادي والاجتماعي السريع، أثَّرت الأغاني الشعبية والموسيقى الغربية في تطوّر فن الموسيقى بشكل كبير في تايوان. وبعد عام 2000م، أدَّت تقنيات إنتاج الموسيقى الجديدة وظهور عدد كبير من الموهوبين إلى جعل تايوان تحظى بشعبية حتى غدت مهيمنة في ميدان الموسيقى الصينية، كما أنها أنجبت العديد من المطربين المشهورين مثل: المطربة التايوانية المشهورة ذات الصوت الجميل "تشانغ هويمي" (zhāng huì mèi, 張惠妹)، وهي من السكان الأصليين. والمطرب "جاي تشو" (zhōu jié lún, 周杰倫)، وهو مشهور أيضًا على مستوى العالم.

وفي الوقت الحاضر، ما تزال الصناعات التلفزيونية والموسيقية في تايوان تؤثر عبر المضيق وفي جميع المناطق الناطقة بالصينية. فظلت العديد من الأغاني معروفة حتى اليوم، وفي الوقت نفسه، تجمع الأغاني التايوانية عناصر موسيقية متنوعة، وتُكْتَب الكلمات بلغات مختلفة ذات سحر وجمال. وكل هذا بفضل تعايش الثقافات المختلفة، التي تبدع الأغاني الصينية المبتكرة الفريدة من نوعها.

ب. المسرح التقليدي

المسرح فن شعبي تقليدي قديم جدًا، وظيفته الترفيه وتثقيف المجتمع الزراعي في تايوان في العصور القديمة. ولعبت المسرحيات دورًا مهمًا في أنشطة الحياة: كالمآدب وأعياد الميلاد والزواج والجنائز، وفي الطقوس الدينية مثل: الاحتفالات بأعياد ميلاد الآلهة ومهرجانات المعابد، إذ يتم نصب المسارح بجوار المعابد لتقديم عروض مسرحية للجمهور لمشاهدتها. كما أن بعض المسرحيات تكون بغرض الشكر والتقدير للآلهة، وهذا يعكس ارتباط المسرحيات بالحياة اليومية للناس، فهي متأصلة في حياة الناس. وقد ورثت المسرحيات التقليدية التايوانية سماتها المسرحية من الثقافة الصينية بشكل عام، مثل "أوبرا بكين" (jīng jù, 京劇) و"لحن هوانغمِي" (黃梅調) (huáng méi diào)، وفيما يلي نوعان شائعان للمسرحيات التقليدية في تايوان:

عرض مسرحي شعبي في أحد الشوارع

- **مسرحية "بو داي" (bù dài xì, 布袋戲)**

كما ذكر سابقًا، فقد ورثت معظم المسرحيات التقليدية في تايوان سماتها الفنية من الصين، وكان مسرح الدمى أيضًا نوعًا من المسرحيات التي نقلها شعب "الهان" من الصين، وتم نشرها وتطويرها في تايوان.

ومسرح الدمى التقليدي فن شعبي قديم، يتضمن عروضًا مسرحية للدمى، وعادةً يحرك الناس الدمى بخيوط ممدودة أو تُحرَّك الدمى بالأيدي أثناء رواية القصص. ومن بين هذه العروض، نوع من الدمى يسمّى مسرحية" بو داي"، وهي معروفة بمسرحية دمى اليد (zhǎng zhōng xì, 掌中戲) . فكل أجزاء الدمى مصنوعة من القماش ومَخيطة كالقفاز، ويضع الممثل يده داخل الدمية، ويقدّم المسرحية بحركات الأصابع والكف، ويترافق ذلك بما يقوم به الممثّل من تمثيل وكلام.

يمكن القول إنّ مسرحية الدمى التايوانية متطوّرة ومزدهرة، والعديد من الأساتذة البارزين يكرّسون جهودهم لتوريث فن المسرح للأجيال. وفي الوقت الحاضر هناك بعض شركات الأفلام والقنوات التلفزيونية المتخصصة تنتج مسرحيات الدمى الرائعة، وثمة كثير من الناس يحبوّن الأبطال والشخصيات التي تجسّدها المسرحيات، ويتابعون عروضها وأنشطتها الشيّقة.[4]

مسرح الدمى التقليدي

- **الأوبرا التايوانية (gē zǐ xì, 歌仔戲)**

على الرغم من أن معظم المسرحيات في تايوان موروثة من الصين، إلا أن الأوبرا التايوانية هي ابتكار أخذ طابعه التايواني الفريد. وتجمع الأوبرا التايوانية التقليدية في

الغالب بين الغناء والمسرح. وقد ظهرت في العقد الأول خلال القرن العشرين، وكانت ممتزجة بالأغاني الشعبية الفولكلورية والمسرحيات التقليدية. وهناك الأوبرا القصيرة التي تصف الحياة اليومية العادية، التي تُقَدَّم في الغالب خلال أنشطة المعابد، والأوبرا الطويلة التي تعرض عرضًا مسرحيًّا كاملًا، وتقدّم للترفيه والترويح. وخلال فترة الحكم الياباني، اعتبرت الحكومة اليابانية أنّ الأوبرا التايوانية صوت مشؤوم تؤثر في مستقبل الوطن الياباني بسبب نغمة البكاء في غناء الأوبرا التايوانية، ولذلك تم حظرها ومنعها تمامًا. وبعد انتقال حكومة جمهورية الصين إلى تايوان، وفي العام 1954م على وجه التحديد، بدأت محطة الإذاعة التايوانية، ومحطات التلفزيون الأخرى ببث الأوبرا للجمهور، وفي عام 1972م تم إنشاء الفريق الفني للأوبرا التايوانية، فازدهرت في ذلك الوقت، وبعد عام 1990م بدأ تقديم عروض الأوبرا التايوانية في مسارح حديثة.

تُغنَّى الأوبرا التايوانية في الغالب باللغة التايوانية (لغة الهوكين)، لذلك أثّرت نغمة وإيقاعات الأوبرا وكلماتها في الأدب والأغاني التايوانية بشكل كبير.

أحد عروض الأوبرا التايوانية

تمزج مسرحيات الأوبرا التقليدية بين الأدب والموسيقى والرقص والفنون الشعبية مثل الأزياء وأدوات المسرح والمطرّزات اليدوية. والآن ثمة عدد كبير من الفنّانين يبذلون جهودهم لتطوير المسرحيات للمشاهدين الشباب من أجل الحفاظ على الفنون المسرحية التايوانية. وبينما نشاهد العروض

المسرحية التقليدية، فإننا نستمتع بالثقافة والفنون الشعبية في تايوان، ويمكننا اغتنام هذه الفرصة لاكتشاف الثقافة الشعبية واللمسة الإنسانية الدافئة وجمال تايوان الرائع.[5]

ج. الأزياء والملابس الشّعبية

الأزياء الشعبية سمة بارزة تميّز كل أمة عن الأمم الأخرى، فما أنْ نرى زيًّا معينًا، حتى نعرف الأمة التي تلبسه، فالأزياء تعدّ دليلًا واضحًا على عادات الأمة وحضارتها، كما أنها تعبّر عن تاريخها وهويتها وثقافتها، وهي جزء أصيل من التراث لارتباطها بالعادات والتقاليد والمؤثرات الاجتماعية والاقتصادية والجغرافية، لذا يمكن القول إنّ الزي الشعبي يعكس صورة المجتمع والحياة في هذا البلد أو ذاك. ومن المؤكّد أنّ الأزياء لا تنتمي إلى فرد بعينه، بل عادة تكون من عمل الشعب كله خلال فترات زمنية طويلة.

وتختلف الأزياء الشعبية في المجتمعات باختلاف الزمان والمكان، والمستوى الاجتماعي، ومع ذلك يلحظ أنّ هناك أزياءً تنتشر على نطاق واسع بين الناس في مجتمع من المجتمعات وتغدو عنوانًا بارزًا للأمة، وغالبا ما تتميّز الأزياء الشعبية التقليدية بالألوان الزاهية الجميلة، والتطريز؛ فتضفي على لابسها جمالًا وأناقة. فيحرص الناس على ارتدائها في المناسبات الاجتماعية، وخصوصًا في الأفراح والمناسبات السعيدة، وقد يكون لبعض الأزياء دلالات دينية فتلبس في المناسبات الدينية، أو يلبسها رجال الدين في أماكن العبادة، وترتبط بعض الأزياء بمناسبات الحزن والحداد، فتكون ألوانها بيضاء أو سوداء بحسب ما هو شائع لدى الناس.

لباس "الهان فو" التقليدي للنساء

يمكن القول إنّ الأزياء التايوانية قديمًا كانت متأثرة بالأزياء الصينية من حيث الأنواع والأشكال والألوان التي يلبسها الناس في الأفراح والأتراح أو المناسبات المختلفة الأخرى، فكانت تلك الأزياء محافظة فضفاضة تغطي معظم أجزاء الجسم، سواء ما كان منها للرجال أو النساء. ومن أشهر الأزياء التقليدية القديمة "الهان فو" (hàn fú, 漢服) الذي اشتهر كزي لشعب"الهان" في الصين، ثمّ أصبح زيًا منتشرًا على نطاق واسع، ونقله المهاجرون "الهان" إلى تايوان، وفي تايوان أُدخل عليه تغيرات بما يتناسب مع البيئة التايوانية، وتفرّع عنه زي "تشي باو" (qí páo, 旗袍) وهو فستان طويل يظهر جمال المرأة، ويمتاز بألوانه الزاهية، وتلبسه النساء في الأفراح والمناسبات السعيدة. ولباس "الهان فو" ويسمى لباس "تانغ" (táng zhuāng, 唐裝) أيضًا، وهو خاص بالرجال ويتكون من سترة لها طوق عالٍ وسروال بحيث يكوّنان معًا بدلة. وقد شهدت الأزياء التايوانية كغيرها من أزياء الشعوب الأخرى تغيرات متعددة خلال الفترات الزمنية المختلفة؛ نتيجة للتغيرات التي طرأت على المجتمع التايواني، وخصوصًا بعد أن أصبحت مركزًا للحكومة، بعد انتقال حكومة جمهورية الصين إليها.

الأزياء التقليدية للأقليات مظهر للتنوع الثقافي

وللأقليات في تايوان أزياؤها الخاصة بها أيضًا، وتمتاز هذه الأزياء بالتنوّع الذي يعكس خصوصية كل أقلية عن الأقليات الأخرى، إضافة إلى الألوان الزاهية التي تميّزها، ولا تخلو من مطرزات بخيوط ذات ألوان بديعة تعكس ذوقًا رفيعًا وصنعة مُتقنة، وغالبًا تكون فضفاضة وغنية

بزخارفها، واختلاف نوع القماش والتطريز يرمزان إلى المنطقة والبيئة. وتُجهّز هذه الملابس يدويًا، وتُزَيَّن بأصداف الحيوانات البحرية، أو الإكسسوارات الفضية التي تُضفي على هذه الألبسة جمالًا وروعة.

وفي العصر الحديث يمكن ملاحظة التطوّر الكبير الذي طرأ على الأزياء والملابس نتيجة لسياسة الانفتاح التي تعيشها البلاد، والتقدم الذي تأثرت به جميع قطاعات المجتمع، وهو ما أدّى إلى تحسّن دخل المواطنين ومستواهم المعيشي، فبدأت صناعة الملابس في النمو، وأصبح لدى التايوانيين المزيد من الخيارات والأساليب للاختيار، وتغيرت عادات ارتداء الملابس، في ظل تحوّل المجتمع من النمط الريفي إلى النمط الحضري والمدني، حيث بدأت الأجيال الجديدة تبدي اهتمامًا بارتداء الملابس الغربية من سراويل (بنطلونات) جينز وفساتين قصيرة، إضافة إلى السراويل القصيرة التي تنتشر بين الرجال والنساء على نطاق واسع بسبب طبيعة المناخ. ويلحظ حرص الشباب على شراء الألبسة ذات العلامات التجارية المشهورة، والاهتمام بالموضة والموديلات الجديدة.

د.   الرياضة

من المشاهد الجميلة في تايوان رؤية التايوانيين وهم يمارسون الرياضة بأنواعها المختلفة، فُرادى أو جماعات، فالتايوانيون مغرمون بالرياضة خارج المنازل، وإذا رغبت في رؤية هذه المظاهر فما عليك سوى النهوض عند الفجر، أو الصباح الباكر والاتجاه نحو أي من الحدائق والميادين العامّة المنتشرة في تايبيه أو غيرها من المدن لمشاهدة عشرات الأشخاص ـ من كلا الجنسين ومن مختلف الأعمار ـ وهم يمارسون رياضتهم المفضّلة، فقد أثبتت الأبحاث العلمية أنّ فترة ما قبل طلوع الشمس، هي بالفعل أكثر فترات اليوم التي تزيد فيها الطاقة الحيوية لجسم الإنسان[6].

فمن المألوف جداً أن ترى أعدادًا من الناس وهم يتجمعون صباحًا في الحدائق العامة، أو الملاعب الرياضية لممارسة رياضة المشي أو الجري، أو تسلق الجبال، أوغير ذلك من الرياضات. كما يحرص الشباب عادة على ممارسة الألعاب الرياضية ككرة السّلة، وهي من الألعاب الرياضية المشهورة في تايوان، وكرة الطاولة، وكرة الريشة، وكرة القاعدة (البيسبول) والسباحة، وقليلًا ما يلحظ ممارسة لعبة كرة القدم في تايوان، فهي تُعدّ من الألعاب الأقل شهرة بين الشباب.

يمكن القول إنّ الرياضة بالنسبة لغالبية المجتمع ليست مجرد ممارسة موسمية يمارسها الناس يومًا ثمّ لا يعودون إليها، بل تكاد تكون موجودة في الجدول اليومي، أو الأسبوعي أو الشهري لمعظم الأفراد أو الأسر، فهم يحرصون على ممارستها بانتظام وفق ما هو مخطط له في حياتهم، مما يجعلنا نقول: إنّ الرياضة هنا في تايوان ثقافة مجتمع تمارس بشكل فعلي.

وفي الأجواء الممطرة يلجأ الناس إلى الصالات المغلقة لممارسة هواياتهم الرياضية. وفي الواقع تلعب الصالات الرياضية دورًا رئيسيًا في العديد من الألعاب الرياضية، فهناك العديد من أنواع الصالات الرياضية التي ظهرت في السنوات الأخيرة، مثل: الصالات الرياضية النسائية، ووفقًا لتقرير وزارة المالية نمت الصالات الرياضية وعضويتها بشكل مضاعف، كما تطورت المعدات الرياضية المستعملة في هذه الصالات.[7]

وفي السنوات الأخيرة، بدأ المزيد من الناس في ممارسة الرياضة الجماعية، بسبب رعاية الشركات ووسائل الإعلام، خاصة سباقات الجري على الطرق، وقد نمت أعداد المشاركين في هذه الفعاليات بسرعة؛ لأن الجري لا يحتاج إلى مهارات ومعدات خاصة أو استئجار ملاعب، فقط يحتاج إلى زوج واحد من الأحذية، وإرادة للمشاركة، فهي من أكثر أنواع الرياضة بساطة واقتصادًا، مما يجعل عوائق المشاركة في مثل هذه الرياضة الجماعية قليلة.[8]

ويُقبِل الناس على رياضة ركوب الدراجات الهوائية، فوفقًا لمسح أجرته وزارة النقل في2018م بلغت نسبة الذين يمارسون ركوب الدراجات ممن تزيد أعمارهم عن 12 عامًا 24.2٪ من مجموع السكان، أي أن 24 شخصًا من كل 100 شخص يركبون الدراجات الهوائية كل أسبوع. بالإضافة إلى ذلك، تهتم الحكومة بإنشاء البنية التحتية اللازمة لهذه الرياضة، كإنشاء ممرات للدراجات داخل المدن، وعلى حدود المقاطعات والمدن أيضًا، ومن المتوقع بناء "طريق الدراجات الوطني" في تايوان. وفي إشارة إلى الاهتمام الحكومي بتوفير البنية التحتية لهذه الرياضة، فقد تم إدراج تايوان في 2012م في مجلة Lonely Planet، وهي مجلة سفر مشهورة عالميًا، كواحدة من أفضل عشر وجهات يمكن زيارتها في العالم، بسبب اهتمامها بممرات الدراجات، فقد غدا ركوب الدراجات نشاطًا سياحيًا شهيرًا في تايوان.[9]

ألعاب رياضية مشهورة في تايوان:

● **كرة القاعدة البيسبول**

تُعدّ لعبة البيسبول إحدى الرياضات العامة في تايوان، ويمكن أيضًا اعتبارها رياضة وطنية، أو رياضة محلية، دخلت لعبة البيسبول إلى تايوان أثناء الحكم الياباني للجزيرة، ولاقت رواجًا واسعًا بين التايوانيين، ومرّت اللعبة بمراحل عديدة من التطور والدعم، وخصوصًا من نجوم البيسبول التايوانيين المغتربين في الولايات المتحدة، فقد فاز فريق البيسبول الوطني التايواني بالمركز الثالث وحصل على فرصة للمنافسة في أولمبياد بكين لعام 2008م. ولم يُظهر فريق البيسبول الوطني التايواني أن هذه اللعبة تتمتع في تايوان بمستوى عالمي فقط، بل أظهر كذلك ازدهار هذه اللعبة محليًا.[10]

منظر لإحدى مباريات البيسبول

● **كرة السلة**

تُعزى بداية كرة السلة في تايوان إلى شاب أمريكي كان عضوًا في جمعية الشبان المسيحية[11]، وبعد انتقال حكومة جمهورية الصينية إلى تايوان أصبحت كرة السلة نشاطًا شائعًا في ذلك الوقت بسبب حب الجيش والجمهور لكرة السلة. ومع تطور الاقتصاد

التايواني أولت الحكومة والقطاع الخاص المزيد من الاهتمام بتطوير كرة السلة المحلية، ولم يقوموا بمراجعة العديد من قوانين اللعبة التي عفا عليها الزمن فقط، بل استثمروا أيضًا الكثير من الأموال لبناء الملاعب ومراكز التدريب.

- **رياضة "تشي قونغ" (qì gōng, 氣功)**

هي مزيج من تمارين التنفس والحركة والتأمل، وهذه التدريبات لها مكان مهم في المجتمع الصيني، يحتوي نظام "تشي قونغ" للحركة على تمارين للتركيز والتأمل جاءت في الأصل من فنون القتال، وتُستخدَم بشكل رئيسي كأسلوب تأملي للشفاء الذاتي في الثقافة الشعبيّة. والعديد من هذه التمارين معروفة وتُمارَس في الصين منذ أكثر من 1000 عام كجزء من الطب الصيني التقليدي، تُستخدَم "تشي قونغ" كعلاج للشكوى النّاتجة عن الأمراض ولتعزيز الصحة، وغالبًا تستخدم كرياضة مستقلة كإجراء وقائي لتنسيق تدفق الطاقة بحريّة وانتظام في الجسم، عبر تمارين خاصة بذلك. تجمع تمارين "تشي قونغ" بين التنفس والتركيز الداخلي مع حركات دقيقة، ويمارس هذه الرياضة عادة كبار السّن. ويمكن القول إن هذه الرياضة تُظهر مدى التأثر التايواني بالثقافة الصينية الأصيلة.[12]

٥. الأسواق الليلية

الأسواق الليلية في تايوان أماكن شائعة للتسوّق تقام في مناطق محددة ليلًا، ويقال إنها كانت تقام بالقرب من المعابد والأسواق في البداية، لأنها كانت أكثر ازدحامًا بالنّاس ونبضًا بالحياة، وأساسًا للتطور العمراني والتجاري، ونظرًا لحرص كثير من الناس على زيارة الأسواق الليلية، فإنها تجذب المزيد من البائعين.

والأسواق الليلية أماكن جيدة للتسوق والمتعة وممارسة الألعاب الطريفة، والتواصل الاجتماعي، وفرصة للاطلاع على الأزياء الجديدة، وتناول الأطعمة التقليدية، وعادةً ما تكون الأجواء مزدحمة وصاخبة، حيث تتعالى صيحات الباعة المتجولين وصوت الموسيقى من المحلات.

هناك كثير من الأسواق الليلية منتشرة في جميع أرجاء تايوان، وهي تستحق الزيارة؛ لأنها تُمكّن الزوار من تجربة الأشياء التايوانية التقليدية الأصيلة، والفهم الأعمق لثقافة المجتمع وطريقة

حياة الناس، وخاصة مرحهم واستمتاعهم بتناول المأكولات والمشروبات. ويمكن القول: إن الأسواق هي مفتاح لفهم الحياة التايوانية، والتعرّف إلى كثير من المظاهر التقليدية الشعبيّة. وتُقام بعض الأسواق الليلية في الشوارع الجانبية الصغيرة أو الممرات المسقوفة. وتتميز بمزيج من أكشاك بيع الملابس والسلع الاستهلاكية.

الأسواق الليلية متعة الاستكشاف والتسوّق

وتشتهر الأسواق الليلية التايوانية بالوجبات المحلية التقليدية الخفيفة، على سبيل المثال: عجة المحار، وشرائح لحم الدجاج، والتوفو. وتُباع فيها المشروبات المتنوّعة، كما يمكنك أيضًا العثور فيها على العديد من الأطعمة الغربية المختلفة. والأطعمة في الأسواق الليلية رخيصة ووفيرة.

في الآونة الأخيرة أصبحت الأسواق الليلية أكثر تخصصًا، فمثلًا يشتهر سوق "شيلين" (shìlín, 士林) الليلي في تايبيه بشرائح لحم الدجاج المقليّ، ويشتهر سوق "دونغ دا مَن" (dōng dà mén, 東大門) الليلي بالخيزران المحشو بالأرز (zhú tǒng fàn, 竹筒飯)، وهو من الأطعمة الشعبيّة، ونقانق "ما قاو" (mǎ gào xiāng cháng, 馬告香腸)، ويشتهر سوق مدينة "كيلونغ" الليلي بمأكولاته البحرية لقرب المدينة من البحر.

الخيزران المحشو بالأرز من الأطعمة الشعبية للأقليات

التوفو المقلي طعام مشهور في الأسواق الليلية

و. جزيرة الدراجات

يُجيد معظم النّاس في تايوان قيادة الدراجات النارية، لما توفّره هذه الوسيلة من سهولة وراحة في التنّقل في بلد يُعدّ من البلدان المكتظة سكانيًا. وتعتبر تايوان من أكثر مناطق العالم كثافة بالدراجات النارية. فقد أصبحت الدراجات النارية في شوارعها أحد المناظر المألوفة الخاصة بهذا البلد، وأحيانًا تمتلك الأسرة الواحدة دراجة لكل فرد من أفرادها، وقد تشاهد أحيانًا الأسرة بكاملها على ظهر دراجة واحدة.

عندما يأتي أجنبي إلى تايوان لأول مرة، قد يكون فضوليًا لمعرفة سبب وجود الكثير من الدراجات النارية في تايوان، فما السّر في ميل الناس إلى استعمالها أكثر من غيرها من وسائل المواصلات؟

في تايبيه -على سبيل المثال- معظم سائقي الدراجات النارية هم من الموظفين الرسميين الذين يعيشون بالقرب من المنطقة الحضرية، فهم يريدون تجنب الازدحام خلال ساعات الذروة، وإذا كانوا يقودون سيارات فمن الصعب العثور على مكان لوقوفها، كما أنّ رسوم وقوف السيارات عالية، ومما لا شك فيه أيضًا أن تكلفة شراء سيارة أعلى بكثير من شراء دراجة نارية، وهذا يعني أنّ تكلفة ركوب الدراجة النارية أقل من تكلفة قيادة السيارة، وهو ما جعل اقتناء دراجة نارية خيارًا اقتصاديًا معقولًا.

وهناك جانب آخر مهم يفسّر سبب تفضيل استعمال الدراجات النارية، وهو السرعة، نحن نعيش في عصر السرعة، والناس بطبيعتهم يفضّلون وسائل المواصلات الأكثر سرعة للوصول إلى أعمالهم

ومقاصدهم، ولعلّ أكثر ما يشجّع الناس على اقتناء الدراجات النارية واستعمالها وجود البنية التحتية الصديقة للدراجات من حيث الطرق، والممرات وأماكن الوقوف الحصرية لها، وفي جنوب ووسط البلاد تزيد أهمية الدراجات النارية كوسيلة للتنقّل بسبب اختلاف مستوى خدمات المواصلات العامّة عن مدينة تايبيه.

الدراجات النارية وسيلة أساسية للتنقّل في تايوان

وحفاظًا على السلامة العامة، وتنظيم عملية استعمال الدراجات النارية في جميع أرجاء البلاد؛ وضعت الحكومة التايوانية التشريعات التي تضمن سلامة سائق الدراجة ومرافقه، فهناك قواعد صارمة لركوب الدراجات النارية في تايوان، وتشمل هذه القواعد وجوب الحصول على رخصة قيادة قبل استعمال الدراجة النارية، وضرورة ارتداء سائق الدراجة ومرافقه الخوذة في أثناء ركوب الدراجة، ومخالفة هذه التعليمات تستوجب الغرامة المالية للمخالفين.[13]

تحظى الدراجات النارية الكهربائية بشعبية في تايوان، فقد أصبح المزيد من الناس يركبون هذه الدراجات الكهربائية الصديقة للبيئة، نظرًا للتوجّه الحكومي والشعبي بالاهتمام بالبيئة، كما أنّ سعرها أقل من الدراجات النارية التقليدية، وتحظى بدعم مالي من الحكومة. وهناك نوع آخر من الدراجات التي تزداد أهمية في عالم الدراجات الكهربائية، إذ يمكنك استخدام هاتفك المحمول لاستعارة دراجة

كهربائية في تايبيه من محطات خاصة بمبلغ مالي بسيط، والمهم أنك لست بحاجة إلى صيانتها، ويمكنك استئجارها في أي وقت، وإعادتها إلى أي محطة مخصصة لهذه الدراجات في المكان الذي تصل إليه.

ولرفع مستوى الحياة في المدن المختلفة في تايوان، واستجابة لاتجاه عالمي للحفاظ على الطاقة وتخفيف نسبة انبعاثات ثاني أكسيد الكربون بسبب الأنشطة البشرية، بدأت حكومة مدينة تايبيه والمدن الأخرى بالتعاون مع شركات محلية وعالمية لتوفير نظام مشاركة الدراجات الهوائية في العاصمة تايبيه والمدن الأخرى، والمعروفة في تايبيه باسم "Ubike" وبأسماء أخرى في بعض المدن الأخرى، تشجيعًا للمواطنين والزائرين على استعمال الدراجات لتقليل نسب التلوث، والازدحام المروري في بلد من أكثر بلاد العالم اكتظاظًا، وهو ما ينعكس إيجابًا على حماية البيئة بتقليل نسب استعمال الوقود غير الصديق للبيئة، وتوفير الطاقة، والإسهام في ظهور ثقافة تنقل جديدة.

إحدى المحطات العامة لاستئجار الدراجات الهوائية

وتوفّر هذه الخدمة نظامًا للتنقل السريع والمريح للمواطنين والزائرين على حدٍ سواء، إذ يمكن استئجار الدراجات المتوفرة في محطات منتشرة في الأماكن العامّة باستعمال البطاقة الذكية الإلكترونية، ويمكن لمستعمل الدراجة الهوائية التنقل بها من مكان إلى آخر، وسيجد محطات منتشرة في معظم أنحاء المدينة لإعادة الدراجة في المنطقة التي يصل إليها، دون الحاجة إلى إعادة الدراجة

إلى المحطة الأصلية التي أخذت منها. ويوفّر النظام خدمة ذاتية فلا حاجة لوجود موظفين، وكل محطة تحتوي على منصة إلكترونية لشحن البطاقات برصيد نقدي، أو التسجيل الإلكتروني للحصول على الخدمة. يمكن القول إنّ هذه الخدمة مثالية للتنقل السريع داخل المدن لاستكشافها بأسعار زهيدة مقارنة بأسعار وسائل المواصلات الأخرى، كما أنها فرصة لممارسة الرياضة في الوقت نفسه.[14]

ز. بطاقة الدّفع "إيزي كارد" Easy Card (yōu yóu kǎ, 悠遊卡)

تُعدّ هذه البطاقة إحدى أسهل طرق الدفع المستعملة في تايوان، وهي تحظى بالقبول والثقة في عمليات الدفع المعتمدة تحقيقًا للسرعة والسهولة بدلًا من عمليات الدفع التقليدية. إذ تساعد هذه البطاقة في الاستغناء عن الطرق التقليدية في عمليات الشراء والدفع النقدي في المواصلات العامة والسوبرماركت والمتاجر الصغيرة.

بطاقة الدّفع "إيزي كارد"

إنّ استعمال هذه البطاقة يعني عدم الحاجة إلى حمل النقود، إذ يقوم حامل البطاقة بشحن المبلغ النقدي في البطاقة من خلال أجهزة الشحن المنتشرة على نطاق واسع في جميع أنحاء البلاد في المحلات المخصصة لذلك، ومن ثمّ استعمال هذا الرصيد النقدي في عمليات الدفع. وقد بدأ استعمال هذه البطاقة رسميًا منذ حزيران سنة 2002م، ولكنْ لم يكن لها انتشار واسع في ذلك الوقت، كما هو الحال اليوم.[15]

وخلال المراحل الأولى من تطويرها، أطلقت شركة "إيزي كارد" هذه البطاقة الذكية الإلكترونية للدفع في حافلات تايبيه الكبرى والمترو، ثمّ جرى تطويرها في مرحلة لاحقة لتصبح معلمًا رئيسيًا لنظام تذاكر النقل الإلكتروني في البلاد، والآن وسّعت الشركة استعمال البطاقة في جميع أرجاء البلاد في وسائل النقل العام كالحافلات والمترو، والقطار فائق السرعة، والسكك الحديدية، وخدمات الحافلات بين المدن، ولاستئجار الدراجات الهوائية.

وتوفّر البطاقة الراحة للأشخاص من خلال العمل كأداة لدفع المبالغ الصغيرة في بعض المتاجر ومحلات السوبرماركت والمطاعم، والمحلات في المرافق الترفيهية والمستشفيات والهيئات الحكومية.

حتى شهر كانون الأول 2019م بلغ تداول بطاقات "إيزي كارد" في تايوان حوالي ثمانية ملايين بطاقة، وأمّا الخدمات المعتمدة التي يمكن فيها استخدام بطاقة "إيزي كارد" فقد بلغت حوالي 1451خدمة وهو ما يشير إلى شيوع استخدمها في عمليات الدفع.

يمكن شراء بطاقة "إيزي كارد" من جميع محطات مترو الأنفاق، والمتاجر الصغيرة مثل:"7-11" أو "Family Mart" أو غيرها مقابل 100 دولار تايواني جديد، ويتم إصدار البطاقة بدون رصيد لذا يُنصح بالتأكد من إعادة شحن البطاقة ببعض الرصيد بعد شرائها. ويمكن التحقق من الرصيد الموجود في البطاقة من خلال الأجهزة المتوفرة في المحلات والسوبرماركات.[16]

ح. شبكات المتاجر ذات الخدمة الدائمة _ ٢٤ ساعة[17]

أينما سرّحت بصرك في أي مدينة أو حي في تايوان ستجد إشارة تنبئ عن وجود فرع من فروع المتاجر الواسعة الانتشار، ذات الخدمات السريعة المريحة، إذ تكاد تكون هذه المتاجر معلمًا بارزًا يجده الزائر في كل زاوية هنا أو هناك، وهي متاجر تقدّم خدمات للمشترين على مدار الساعة، فخدماتها 24 ساعة متواصلة بدون أي توقّف.

تأسست أوّل شبكة متاجر "7-11" في عام 1978م في تايوان، ويشير اسمها إلى ساعات العمل من الساعة السابعة صباحًا حتى الساعة الحادية عشرة مساءً، ومن هنا جاء اسم "7-11"، الذي كان يشير إلى أوقات الخدمة التي تقدمها هذه المتاجر.وفي عام 1983م بدأت "7-11" تفتح أبوابها لمدة 24 ساعة، وتسببت هذه المتاجر في ثورة في مجال الخدمات المريحة والبيع بالتجزئة.

تعتمد الفكرة الأساسية لهذه الشبكة الواسعة من المتاجر على توفير معظم خدمات الشراء المريحة والسريعة للزبائن، في أي وقت من الأوقات، مما جعلها مقصدًا للزبائن، وخاصة في الأوقات التي تكون فيها المتاجر الأخرى مغلقة، وثمة مجموعة أخرى من المتاجر تنتشر في أرجاء تايوان، كمتاجر: "Family Mart" و "Hi-Life" و"OK mart" وغيرها.

من متاجر الخدمة الدائمة

وتتميّز هذه المتاجر بتوفير الطلبات المُحتملة للزبائن كالوجبات السريعة التحضير، والفواكه، والأدوات الضرورية، والقرطاسية، والمشروبات الغازية، والعصائر والقهوة والشاي، إضافة إلى خدمات الصراف الآلي، وشحن بطاقات "إيزي كارد" وشراء خطوط الهاتف، وشحن الهاتف برصيد المكالمات، وخدمات استقبال الشراء الإلكتروني، إذ يمكن للزبون أن يشتري أي سلعة متاحة على الإنترنت، ويحصل عليها من خلال أي فرع يختاره من فروع هذه المتاجر.

وهذا يعني أن هذه المتاجر لا تقتصر خدماتها على تقديم ما هو ملائم للجمهور فقط، ولكنها أيضًا تقود اتجاهات المستهلكين، فيمكن للزبائن شراء المنتجات المشهورة بسهولة، ودفع الفواتير واستخدام ماكينات الصراف الآلي، وإرسال الطرود إلى الفروع الأخرى. ولتلبية متطلبات العصر الرقمي تقدم هذه المتاجر العديد من الخدمات الإلكترونية مثل: شراء التذاكر، ودفع الفواتير، وخدمات

الطباعة التي يمكن أن تتيح للعمال أو الطلاب طباعة أي مستندات أو فاكس في أي وقت.

وتوفّر شبكة المتاجر خدمات الجلوس فهناك طاولات ومقاعد مخصّصة لتناول الوجبات السريعة، وشرب المشروبات بأنواعها المختلفة، مما يجعلها مكانًا مرغوبًا للجلوس وحتى للقراءة والمطالعة. وبسبب الخدمة التي توفرها هذه المتاجر على مدار 24 ساعة، فقد كانت خدمة تحصيل الفواتير هي الخدمة الأكثر ملاءمة فيها، فوفقًا للإحصاءات يدفع كل شخص تقريبًا الفواتير من خلال هذه المتاجر لأكثر من 22 مرة في السنة.

تُطلق هذه المتاجر أيضًا وضعًا تجاريًا يجعل العملاء يستمتعون بالمنتجات الشهيرة في أي مكان، وتوفر أيضًا حزمًا من الخدمات المختلفة في المواسم والمناسبات، مثلًا: يمكن للزبائن طلب كعكة عيد القمر مسبقًا، أو كعكة للاحتفال بعيد الأم، أو حتى أطباق الطعام المختلفة بمناسبة العام الجديد، ويمكن استلام هذه الطلبات في مختلف فروعها المنتشرة في كل مكان، مما يسهّل على الزبائن سرعة الحصول على المشتريات دون عناء الذهاب إلى أماكن بيعها.

ط. يانصيب تايوان: متعة الشراء والربح معًا[18]

النصيحة مفيدة حين تغيب عن الإنسان بعض الفوائد الأكيدة التي لا يعرفها أو لا يتوقع حدوثها، ومن هذه النصائح ضرورة الاحتفاظ بإيصالات الشراء في تايوان؛ لأن هذه الإيصالات تمكِّنك من المشاركة في اليانصيب الخاص بذلك، وتمنحك فرصة الفوز في هذا اليانصيب بمبالغ مالية تصل إلى ملايين الدولارات أحيانًا، فتايوان رائدة في مجال استعمال إيصالات الشّراء ككوبونات مشارِكة في اليانصيب الذي تُجريه هيئة خاصة بذلك، إذ يستطيع المشتري الاحتفاظ بإيصال الشراء لحين إجراء اليانصيب الدوري الذي يجري في الخامس والعشرين من كل شهر فردي، وقد يحالفه الحظ في الفوز بإحدى الجوائز النقدية التي يُعلَن عنها في الموقع الإلكتروني لليانصيب، من خلال مطابقة رقم الإيصال بالأرقام الفائزة المعلن عنها، طبقًا للشروط الخاصة بهذا اليانصيب. ولا تقتصر فوائد الإيصالات على المشاركة في اليانصيب، بل إنّها تُعَدُّ إثباتًا لعملية الشّراء لسلعة ما، فيمكن من خلالها حماية الحقوق والمصالح الأساسية للمستهلكين. فعندما نشتري سلعًا معيبة عن طريق الخطأ، فإنّ الإيصال سيكون دليلًا على الشراء، ويمكن أخذه إلى المتجر لطلب إرجاع أو استبدال البضائع[19].

يانصيب إيصالات الشراء

وقد طُبِّق نظام الإيصالات الموحدة في تايوان في عام 1950م من أجل منع المتاجر من التهرب الضَّريبيّ، وزيادة عائدات الضرائب الحكومية، ولهذا استُخدمت مشاركة الإيصالات في اليانصيب لتشجيع المشترين على الحصول على فواتير من المتاجر والمحلات حين يقومون بالشراء، وكان لهذا النظام أثره الواضح في الحصول على إيصالات الشراء التي توثّق عملية البيع، وتمنع المحلات التجارية من التهرب الضريبي، مما يمكّن الحكومة من ضبط عملية تحصيل الضرائب.

ويقدّم اليانصيب جوائز مجزية للأرقام الفائزة بمطابقة أرقام الإيصال بالرقم الفائز، إذ تبلغ قيمة الجائزة الخاصة 10 ملايين دولار تايواني، فيما تبلغ قيمة الجائزة الكبرى مليوني دولار تايواني، وتبلغ قيمة الجائزة العادية الأولى مئتي ألف دولار تايواني، وفي جميع هذه الجوائز يجب أن تكون أرقام الإيصال الثمانية مُطابقة للأرقام الثمانية للرقم الفائز. وتبلغ قيمة الجائزة الثانية أربعين ألف دولار تايواني، وقيمة الجائزة الثالثة عشرة آلاف دولار تايواني، وقيمة الجائزة الرابعة أربعة آلاف دولار تايواني، وهناك جوائز ترضية بقيمة ألف دولار تايواني لكل جائزة، وجوائز ترضية أخرى بمئتي دولار تايواني فقط لكل جائزة.

هوامش ومراجع الباب

本章參考文獻

1 陳郁秀，《音樂台灣》，台北：時報，1996年12月，61-63頁。

2 同上，61-63頁。

3 同上，61-63頁。

4 呂訴上，《臺灣電影戲劇史》，台北：銀華，1991年9月。

5 顏綠芬、徐玫玲，《台灣的音樂》，台北：群策會，2006年1月，91頁。

7 賴若函，<全民瘋運動>，載於 https://reurl.cc/0xaYjY（最後瀏覽日：2020.12.15）。

8 陳彥彣、林瑞興，<臺灣全民運動和競技運動發展的困境>，《屏東大學體育》，2期，屏東，國立屏東大學，2016年7月，163-164頁。

9 同上，163-164頁。

10 張凱翔，<臺灣棒球運動的發展與回顧>，《臺中教育大學體育學系系刊》，3期，臺中，臺中教育大學，2008年8月，130頁。

11 陳榮章，<我國籃球運動發展之源由>，《大專體育》，29期，台北，中華民國大專院校體育總會，1997年2月，128頁。

12 鄭志明，<臺灣氣功團體的文化現象>，《丹道文化》，36期，台北：丹道文化，2010年6月，15-48頁。

13 馬軍，<台灣為什麼有那麼多機車>，《環境教育》，8期，北京：中國環境科學，2014年8月，69頁。

14 臺北市政府交通局，<What is Youbike>，載於：https://reurl.cc/DZbWZd (最後瀏覽日：2020.11.03)。

15 吉岡桃太郎，《桃太郎哈台灣！就是要醬吃醬玩：日本人眼中的台灣》，台北：瑞蘭，2014年9月，14頁。

16 悠遊卡股份有限公司，<關於我們>，載於：https://www.easycard.com.tw/about（最後瀏覽日：2020.10.01）。

17 統一超商，<企業情報 - 關於我們>，載於：https://www.7-11.com.tw/company/history.asp（最後瀏覽日：2020.10.01）。

18 胡文駿，<台灣地區統一發票給獎制度啟示與借鑑>，《江西社會科學》，10期，中國：江西社會科學院，2015年10月，78-79頁。

[19] 財 政 部，＜稅 務 小 常 識＞，載 於：https://reurl.cc/aNgb43（最 後 瀏 覽 日：
2020.12.15）。

[6]　لقمان، فاروق، حكاية تايوان، شركة المدينة للطباعة والنشر، د.ت، د.ط. السعودية، ص43-44.

第四章
الباب الرابع

飲食與文化
الطعام والشراب

第四章
飲食與文化

●●

　　「呷飽未？」是臺灣常見的打招呼方式，親切的問候不僅充滿著濃濃的人情味，也反映出人們對於飲食的重視和寄望。

　　本章首先介紹中式飲食所使用的餐具及餐桌禮儀——筷子與圓桌，以及突顯臺灣人熱情好客的辦桌文化，並概述常見的飲食觀，如不吃牛肉的理由、飲食裡的養生之道、吃素，以及代代相傳各種食物搭配的禁忌等。而在第二章介紹過的重大節日上，臺灣人又會吃什麼食物呢？本章中也將延伸介紹這些節慶飲食背後的含義。

　　除此之外，本章也簡述臺灣麵食文化的由來及各種常見的麵食，如赫赫有名的擔仔麵、頗負盛名的牛肉麵，選擇五花八門的泡麵，及餃子、煎餅、小籠包等造型口味各異的麵點。

　　本章隨後介紹中式飲食中極具重要性的兩項飲食發明：豆製品和茶。豆類製品，如豆漿和豆腐，是獲取植物性蛋白質的絕佳來源，豐富的烹調方式和素食文化的影響，使得豆類製品在餐桌上佔有一席之地。茶自古以來便是生活中重要的飲品，臺灣人們對茶的重視，從飲茶文化及其特殊講究的飲茶禮儀中可見一斑，而臺灣在茶飲上的諸多創新，使得手搖杯文化蔚為風潮，甚至在世界各地造成一股炫風。

　　如今在正餐之外，除了人手一杯的飲品，也有各類小吃能滿足民眾的味蕾，這些鹹食、甜點中結合了臺灣各地食材，發展出不同的在地化口味，融合成臺灣特有的庶民文化。

　　本章最後介紹素有水果王國美名的臺灣，一年四季所盛產的各種美味水果，如蓮霧、釋迦、青棗、鳳梨、木瓜等，甜蜜滋味令人印象深刻。而除了直接食用外，臺灣民眾也將水果入菜，製作出特殊又美味的茶飲及餐點，各種飲食的傳統與創新，是外國旅客來臺灣不可錯過的美食體驗。

الباب الرابع
الطعام والشراب

أ. آداب الطعام[1]

للطعام آداب وتقاليد راسخة في الموروث الثقافي التايواني، يحرص الناس على مراعاتها في أثناء تناولهم للطعام، على سبيل المثال، يحبّ التايوانيون الجلوس إلى مائدة مستديرة جنبًا إلى جنبٍ، تعبيرًا عن الاجتماع والتآلف بين المشاركين في تناول الطعام، ويتبع الناس في الجلوس ترتيبًا وفقًا للأعمار، فيجلس الأجداد وكبار السّن، فالوالدان فالأحفاد، وهذا يشير إلى ثقافة احترام الكبار. ويجدر بالذكر أنّ مكان المقعد له دلالة خاصة، أي أنّ هناك مقاعد خاصة لا يجلس عليها إلاّ الكبار وذوو المكانة. فتوزيع الجلوس للضيوف في بعض المناسبات قد يكون مهمًا للمضيف، وقد يُسبّب التوزيع الخاطئ سوء تفاهم بين الضيوف والمضيف.

غالبًا ما يتناول الناس الطعام باستعمال أعواد الأكل (kuài zi, 筷子)، وتسمّى أيضًا عِصِيّ الأكل، وتتطلب مهارات خاصة لاستعمالها بشكل صحيح. وأعواد الأكل تتكون من زوج من العيدان يستخدمها الشخص في تناول معظم الأطعمة الموجودة على المائدة، وتمثّل تقليدًا شائعًا في معظم موائد الطعام في تايوان. فيستعملها الناس للأكل منذ الصغر، فيأكلون بها الأرز والخضار واللحوم وحتى النودلز. باستثناء ما يحتاج إلى أدوات أخرى كالملعقة أو الشوكة. وتتعدّد المواد المستخدمة في صنع أعواد الأكل، فثمة ما هو مصنوع من الخشب أو الخيزران أو العاج أو الحديد وغير ذلك من المواد.

ويؤثّر استعمال العيدان في طريقة الطهي وتحضير الطعام، فطهاة الطعام الصيني يحضّرون المكونات على شكل شرائح أو قطع صغيرة، لكي يسهل استعمال العيدان، وهناك بعض العادات تُراعَى عند استعمال العيدان، على سبيل المثال، يجب تجنّب نصب العيدان وسط إناء الأرز، أو اللعب ونقر إناء الأرز بها، أو الإشارة إلى شخص ما بها، فكل هذه الأفعال غير مُحببة في الثقافة التايوانية ويجب

تجنّب فعلها.[2] وغالبًا ما توضع الأطباق وسط المائدة ليتم تقاسم الطعام بين كل الحاضرين، وهذا يشبه طريقة تقديم الأطباق في الثقافة العربية.

وفي المناسبات الرسمية تُقدّم أنواع الأطعمة وفق ترتيب، فتُقدّم أطباق المقبلات أولًا، وتُقدّم الأطباق الباردة فالساخنة، والأطباق الرئيسة، ثمّ الحلويات والفواكه. ويُقدّم الطبق الجديد بعد انتهاء الطبق الذي يسبقه، وكل الأطباق تُقدّم على جزء دائري خاص متحرك وسط المائدة، وهو مائدة أصغر حجمًا من المائدة الرئيسة، وتحريك هذا الجزء يُتيح لجميع الجالسين على المائدة تناول الطعام وتشاركه فيما بينهم. فتُقدّم الأطباق على حافات المائدة الصغيرة والناس يحركونها كي يتيحوا للآخرين تناول الطعام، وفي أثناء هذه العملية هناك بعض العادات يجب مراعاتها، فعلى سبيل المثال، لا يأكل الناس إلا من الأطباق التي تكون أمامهم، وبعد أن تُحرّك المائدة المستديرة تصبح الأطباق أمامهم فيأخذون ما يرغبون فيه من الطعام، ويضعونه في أطباقهم الخاصة، ولا يجوز أن يقوم الشخص باستخدام أعواده لأخذ بعض الطعام مما في الطبق الرئيس، وكأنه ينتقي بعض المكونات من الطبق، لأن ذلك غير صحي، وقد يدل على الأنانية. وإذا كان هناك ضيوف أو كبار في السن، يراعى إعطاء الأولوية للضيوف للبدء في تناول الطبق الجديد أولًا ثم المضيفين، أو الأصغر سنًا، وكل هذه الآداب تؤكّد على اهتمام الناس بآداب الطعام، فهي جزء لا يتجزأ من العادات الثقافية العريقة الموروثة.

ب. ثقافة الاستضافة والمآدب

ثمة مصطلح "إعداد المائدة" (pān-toh, 辦桌) في اللغة التايوانية، ويعني أن المضيف سيكلّف شخصًا متخصّصًا لإعداد الأطعمة والمشروبات المناسبة للمأدبة. ويمكن إرجاع ثقافة المآدب إلى عهد أسرة "سونغ" (sòng, 宋)، ففي ذلك الوقت، كانت الأسر الكبيرة لديها عمّال متخصصون مسؤولون عن أمور الولائم والاستضافة في الصين. بينما بدأت ثقافة إعداد المائدة في تايوان في عهد أسرة "تشينغ"، فقد انتقلت هذه الثقافة مع عدد كبير من المهاجرين من جنوب شرقي الصين إلى تايوان. وكان المجتمع التايواني في ذلك الوقت مجتمعًا زراعيًا يتميز بعلاقات قوية ووثيقة بين الناس، فكانت تقام الأنشطة العديدة لاستضافة الأهل والأقارب في القرى والأرياف.

وترتبط أهداف الاستضافة ارتباطًا وثيقًا بحياة الناس اليومية: فهناك مأدبة مرور شهر بعد ولادة الطفل (mǎn yuè yàn, 滿月宴)، ومأدبة الزفاف (hūn yàn, 婚宴)، ومأدبة عيد الميلاد لكبار السن (shòu yàn, 壽宴)، وأخيرًا الطعام الذي يُقدَّم بعد تشييع الجنازة (喪禮桌 sāng lǐ zhuō)[3]. بالإضافة إلى ذلك، هناك العديد من المآدب التي تقدّم خلال الطقوس الدينية، مثل: طقوس جولة الإله (rào jìng huó dòng, 遶境活動).

وثقافة "إعداد المائدة " لا تعزّز العلاقات بين الأهل والأقارب والأصدقاء فحسب، بل أيضًا تجمع بين العادات والتقاليد الشعبية، فقد أصبحت واحدة من الخصائص المُمَثِّلة لطبيعة الحياة في تايوان. في القديم كان إعداد المائدة يتم عن طريق تجهيز الأطعمة للحفل، بتوظيف الطباخين لإعداد الأطعمة في المنازل. وبعد عام 1970م، أصبح هذا الأمر أكثر تخصصًا وتنظيمًا من خلال مؤسسات متخصصة، وعادةً ما تكون هناك فرق مخصصة لأمور الاستضافة لها أقسام مختلفة: مثل الفريق المسؤول عن نقل الخيام، والفريق المسؤول عن توفير أدوات المائدة، وفريق الطهاة المسؤولين عن تقديم الأطعمة، وفريق العروض الترفيهية للضيوف. وعادةً ما يتم اختيار المكان لإعداد المائدة وفقًا لعدد الضيوف. على سبيل المثال، يمكن أن يصل عدد الطاولات أحيانًا إلى مئات أو حتى آلاف؛ لذلك، غالبًا ما يُقام المكان في الساحات الخارجية، كملاعب المدارس أو الأماكن على جوانب الطرق، فتكون مشاهد المآدب مذهلة للغاية بحسن تنظيمها وبما يُقدّم فيها من ألوان الأطعمة اللذيذة.

المأدبة التقليدية في تايوان

وبسبب عادات الأكل للمهاجرين من مقاطعة "فوجيان" الصينية إلى تايوان، فإن الأطباق المقدّمة في المآدب هي في الغالب أطباق فوجيانيّة. وبعد الاستعمار الياباني، وهجرة عدد كبير من الناس من مختلف المقاطعات في الصين بعد عام 1949م، أصبح هناك أطباق متنوعة وممزوجة بأطباق من الطعام الياباني، مثل طبق "ساشيمِي" (sashimi)[4] بالسمك النيء، والأطباق الصينية. وتختلف الأطباق المقدّمة في المناطق الشمالية عن المناطق الجنوبية في تايوان، فتختلف في المواد الغذائية والمذاق بسبب البيئات الجغرافية المختلفة، مما يُظهر التعددية الثقافية المحلية في تايوان. وعدد الأطباق المُقدّمة يتراوح بين 10 إلى 12 طبقًا مختلفًا، وعادة ما يكون الطباخ الرئيسي (tsóng-phòo-sai, 總鋪師) هو من سيناقش مكوّنات الأطباق مع المضيف حسب المناسبات، وقد يكون إعداد المكوّنات له معان احتفالية وعرفية، ففي مآدب الزفاف والمناسبات الاحتفالية على سبيل المثال، عادةً ما تقدّم كرات الأرز اللزجة المقلية (zhà tāng yuán, 炸湯圓) التي ترمز إلى الزواج الناجح الجميل، وغالبًا يُقدّم النودلز في أعياد الميلاد ليرمز إلى العمر المديد كطول النودلز، كما أنّ هناك بعض المكونات الخاصة والمحظورة للجنائز. لذلك، فإن اختيار الأطباق التي يتم تقديمها على المائدة أكثر حرية مما يقدّم في المطاعم. كما أنّ الأطباق في المآدب تعبّر عن المعاني والأغراض الخاصة بتلك المآدب.

ولا تقتصر فكرة إعداد المائدة على تناول الطعام فحسب، بل تسلّط الضوء على تعزيز العلاقات بين الناس والاهتمام ببعضهم بعضًا. وقد انتشرت ثقافة إعداد المائدة في العديد من المناسبات. على سبيل المثال، خلال نهاية العام في التقويم القمريّ، ستقوم العديد من الشركات والهيئات بإقامة مآدب لموظفيها وشركائها لشكر الموظفين على عملهم المُجِدّ، وكذلك للتواصل وتعزيز العلاقات فيما بينهم. وفي هذه الأيام يتبرع بعض الناس الكرماء بالأموال لإقامة المآدب، ويوفرون للمحتاجين الأطعمة المتنوعة ليستمتعوا بها، مما يُظهر حسن الوفادة بين الناس واللمسة الإنسانية الدافئة في تايوان.

ج. محظورات في ثقافة الطعام[5]

يتأثر الطعام الصيني بالثقافة والعادات الصينية بشكل واسع، وتعكس هذه العادات أفكار الشعب وثقافته تجاه الحياة اليومية وتقديره واحترامه للبيئة الطبيعية. في تايوان، ثمة أناس لا يأكلون لحوم

البقر، وقد يعود ذلك إلى أسباب عدّة، منها أنّ المجتمع الصيني القديم كان مجتمعًا زراعيًا، فالأبقار هي الماشية الرئيسة المستخدمة في حرث الأرض، والناس يعتنون بالأبقار كأفراد الأسرة، فلا يأكلون لحومها تقديرًا لها في الإسهام معهم في حرث الأرض تجهيزًا للزراعة.

ومنها الفكرة الطاوية بأنّ البقر ماشية الإله، وفي الوقت نفسه ثمة حكمة قديمة تقول:" يجتهد كالبقر والفرس" (zuò niú zuò mǎ, 做牛做馬)[6] فيُشبَّه الشخص المجتهد بالبقر والفرس، وهذا يؤكدّ أنّ البقر من الحيوانات الكريمة النشيطة، كما شاعت فكرة من البوذية أن البقر من الحيوانات ذات المشاعر كالبشر. وهناك أيضًا نظرية شائعة تتعلّق بالأبراج الصينية، إذ إنّ الشخص المولود في عام الثور لا يأكل لحوم البقر من أجل حظه وصحته.

بالإضافة إلى ذلك، يتّبع الناس فكرة " الين واليانغ" التي أُخِذت منها نظرية للطب الصيني التقليدي في اختيار الطعام والمواد الغذائية، فيرى الطب الصيني التقليدي أنّ وظيفة الطعام كالدواء لجسم الإنسان، وكل المواد الغذائية لها خصوصية، ويُصنَّف الطعام بدقة في الطب الصيني التقليدي إلى خمسة أنواع حسب طبيعته ومذاقه، فهناك: الطعام البارد (hán,寒)، والمعتدل البرودة (涼)(liáng)، والمعتدل (píng, 平)، والدافئ (wēn, 溫)، والحار (rè, 熱). فعلى سبيل المثال، البطيخ والشمام من المواد البادرة، فلا ينصح بأكلهما في الشتاء، ولحم الخروف من المواد الدافئة، فهو مفيد لمعظم الناس في معظم أوقات العام.

الأطعمة الصينية: توازن بين الغذاء والأعشاب العلاجية

بالإضافة إلى المحظورات الغذائية التي تأثرت بالدين، شاعت أيضًا النباتية بشكل واضح بسبب تأثيرات البوذية ومبادئها التي تحرّم أكل لحوم الحيوانات بسبب الرحمة بالكائنات، لذلك فإن النباتية تؤثر أيضًا على الطبخ وثقافة الطعام في تايوان، كانتشار أكل التوفو وتنوّع أصنافه.

وهناك بعض المحظورات متعلقة بتجارب الناس في الحياة اليومية. فقديمًا كانت توجد قائمة مُسجّلة بالمحظورات الغذائية كحظر أكل سرطان البحر مع فاكهة الكاكا، أو تناوله مع الفول السوداني في الوقت نفسه. ولكن بعض المحظورات لم يتمّ إثباتها علميًا، وبعضها قد لا يناسب حياتنا الحاضرة بسبب تقدّم الطبّ وتقنية حفظ المواد الغذائية، لذا فهي في الغالب موروثات فقط، ولكنها شكّلت جزءًا من حياة الناس اليومية ولها ارتباط عميق بالتراث الشعبي القديم.

د. مأكولات تقليدية في الأعياد والمناسبات[7]

ترتبط المأكولات التقليدية للشعوب بعاداتها وأعيادها ومناسباتها الاجتماعية، وتعبّر عن ثقافتها التي استقرت وتجذّرت عبر العصور المختلفة، ولا يمنع هذا من التطوّر في مجال الأطعمة أو طرق الطهي بسبب الموقع الجغرافي للدول، أو التغيرات السياسية التاريخية التي قد تشهدها من حين إلى آخر، وهو ما يمكن ملاحظته في تايوان، فقد ظلّت الجزيرة لفترة طويلة مسرحًا لتمازج سكاني نَشِط، إضافة إلى تغيرات سياسية تاريخية أحيانًا، أدّت إلى وجود كثير من أنواع المأكولات المختلفة، ولكنها صُبِغت بالطابع المحلي التقليدي، لتعبّر عن الشخصية التايوانية والثقافة المحلية المرتبطة بالمناسبات المختلفة. ومن المأكولات الخاصة بالأعياد والمناسبات في تايوان ما يلي:

مأكولات متنوعة بمناسبة السنة الجديدة

● **مأكولات رأس السنة التقليدية (عيد الربيع) (chūn jié, 春節)[8]**

1. كعكة الأرز (nián gāo, 年糕): تُعرف أيضًا باسم "قاو" (gāo, 糕) بالصينية أو "قوي" (guèi, 粿) باللغة التايوانية المحليّة. وغالبًا يتم تناول كعكة الأرز في عيد الربيع؛ لأن نطق كلمة الكعكة باللغة الصينية يشبه نطق كلمة الحظ الوافر لكل عام، وهو ما يعني التفاؤل بسنة جيدة ومزدهرة.

وهي طعام مصنوع من الأرز ومكونات أخرى، حيث يُخلط دقيق الأرز بالماء، وغالبًا ما يضاف إلى كعكة الأرز السكر والفاصوليا الحمراء، وتُطهى على البخار، ولها أنواع مختلفة مثل: كعكة "فا قاو" (fā gāo, 發糕) التي تُضاف إليها الخميرة مما يجعل ملمسها يشبه الخبز، وكعكة الفجل (luó bo gāo, 蘿蔔糕) التي تتكون من الفجل الأبيض والمأكولات البحرية.[9]

كعك الأرز

كعكة الفجل

كعكة "فا قاو"

2. خضروات إطالة العمر (cháng nián cài, 長年菜): وهي ترمز إلى طول العمر نظرًا لشكل أوراقها الطويلة. في شمال تايوان، يتم أكل شرائح الخردل الهندي (jiè cài, 芥菜)، وتؤكل ورقتها كاملة، بينما في جنوب تايوان، تُؤكّل السبانخ من الأوراق إلى جذورها كاملة أملًا في عمر كامل مديد ومستقبل سعيد.[10]
3. الزلابية (jiǎo zi, 餃子)[11]: في التقاليد الصينية، اعتاد الناس في شمال الصين على أكل الزلابية في ليلة رأس السنة الجديدة، ويحتفظ بهذا التقليد كثير من الناس في تايوان بسبب التمازج السكاني في فترات تاريخية ماضية. ويكون شكل الزلابية حين يتم رصها على المائدة مثل سبائك العملات القديمة؛ لذا يأكلها الناس أملًا في عام جديد مليء بالازدهار والثروة والسعادة.[12]
4. أطباق الأسماك: يعدّ السمك من الأطباق الأساسية التي تُقدّم على المائدة عشية ليلة السنة الجديدة، لأنّ نطق كلمة السمك في اللغة الصينية يشبه نطق "إيو" (yú,餘) بالصينية ومعناه البقاء والزيادة والخصوبة، ويجب أن تكون السمكة كاملة، فلا تقدّم مقطعة أو على شكل شرائح، وتطهى غالبًا بالبخار أو الغلي للمحافظة على شكلها الكامل، والعادة أن يُبقِي الناس جزءًا من السمكة في عشية ليلة السنة الجديدة فلا يأكلونه، وهذا يرمز إلى ما يرجوه الناس من غنى وحظ وافر لكل العام[13].
فيتبادل الناس التهنئة في أثناء تناول هذا الطبق بقولهم: (年年有餘)
(nián nián yǒu yú) [14] وتعني: عامك وافر بالغنى والسعادة.

سمكة كاملة مطبوخة على البخار

5. أطباق فواكه الحمضيات: الشتاء هو الموسم الذي تكثر فيه فواكه الحمضيات في تايوان، ونطق كلمة البرتقال بالصينية (jié/jú, 桔) يشبه إلى حدٍ ما نطق كلمة "الميمون" (jí, 吉) أي: الحظ السعيد، وسعة العيش، فمن الشائع وضع الحمضيات على المائدة خلال العام الجديد.[15]

6. بطارخ البوري (wū yú zǐ, 烏魚子): وهي بيوض أسماك البوري، ويعتبر صيد بطارخ البوري من الثروة البحرية المهمة في الشتاء في تايوان، حيث يتم تتبيلها وتجفيفها بعد استخراجها من السمك. ويجب شويها وتقطيعها إلى شرائح قبل أكلها، وتقديمها مع الفجل الأبيض أو شرائح التفاح. بالإضافة إلى تقديمها في أطباق السنة الجديدة، فهي موجودة أيضًا بشكل شائع في أطباق الاحتفالات والمناسبات المختلفة في تايوان.[16]

"فو تيا تشيانغ" طبق مشهور في المآدب التقليدية

بطارخ البوري - بيوض البوري

7. "فو تيا تشيانغ" (fó tiào qiáng, 佛跳牆): اسم هذا الطعام ممتع للغاية، ومعناه: "بوذا يقفز من فوق الحائط"، أي أنّه لذيذ جدًا لدرجة أن بوذا سيقفز من على الحائط ليأكله. وهو طبق مشهور في أطعمة فوجيان التقليدية. وطعمه لذيذ وغني بالحساء، ويتكوّن هذا الطبق من المأكولات البحرية والدجاج والبط والخنزير، وتطبخ مع فطر شيتاكي، والكستناء وغيرها من المكونات على البخار، مما يعني أنه يمكن تناول أشهى المأكولات المأخوذة من الجبال والبحر.[17]

8. الفجل الأبيض (bái luó bo, 白蘿蔔): له اسم "تساي تاو" (菜頭) (tshài-thâu) باللغة التايوانية المحلية، ونطقه يشبه نطق الحظ الجيد في اللغة الصينية، فيأكل الناس الفجل الأبيض مع المأكولات الأخرى في أثناء حلول السنة الجديدة تفاؤلًا بالحصول على حظ جيد.[18]

9. الدجاج: يُعدّ الدجاج طبقًا ضروريًا من أطباق رأس السنة، ذلك أن نطق كلمة "الدجاج" باللغة التايوانية المحليّة يشبه كلمة "الأسرة" (ke, 家;雞)، لذا يعتقد التايوانيون أن تناول الدجاج يشير إلى التفاؤل بسلامة الأسرة، والبركة لجميع أفرادها. وتُقدّم الدجاجة كاملة الأجزاء، ويرمز هذا إلى تكامل الأسرة وسلامتها، وغالبًا تُقَدَّم الدجاجة مع الحساء الساخن، أو تقدّم باردة مقطّعة كمقبلات للأكل، ويحب بعض الناس أكلها مع صلصة الصويا وعصير الحمضيات، فيكون طعمها لذيذًا ومنعشًا.[19]

طبق الدجاجة الكاملة رمز إلى تكامل الأسرة وسلامتها

10. "هوت بوت" (huǒ guō, 火鍋): أي القدر الساخن. إذ يهتم الشعب التايواني بجمع الأهل والأصدقاء في المناسبات، فغالبًا يتناولون الطعام عشيّة ليلة السنة الجديدة حول طاولة دائرية، والقدر الساخن طعام مهمّ للعشية، فقد قيل إنّ أصل هذا الطبق يعود إلى عهد "هان" (hàn, 漢)، فكان الناس يستخدمون وعاء خاصًا للعبادة، ويضعون اللحوم فيه بعد الطقوس لطهي المكوّنات، ويأكلونها من الوعاء. وتطوّرت أنماط الطبق مع مرور الوقت، وصار القدر الساخن طعامًا مشهورًا ليس بين جمهور الشعب فحسب، بل أيضًا في قصور الأباطرة. وثمة أنواع مختلفة للقدر الساخن، ويتكوّن الطبق من مأكولات متنوعة كثيرة مثل: شرائح اللحوم والبحريات والخضار وغيرها، ويتمّ وضع كل المكوّنات وطهيها بالحساء الساخن المتبل معًا، ويأكلها الناس مع الصلصة بنكهات مختلفة. ويمكن لكل شخص اختيار المكونات المرغوبة وطهيها بنفسه، ويجلس الناس جنبًا إلى جنب؛ لطهي الطعام وتناوله وسط الدخان المتصاعد، فهذه الخطوات تضفي مزيدًا من المتعة في تناول الأطعمة المطبوخة في القدر الساخن، وقد شجّع حرص الناس على تناول هذا النوع على انتشار مطاعم القدر الساخن في كل مكان، وأصبح الناس يتناولونه في أي وقت من أوقات السنة، فلا يقتصر تناوله على عشية عيد الربيع فقط.

"هوت بوت" طبق شعبي مشهور

وأدى ذلك إلى وجود عدد كبير من المطاعم والعلامات التجارية لتنويع نكهات القدر الساخن، فيجد الناس نكهة البحريات، ونكهة الطماطم ونكهة الكاري وغيرها. وهناك نكهة شهيرة لونها أحمر مصنوعة من الفلفل الأحمر الحار مع الزيوت، ومذاقها حار يُفْقِد الإنسان القدرة على الإحساس في اللسان والفم، فيضع محبو القدر الساخن هذا النوع من الفلفل للاستمتاع بمذاقها الحارّ. ومع تنوّع النكهات، تتغيّر أشكال القدور فثمة قدور مقسّمة إلى جزأين أو ثلاثة أجزاء، وحتى تسعة أجزاء، مما يتيح للناس الاستمتاع بأصناف من المذاقات في الوقت نفسه.[20]

"هوت بوت" بنكهة الفلفل الحار

- **مأكولات عيد الفوانيس (yuán xiāo jié, 元宵節)**

من المعروف أن عيد الفوانيس يحلّ في ختام عيد الربيع، في الخامس عشر من الشهر الأول في التقويم التقليدي، وإضافة إلى الاستمتاع بمهرجانات الفوانيس الجميلة، ولعب الألغاز، يُعدّ طعام "يوان شياو" أو "تانغ يوان" (tāng yuán, 湯圓) طعامًا تقليديًّا مهمًا في هذا العيد، ويكون على شكل كرات أرز لزجة.

إذ يُجْمَعُ دقيق الأرز اللزج والماء لعمل عجينة، ثم تصنع العجينة على شكل كرة يدويًّا، أو بهزّ الغربال الكبير الخاص بذلك رويدًا رويدًا حتى تصبح قطع العجين الموجودة فيها على شكل كرات، وشكله الكرويّ يرمز إلى السعادة والكمال. وفي هذه

الكرات يمكن إضافة حشوة مالحة مثل: حشوة اللحوم، وطهيها مع الخضروات في الحساء، أو حشوة حلوة بمعجون السمسم الأسود، ومعجون الفول السوداني وغيره. ويعتقد الناس أنه بعد تناول كرات الأرز اللزج في هذا اليوم، يكبر الشخص سنةً في عمره بسبب حلول العام الجديد.

كرات الأرز اللزج الصغيرة باللونين الأبيض والأحمر وبجانبها بعض المأكولات الشعبية

عرض لصنع طعام "يوان شياو"

وفي السنوات الأخيرة، ظهرت حشوات جديدة لكرات الأرز اللزج كشاي "الماتشا" (matcha) وشاي الحليب بسبب تأثير الثقافة الأجنبية. بالإضافة إلى تقاليد تناول كرات الأرز اللزج خلال عيد الفوانيس، فإنّ الناس يأكلونها أيضًا في يوم "الانقلاب الشتوي" وهي إحدى الفترات الزمنية الأربع والعشرين في السنة، وعادة تكون هذه المأكولات على شكل كرات صغيرة ذات لونين أحمر وأبيض وغالبًا بدون حشوات.[21]

● مأكولات عيد "تشينغ مينغ" (qīng míng jié, 清明節)

يحلّ هذا العيد في الشهر الرابع في التقويم القمري في فصل الربيع، وهو المعروف بيوم الصفاء، ضمن الفترات الزمنية الأربع والعشرين، ويُدمَج هذا العيد بـ"يوم الطعام البارد" (hán shí jié, 寒食節)، أي أنه يمكن تناول الطعام البارد فقط خلال هذه

الأيام، ولا تُستخدَم النار لطهي الطعام، لذلك اعتاد الناس على تناول خبز "رون بينغ" (rùn bǐng, 潤餅)[22] خلال عيد "تشينغ مينغ".

"تساو آ قوي" طعام خاص بعيد "تشينغ مينغ"

وفي المناطق الجنوبية في الصين وتايوان، هناك أيضًا تقليد لأكل "تساو آ قوي" (tsháu-á-kué, 草仔粿)، وهو طعام يتكوّن من عجينة الأرز اللزج والأعشاب، وقد كان مستخدمًا كتقليد أثناء العبادة في الماضي. يقطع الناس الأعشاب الصالحة للأكل ويجمعونها مع دقيق الأرز اللزج لصنع عجينة الأرز. ويكون لونها أخضر لأنها تمزج بعصير الأعشاب. ويصنع الناس العجينة بالحشوات المالحة والحلوة ويطهونها على البخار قبل تناولها. وقد أصبحت هذه المأكولات طعامًا خفيفًا يُصنع في الأيام العادية ويمكن رؤيتها في المتاجر.[23]

- **مأكولات عيد قوارب التنين (duān wǔ jié, 端午節)**

إن تناول مثلثات الأرز (zòng zi, 粽子) نشاط مهم في عيد قوارب التنين، وكان في القديم طعامًا شائعًا للناس. وفي عهد أسرة "تشو" (chǔ, 楚)، كان النّاس يلقون مثلثات الأرز في النهر لإنقاذ الشاعر العظيم[24] "تشيو يوان"، ومن ثم أصبح هذا تقليدًا متّبعًا، حيث تُصنَع مثلثات الأرز بمناسبة حلول هذا العيد.

تتكون مثلثات الأرز في الغالب من أوراق الخيزران، أو أوراق اللوتس مملوءة بالأرز اللزج ومكونات أخرى ملفوفة على شكل مخروطي مثلثي، وملفوفة بحبل من

القش أو خيط قطني. يمكن تناولها بعد طهيها بالغلي أو بالبخار، بعد إزالة الخيط والأوراق.

طريقة صنع مثلثات الأرز في عيد قوارب التنين

وتحتوي حشوات مثلثات الأرز على حشوة مالحة تتكوّن من فطر شيتاكي وقطعة من اللحم، وصفار بيض البط المملح، والكستناء والفول السوداني، والجمبري المجفف. وتختلف مثلثات الأرز في المناطق الجنوبية والشمالية في تايوان وفقًا لطريقة صنعها: ففي الشمال تُصْنَعُ المثلثات من الأرز المقلي مسبقًا، ثم تُطْهى بالبخار، بينما المثلثات في الجنوب تُصْنَعُ من الأرز النّيء، ثمّ تُطْهى في الماء المغلي.

وهناك نوع آخر من مثلثات الأرز بمذاق حلو، وغالبًا ما تكون الحشوة في هذا النّوع من الفاصوليا الحمراء المهروسة، وهناك مثلثات الأرز المعروفة باسم "جين زونغ" (jiǎn zòng, 鹼粽)، وهي مصنوعة من الأرز والفاصولياء الحمراء، يضاف إليها مادة الصودا والماء لحفظها لمدة أطول، وتُقدّم بعد تبريدها وإضافة السكر السائل إليها كالحلويات.[25]

مثلثات الأرز المحشوة بالأرز اللزج والفاصوليا الحمراء والسكر ملفوفة بأوراق الخيزران

- **مأكولات عيد منتصف الخريف (zhōng qiū jié, 中秋節)**

يعدّ هذا العيد من أهم الأعياد في الثقافة الصينية، وعادة يجتمع الناس ليستمتعوا بمنظر البدر الجميل. وفي الوقت نفسه هو موسم لفاكهة البوملي، لذلك غالبًا ما يتم تناول البوملي خلال هذه الأيام، حيث يُقشِّر الناس البوملي بطريقة خاصة، ويجعلونها كقبعة لكي يلعب بها الأطفال.

كعك القمر من المأكولات الشعبية في عيد منتصف الخريف

كما يصنع الناس بمناسبة هذا العيد كعك القمر، وهو كعك فريد خاصّ بهذا العيد، ولكنْ في القديم لم يكن هناك تقليد لتناول الكعك خلال هذا العيد. وشاع القول بأنّ أصل هذا التقليد جاء أثناء حكم أسرة "يوان" (yuán, 元). حيث أراد الناس الثورة والانتفاضة على الحكم بسبب الضغط السياسي الشديد الذي كانوا يعيشونه في ذلك الوقت، لكنهم لم يتمكنوا من إبلاغ بعضهم بعضًا بموعد الانتفاضة؛ لذلك قاموا سرًا بحشو ورقة صغيرة في كعك القمر. فكان الناس يقرؤون الرسالة أثناء تناول الكعك، وقد كتب فيها موعد الانتفاضة: وهو الخامس عشر من الشهر الثامن في التقويم القمري التقليدي، وكانت تلك الانتفاضة سببًا في الإطاحة بأسرة "يوان". وعلى الرغم من أن القصة لم يتم إثباتها، إلا أنها تضيف بعدًا تاريخيًا لعادة تناول كعك القمر.

ومذاق كعك القمر متنوع، معظمه من المعجنات، وحشوة كعك القمر نوعان: مالحة

مصنوعة من لحم الخنزير والكاري وصفار البيض المملّح، وحلوة مصنوعة أساسًا من الفاصوليا الحمراء المهروسة، والسمسم الأسود المهروس، وهريس التمر واللوز.[26]

ه. النودلز والمعجنات[27]

يعتبر الأرز الغذاء الأساسي للتايوانيين نظرًا لمناخ تايوان المناسب لنمو الأرز، فغالبًا يأكل التايوانيون الأرز في الوجبات الثلاث، وفي بعض الأحيان كانوا يأكلون معجنات وطعامًا مصنوعًا من الطحين. لذلك، اعتبرت النودلز والمعجنات الصينية وجبات خفيفة، مثل "نودلز دانزي" (擔仔麵) (dàn zǐ miàn) الشهيرة في مدينة "تاينان"، والزلابية (الدمبلنغ).

نودلز "دانزي"

ويعود انتشار النودلز إلى ما بعد عام 1949م، حيث انتقل عدد كبير من السكان الشماليين من الصين إلى تايوان مع حكومة جمهورية الصين، ويفضّل الناس في شمال الصين غالبًا الأطعمة المصنوعة من الطحين مثل النودلز نظرًا للبيئة الطبيعية في شمال الصين. وبعد أن استقروا في تايوان، ورثوا التقليد الغذائي الأصلي، فبدؤوا يصنعون النودلز للوجبات اليومية. وفي عام 1954م، وسّعت الحكومة التايوانية حجم تصدير الأرز بعد الحرب، وفي الوقت نفسه كانت أمريكا تروّج لمنتجاتها من القمح المحلي الفائض، وتوفّر مجموعة متنوعة من الآلات والتكنولوجيا لتشجيع التصدير إلى تايوان. فبسبب هذه القرارات السياسة بدأت النودلز والمعجنات الصينية تنتشر في حياة التايوانيين اليومية. وتوجد الآن متاجر تبيع النودلز والمعجنات الصينية في كل مكان في تايوان، وصارت المائدة لا تقتصر على الأرز فقط، بل النودلز والمعجنات أيضًا.

- **"نودلز دانزي" (dàn zǐ miàn, 擔仔麵) ونودلز لحم البقر (牛肉麵) (niú ròu miàn)**

تُصْنع النودلز التايوانية التقليدية عادة من القمح، ويضاف إليها مواد تُسهِّل حفظ النودلز بعد صنعها، ولها لون أصفر، وتعدّ بطريقة القلي أو بالطبخ في الحساء. ومن أشهر هذه الأنواع: نودلز "دانزي" التي نشأت في مدينة "تاينان". وطريقة طبخها بسيطة: إذ تسلق النودلز في الماء أولًا، ثم توضع في الحساء، وتضاف بعض الصلصة والمكونات الأخرى، مثل: اللحم المفروم والخضراوات والبيض والجمبري، أو قد تكون النودلز جافة بدون حساء، ورغم أنّها بسيطة التحضير إلا أنّ طعمها لذيذ. وكان الناس يعتبرون "نودلز دانزي" وجبة خفيفة، لذلك فإن حجمها غالبًا ما يكون صغيرًا.[28]

نودلز لحم البقر

وهناك أيضًا طبق النودلز الشهير في تايوان، أي نودلز لحم البقر، وهذا الطبق يعبّر عن اندماج الثقافات المختلفة في تايوان. فمن المعروف أنّ تايوان في الزمن القديم كانت مجتمعًا زراعيًا، والناس يزرعون الأرز، وكان الثور والبقر شريكين زراعيين

مُهمّين في المناطق الريفية، ولهما قيمة كبيرة في المجتمع الزراعي التايواني، وكانت العلاقة بينهما وبين المزارعين وثيقة كأفراد الأسرة الواحدة، وعندما كانت الثيران أو الأبقار تعجز عن الزراعة، كان المزارعون يعتنون بها حتى موتها. لذلك كان قليل من الناس في تايوان في الماضي يتناولون لحومها. وبعد الحرب في عام 1949م، انتقل عدد كبير من الناس من الصين للاستقرار في تايوان، وهم يأكلون لحوم البقر والنودلز، فتغيّرت عادات الأكل، وصار الناس يتقبّلون تناول لحوم الأبقار بشكل أكبر.

يطبخ الناس المكونات اللازمة لصنع نودلز البقر، كالجزر والفجل والبصل مع الصلصة المصنوعة من فول الصويا، والبهارات المختلفة لعمل الحساء اللذيذ، ثم يضيفون قطعًا أو شرائح من اللحم البقري المسلوق، مثل موزات اللحم البقري في الحساء مع البهارات التي يطبخونها لفترة طويلة. وأخيرًا توضع النودلز في الحساء، فتكون جاهزة للاستمتاع بمذاقها الشهيّ. والآن أصبحت نودلز لحم البقر طعامًا شعبيًا شائعًا حتى أصبحت المسابقات والمهرجانات تقام لطبخ هذا النوع من النودلز.[29]

● **النودلز الجاهزة (pào miàn, 泡麵)**

وهي نودلز مجففة وسريعة التحضير، وتوضع في كيس أو إناء مع مسحوق البهارات والنكهة، وطريقة تحضيرها تكون بصب الماء المغلي في الإناء، وتركها لمدة قصيرة حتى تصبح جاهزة للأكل. فالنودلز الجاهزة مُنتج يُلبّي احتياج المجتمعات السريعة. ويقال إنّ مبتكرها تايواني الأصل، سافر إلى اليابان وابتكر النودلز الجاهزة أو تسمى "الرامن" (ramen) باليابانية، وكانت لها نكهة واحدة فقط: النودلز مع حساء الدجاج. ومع مرور الوقت، أصبحت النودلز الجاهزة طعامًا عالميًا، وهي طعام شائع في تايوان.

وقد نشأت في تايوان شركات كثيرة لصنع النودلز الجاهزة لابتكار نكهات جديدة، فمن الممكن للمستهلكين أن يجدوا النودلز الجاهزة: كالمعكرونة الإيطالية، أو النودلز بالمذاق التايواني التقليدي مثل: مذاق نودلز لحم البقر أو حساء الدجاج بالتوابل، وخمر الأرز (huā diāo jī, 花雕雞)، فهذه المنتجات المتنوعة من النودلز ذات النكهات

المختلفة لا تلبي احتياجات التايوانيين فحسب، بل تجذب انتباه السياح واهتمامهم أيضًا، وهم يشترونها ليجرّبوا الثقافة التايوانية المختلفة.[30]

أنواع النودلز الجاهزة في أحد المتاجر

- **انتشار المعجنات الصينية (zhōng shì miàn diǎn, 中式麵點)[31]**

بعد انتقال الحكومة إلى تايوان في عام 1949م، هاجر عدد كبير من الناس من شمال الصين إلى تايوان، وكان في ذلك الوقت الترويج للقمح المستورد من الولايات المتحدة في أوجه، فأصبح تناول المعجنات الصينية شائعًا في الحياة اليومية شيئًا فشيئًا. وغالبًا يأكل السكان الشماليون منتجات القمح، بالإضافة إلى النودلز، فهم أيضًا يصنعون المعجنات من دقيق القمح مثل الخبز على البخار (mán tou, 饅頭) والمطبّق الصيني (xiàn bǐng, 餡餅) والفطائر (jiān bǐng, 煎餅)، ومن بينها الزلابية الصينية، وتُسمّي "جياو زي" (jiǎo zi, 餃子)، وهي الطعام الأكثر شيوعًا بين هذه المعجنات في تايوان.

الخبز على البخار

يمكن إرجاع أصل الزلابية الصينية إلى عهد أسرة "هان الشرقية" (東漢) (dōng hàn). فقد وُضِعَت الزلابية المحشوة بالفلفل ولحم الخروف المفروم في الحساء، وكان الناس يتناولونها كدواء للتخلص من البرد القارس. وقد تطوّرت إلى أنماط مختلفة مع مرور الوقت، والطريقة الشائعة لصنع الزلابية هي تقسيم العجين إلى شرائح دائرية، ثم توضع الحشوات وسط الشريحة وتُلفّ، وأخيرًا يلصق طرفا الشريحة معًا لتشكيل الزلابية. وتحتوي حشوات الزلابية على مواد متنوعة، مثل: الخضار والبهارات واللحم البقري والدجاج ولحم الخنزير ولحم الخروف وحتى السمك أحيانًا، ويمكن أن تكون نباتية بالخضار فقط.

"جياو زي" نوع من الزلابية التقليدية الشعبية

عرض لطريقة صنع زلابية " جياو زي"

كما أن طرق طهي الزلابية الصينية متنوعة، والطرق الشائعة هي الغلي أو على البخار أو القلي. وغالبًا ما يشير شكل الزلابية الصينية إلى معان جميلة، فشكل الزلابية يشبه النقود وسبائك الذهب القديم (jīn yuán bǎo, 金元寶)، لذلك اعتاد بعض الناس على تناول الزلابية الصينية خلال العام الجديد، وهذا يرمز إلى الأمنيات الجيدة للعام الجديد بالثراء والسعادة، وقد أصبحت الزلابية الصينية الآن جزءًا من الأكل الشعبي اليومي، فنجد مطاعم للزلابية الصينية في الشوارع والأزقة، تُقدِّم للناس وجبات متكاملة، تعطي القوة والحيوية لمتناوليها.

ثمة العديد من أنواع المعجنات المحشية، فبالإضافة إلى الزلابية الصينية، هناك أسماء أخرى، مثل:"شاومي" (shāo mài, 燒賣) أو "باو زي" (bāo zi, 包子)، ويرجع هذا إلى اختلاف أشكال الزلابية وطريقة صنع العجين، فعلى سبيل المثال، فطائر "شياو لونغ باو" (xiǎo lóng bāo, 小籠包)، ليست معروفة بين التايوانيين فحسب، بل هي مشهورة بين السياح أيضًا، وهي مصنوعة من شريحة دائرية رقيقة من العجين الطري المخمر، وفي داخلها لحم ومكعبات المرق، وتطهى أخيرًا في القدر البخاري الصيني. ويحبها الناس لمذاقها الرائع. وثمة سلسلة مطاعم شهيرة في تايوان تقدم "شياو لونغ باو" للناس ولديها فروع خارج تايوان وحتى في دبي.

"شياو لونغ باو" من المعجنات الصينية المشهورة

و. فول الصّويا والتّوفو

يعتبر التوفو أحد أعظم اختراعات البشرية في المجال الغذائي للإنسان، كما أنه أفضل مثال على التحويل الكيميائي من النباتات إلى طعام، مما يدل على أن الناس يستخدمون خبرتهم في الحياة اليومية لتلبية وتحسين احتياجاتهم الغذائية. يحتاج البشر إلى استهلاك مجموعات متنوعة من البروتينات من أجل الحفاظ على وظائف أعضاء الجسم البيولوجية، ومعظم البروتينات مأخوذة من الحيوانات، ولكنَّ التّوفو من المصادر الفريدة للبروتين النباتي، وسعره رخيص، مما يُلبي احتياج الجمهور للحصول على البروتين.

يعود ابتكار التوفو نتيجة لاستهلاك فول الصويا. إذ يعتبر فول الصويا في شرق آسيا من النباتات البقولية الزيتية التي يستهلكها الناس كثيرًا، فبالإضافة إلى الحصول على منتج التوفو من فول الصويا، يمكن الحصول أيضًا على منتجات أخرى، كحليب الصويا والتوفو بودنج، وصلصة الصويا، وحتى الزيوت المستخلصة منه أيضًا، وهذا يدل على أن الثقافة الغذائية الصينية والناس في شرق آسيا يعتمدون عليه في حياتهم بشكل كبير.

فول الصّويا والتّوفو

ونشأت زراعة فول الصويا في الصين، وشملت زراعة مساحات واسعة في شمال الصين في ذلك الوقت، ويُعتقد أن زراعته بدأت في حوض النهر الأصفر (黄河流域) (huáng hé liú yù) في الصين قبل ما لا يقل عن 3000 عام، وهذا يشير إلى أن الناس كانوا

يستهلكونه منذ العصور القديمة. ورغم أنّ الناس بدؤوا في استهلاك فول الصويا منذ وقت طويل، وأنه كان يُعتبر غذاءً رئيسًا، إلا أن طرق طبخه اقتصرت على الغلي، مما كان يجعل طعمه ليس لذيذًا ويزيد انتفاخ البطن، وهو ما أسهم أيضًا في تقليل انتشار استهلاكه بين الناس مقارنة بالقمح في ذلك الوقت. وبعد عديد من المحاولات التي كان يقوم بها الناس خلال فترة استهلاكه الطويلة، وجدوا طرقًا جديدة لاستهلاكه، واخترعوا منتجات عظيمة، كان التوفو أبرزها، مما جعله أكثر استهلاكًا في الحياة اليومية، وزاد من فوائده للناس منذ آلاف السنين.

من أنواع حليب فول الصويا في أحد المتاجر

● حليب فول الصويا (dòu jiāng, 豆漿) والفطور في تايوان[32]

قبل أن يأكل الناس فول الصويا، يقشّرونه وينقعونه في الماء لمدة، ثم يطحنونه ويعصرونه، ويغلونه للحصول على حليب الصويا. وحليب الصويا له قيمة غذائية عالية، إذ يحتوي على كثير من المواد المفيدة مثل: الحديد والمغنيسيوم، وهو من المصادر النباتية المُهمّة للبروتين، كما أنّ فوائده عديدة، منها: التقليل من الأعراض المرافقة لسن اليأس، والمساعدة على تقوية العظام، وهو مفيد للنساء بسبب هرمون الأستروجين الأنثوي.

وبسبب رخصه وسهولة إعداده، انتشر حليب فول الصويا كمشروب في شرق

آسيا، وخاصة في وجبة الفطور، فكان لحليب الصويا مكانة مميزة على المائدة التّايوانية. ونظرًا لأنّ حليب الصويا ليس له طعم قوي، لذلك يمكن للناس اختيار حليب الصويا الخالي من السكر أو المحلى، كما يوجد "حليب الصويا المملّح" (鹹豆漿 xián dòu jiāng) مع بعض المواد والتوابل وصلصة الصويا والخل. والناس يأكلون "يوتياو" (yóu tiáo, 油條) أي أصابع العجين المقلية، وشكله يكون طويلًا كالعصا، فيأكلونه بغمسه في حليب الصويا، وهكذا يبدؤون يومًا مليئًا بالحيوية والنّشاط.

"يوتياو" من المعجنات المقلية في وجبة الفطور

حليب الصويا المملّح

وبعد عام1949م، هاجر عدد كبير من الأشخاص إلى تايوان من جميع أنحاء بر الصين، فورثوا عادة شرب حليب الصويا على وجبة الفطور. ولطالما اعتاد التايوانيون تناول وجبة الفطور خارج البيت بسبب التغيرات الاجتماعية السريعة، ولهذا فثمة كثير من محلات الفطور المنتشرة في كل مكان.

وانعكس التأثر بالثقافات المتنوعة في تايوان على الاختيارات المتنوعة للفطور، فتجد محلات للفطور الغربي التي تقدم الهامبرغر والتوست مع القهوة، ومحلات للفطور الصيني التقليدي. فبالإضافة إلى حليب الصويا، تُقدِّم محلات الفطور الصيني في تايوان أيضًا العديد من الأطعمة، مثل: أصابع العجين المقلية، والخبز على البخار (mán tou, 饅頭)، والفطائر على البخار(bāo zi, 包子)، والعجة (dàn bǐng, 蛋餅)، وكرات الأرز(fàn tuán, 飯糰) وغيرها. ولا تشكّل هذه

الخيارات المتعددة حياة يومية بهية للشعب التايواني فحسب، بل تتيح الفرصة للسياح من كل أنحاء العالم ليجربوا تنوع الأطعمة التايوانية الشهية.

وقد بدأ الناس صناعة التوفو من حليب الصويا في عملية تشبه إلى حد كبير عمليات تصنيع الجبنة من الحليب البقري، فيضعون المواد الكيميائية الصالحة للأكل مثل كربونات الكالسيوم في حليب الصويا المطبوخ لجعل حليب فول الصويا يتخثر، وتشتق المنتجات المتنوعة من حليب الصويا وفقًا لكمية الماء، ودرجة تخثر حليب الصويا.

التوفو بودنج بالماء المحلّى والفقاعات السوداء

● **التوفو بودنج (dòu huā, 豆花)**

في الطريقة التقليدية، بعد طهي حليب الصويا وإضافة بعض المواد إليه، يبدأ الحليب في التخثّر والتحوّل إلى التوفو بودنج، فيكون مليئًا بالماء وشكله يكون هلاميًا طريًا ناعمًا جدًا، فغالبًا ما يستخدم لصنع الحلويات في تايوان، فيوضع في الماء المحلّى البارد مع الثلج والمواد الأخرى للحلويات الصينية، مثل: الفول الأحمر والفقاعات السوداء (fěn yuán, 粉圓) لتقديم الحلوى المميزة في الصيف، أو توضع في الماء المحلّى الساخن مع عصير الزنجبيل لتعطي الجسم مزيدًا من الدّفء في الشتاء.

- **التوفو (dòu fǔ, 豆腐)**

بعد الحصول على التوفو بودنج من فول الصويا، هناك أشياء أخرى يمكن عملها لصنع أشكال من التوفو، فيوضع التوفو بودنج المتخثر-المصنوع من حليب الصويا- بأسرع وقت ممكن في إناء خاص، وغالبًا ما يكون قالبًا خشبيًا ومغطى بالقماش من الأسفل، ثمّ يُلفّ التوفو بودنج بالقماش، ويُغطّى الإناء، ويوضع جسم ثقيل مدة قصيرة لعصر المياه من التوفو بودنج، وبعد ذلك يكون التوفو جاهزًا للأكل، وتكون كمية الماء في هذا النوع من التوفو أقلّ منها في التوفو بودنج، فيُصنع ويُقطّع إلى قطع مكعبة. وهناك أنواع متعددة من التّوفو حسب كمية الماء المستعملة في صنعها، فهناك التوفو المجفف (dòu gān, 豆干) مع كمية قليلة من الماء.

التوفو التقليدي

يُستخدم التوفو في الغالب لطبخ الطعام المالح بسبب طعمه الخفيف، فهو مناسب جدًا للجمع بين المكونات والتوابل الأخرى، مثل طبق "التوفو مع بيض القرن" (pí dàn dòu fǔ, 皮蛋豆腐)، أي التوفو الطازج البارد مع الصلصة والبصل الأخضر، وبيض البط المخمر ذي اللون الأسود، مع لون فاتح بسبب صفار البيض، أو أسود مائل إلى الخضرة، ورائحته تكون قويّة لكنّ طعمه مذهل، مما يجعله طبقًا شعبيًا مشهورًا في المطاعم في تايوان.

التوفو مع بيض القرن الأسود

وبالإضافة إلى ذلك، يلبّي استعمال التوفو في الطبخ بعض العادات الغذائية النباتية لبعض أتباع الديانات في الثقافة الصينية، الذين يفضّلون عدم تناول لحوم حيوانية، لذلك هناك العديد من الأطعمة المشتقة من فول الصويا مصنوعة للأطباق النباتية المختلفة، مثل: الدجاج النباتي (sù jī, 素雞)، وهو ليس دجاجًا حقيقيًا، بل هو مصنوع من التوفو وبعض المكونات الأخرى، ويكون طعمه كاللحوم، لأن التوفو يتميز بإمكانية عالية جدًا لصنع أشكال مختلفة منه، فيبدو أنه مادة عاديّة، ولكن يمكن أن تتغيّر أشكاله، فيكون على شكل شرائح أو قطع شعرية رقيقة.

كما تتنوع طرق طهي التوفو: إذ يمكن الاستمتاع به طازجًا بطعم الفاصوليا، أو مطبوخًا بالبخار، ويُقدّم مع الصلصة، أو مطبوخًا مع مكونات أخرى أو مشويًا ومقليًا، فلون مظهره الذهبي يعطي طعمًا مقرمشًا من الخارج وناعمًا وطريًا من الداخل. وهناك التوفو المجمّد، الذي يعطي طعمًا مذهلًا بسبب ملمسه الممزوج بالجليد، فيضاف التوفو المجمّد عادة إلى الشوربة.

يمكن القول إنّ التوفو مستخدم في المطبخ التايواني بشكل كبير، وله حضور مهم جدًا في الثقافة الغذائية الصينية، وهو ما جعله حاضرًا أيضًا في الأمثال الشعبية، فهناك أمثال شائعة تتعلق بالتوفو في اللغة الصينية. على سبيل المثال، هناك المثل القائل: "أكَلَ التوفو" (chī dòu fǔ, 吃豆腐)[33] ويعني أنه استغلّ الآخرين، يُضرب لمن يحاول

استغلال الآخرين والاستفادة منهم دون أن يُقَدِّم لهم فائدة، أو المثل القائل: "فم سكين وقلب توفو" (dāo zi zuǐ dòu fǔ xīn, 刀子嘴，豆腐心)[34] ويعني أنّ حديث الشخص قاسٍ كالسكين، لكن قلبه حنون ورقيق كالتوفو. وهذه الأمثال تشير إلى أن التوفو يُعدّ طعامًا منتشرًا ومهمًا في حياة الناس، وقد أثَّر ظهوره حتى على عادات الأكل في دول شرق آسيا الأخرى كاليابان وكوريا. وفي ظل تنامي التيار العالمي للنباتية، أصبح التوفو مصدرًا ممتازًا للعناصر الغذائية النباتية.

التوفو النتن من الأطعمة الشعبية المشهورة

● التوفو النتن (chòu dòu fǔ, 臭豆腐)

من بين الأنواع العديدة لمنتجات التوفو، يعتبر التوفو النتن طعامًا فريدًا جدًا وشائعًا في تايوان على نطاق واسع. وهو مُنتج مصنوع من التوفو، ويُصنع في مكان رطب ليساعد في تَخَمُره. ويؤدي هذا التخمر إلى خروج رائحة قوية للغاية تزكم الأنوف، ومن هنا جاء اسم التوفو "النتن". وفي هذه الأيام عادة يُصنَع التوفو النتن من خلال طرق تخمير الطعام المناسبة والآمنة صحيًّا، ثم يتم طهيه قبل الأكل. وطريقة الطهي الشائعة

هي الطهي بالبخار والشوي والقلي. وعادة ما يأكله الناس مشويًا ومقليًا مع صلصة الصويا وصلصة حارة مع الكيمتشي التايواني، وهو أقرب ما يكون إلى المخلل عند العرب، وأساسه نوع من الملفوف والثوم الكثير والفلفل الأحمر الحار، ومنه الحلو والحامض، ويعطي الطبق طعمًا مذهلاً. ويعتقد الناس أنّه كلما كانت رائحة التوفو كريهة نفّاذة، كان أطيب طعمًا. فمهما كان التوفو النتن ذا رائحة نتنة، يظل أطيب مذاقًا، فهو طعام يجمع بين العجب واللذة في الوقت نفسه. وفي هذه الأيام، ابتكر الطباخون العديد من الأطباق مكونة من التوفو النتن، مثل التوفو النتن المحشو، أو المقلي أو المطبوخ ببيض القرن، والطعم سيكون فريدًا لكل هذه الأنواع. وربما يمكن للزوّار الأجانب اختبار شجاعتهم في تناول هذا الطبق العجيب اللذيذ، فحاولْ، إنها تجربة لا تُنسى.

ز. الشاي ثقافته وتطوره

أول من زرع الشاي واستخدمه هم الصينيون، لذا نشأ تقليد شرب الشاي أيضًا في الصين في الألفية الثالثة قبل الميلاد، ثم انتقل ذلك إلى بقية الحضارات الأخرى. في البداية، كان الشاي يُستهلك كعشب مُطهِّر[35] أو يُطهى مع الطعام، وكان يُطلِق عليه بعض الناس اسم "حساء الشاي" (茶湯) (chá tāng).

إحدى مزارع الشاي

وبعد استهلاك الشاي كمادة غذائية، اكتشف الناس فيما بعد أن مزج أوراق الشاي مع الماء المغلي الساخن تعطي طعمًا مذهلًا ورائحة رائعة[36]، فشاع بعد ذلك استهلاك الشاي كمشروب. وبالإضافة إلى رائحة الشاي الخاصة وطعمه الممزوج بالحلاوة والمرارة، فإن الشاي له وظيفة فعّالة كمادة منعشة، فاستعمله الملوك لمساعدتهم على تصفية الذهن، والحصول على مزيد من الطاقة للقيام بأعباء الحكم، كما حرص الرهبان على شربه للحصول على مزيد من النشاط والحيوية، وعدم النعاس خلال فترات التأمل والتعبّد. فالعوامل الدينية والسياسية ساعدت في انتشار شرب الشاي وتطوّرت عادات شربه بين الملوك والعلماء والشعراء والرهبان. وفي القرن التاسع خلال عهد أسرة "تانغ" (tang cháo, 唐朝)، أصبح الشاي الأخضر شرابًا شائعًا، سواء في المناسبات الرسمية أو الاحتفالات والطقوس الدينية، وحتى في الحياة اليومية العامّة، وفي ذلك الوقت، بدأ انتقال عادات شرب الشاي إلى مناطق أخرى كاليابان وغيرها من الدول، وشاعت ثقافة شربه في تلك البلدان.

وبمرور الأيام أثّر استهلاك الشاي وعادات شربه في الثقافة الصينية والثقافة الشرق آسيوية بعمق؛ فغالبًا ما يقدِّم الناسُ الشايَ لضيوفهم للتعبير عن احترامهم، أو يهدون أوراق الشاي إلى الأصدقاء، وصار الشاي مادّة أساسية للحياة اليومية، فشاع القول في الصينية: "سبعة لا غنى عنها في الحياة: الحطب والأرز والزيت والملح وصلصة الصويا والخلّ والشاي".

وثمة العديد من التعابير في الأشعار والأمثال المتعلقة بالشاي في اللغة الصينية مثل: "الشاي البسيط والأكل البسيط" [37](cū chá dàn fàn, 粗茶淡飯) ويعني الحياة المتقشفة مع الأكل البسيط، و" ثلاثة فناجين من الشاي وستة طقوس" (sān chá liù lǐ, 三茶六禮)[38] وهو مثل يصف طقوس الخطبة والزفاف التقليدية التي يجب اتباعها، فهذه الأمثال تعكس اهتمام الجمهور بالشاي. كما ألّف العَالِم "لو يو" (lù yǔ, 陸羽) في عهد أسرة "تانغ" أوّل كتاب في الشاي يتحدّث بشكل دقيق عن أصناف الشاي وخصائصها وطرق تخميرها وكيفية إعدادها، والأواني المخصصة لصنع الشاي والعادات والطقوس المرافقة لشربه في مناطق مختلفة في الصين[39]، وهو ما يؤكدّ أهمية الشاي وغرام الناس به.

طقوس شرب الشاي

واحتل الشاي مكانة مهمة في تجارة الصادرات الاقتصادية بعد عهد أسرة "مينغ"، فكان يُصدَّر إلى جميع أنحاء العالم من خلال قنوات التجارة البحرية والبرية، مما جعل مصطلح "الشاي" معروفًا على نطاق واسع. ففي عام 1662م، حملت أميرة برتغالية معها الشاي إلى بريطانيا. وبعد ذلك، أصبح شرب الشاي عادة شائعةً في أوروبا، وازداد طلب الناس على الشاي، فزاد التنافس التجاري بين الدول الأوروبية في تجارة الشاي، وقد سبّب ذلك طلب بريطانيا من الصين تبادل الشاي الصيني بالأفيون البريطاني، مما أدى إلى حروب الأفيون (yā piàn zhàn zhēng, 鴉片戰爭)[40] خلال الفترة من 1839م-1842م.

وتُزرع شجيرات الشاي في الغالب في الأماكن الممطرة والرطبة، وبعد قطف أوراقها، تُحضّر عادة من خلال مجموعة من العمليات الخاصة كالتسخين والتجفّيف والحفظ. ولأوراق الشاي ألوان مختلفة بسبب طرق التحضير المتنوعة، ولهذه الأنواع أسماء خاصة سيتم تقديم إيجاز عن بعضها.

- **فنون وطقوس شرب الشاي[41]**

الشاي مشروب مهم وضروري في حياة الناس اليومية، وبمرور الزمن استقرت بعض العادات والطقوس المصاحبة لإعداده وشربه في الحضارة الصينية، وتطوّرت بعد ذلك حتى أصبحت تلك العادات إتكيتًا راسخًا متّبعًا أثناء إعداد الشاي وشربه، وتمثّل فنًا قائمًا بذاته.

وعادة يتم إعداد الشاي بالماء المغلي الساخن، وتركه لفترة من الوقت ليمتزج الماء بالشاي. ويقدّم الشاي للضيوف بطقم أدوات الشاي، على سبيل المثال، هناك أباريق الشاي التقليدية مصنوعة في الغالب من السيراميك أو البورسلين وحجمها صغير وشكلها رائع، وأكواب الشاي صغيرة مثل فناجين القهوة العربية التقليدية، وعادة تحتوي كمية فنجان واحد على ثلاث رشفات. والخطوات الخاصة بتذوّق الشاي متعددة، حيث يمكن للناس شمّ الرائحة والاستمتاع بها وأخذ قِسط من الراحة قبل شرب الشاي المعدّ، وبعد ذلك يبدؤون بشرب الشاي مرات متعدّدة، لكي يحصلوا على مذاقه المميّز الناتج من امتزاجه بالماء الساخن. كل هذا يجعل الناس يشعرون بالهدوء أثناء الاستمتاع برائحة الشاي وطعمه. والشاي التقليدي لا يوضع السكر فيه لكي يتذوّق الناس طعم الشاي الأصلي، فبعض أنواع الشاي لها مذاق مرّ عند إضافة الماء إليها أوّل مرّة، ويتغيّر هذا المذاق لاحقًا، وهذا ينسجم مع الفكرة الصينية القائلة: "المرُّ قبلَ الحلو" (先苦後甘) (xiān kǔ hòu gān)، التي تشجّع على الصبر والجدّ انتظارًا لما هو أجمل.

- **أنواع الشاي وطرق تحضيرها[42]**

1. الشاي الخالي من الأكسدة (bù fā xiào chá, 不發酵茶)
بعد قطف أوراق الشاي، تُجفَّف بسرعة لمنع عملية الأكسدة، فيكون لون أوراق الشاي أخضر، ولهذا يُسمّى بالشاي الأخضر، وطعمه مرّ وحلو في الوقت نفسه، ويحتوي على كمية كبيرة من مضادات الأكسدة، كالكاتيشين والكلوروفيل. وينتمي الشاي الأخضر العادي و"ماتشا" (matcha) الياباني إلى هذا النوع، ويحتوي هذا النوع من الشاي على نسبة عالية من الكاتيشين الذي يساعد في الوقاية من الأمراض، بينما يحتوي على نسبة أقل من الكافيين مقارنة بالأنواع الأخرى من الشاي، فهو مفيد للوقاية من السرطان.[43]

2. الشاي المُؤكْسَد (fā xiào chá, 發酵茶): عملية الأكسدة للشاي هذه تعني: تعريض أوراق الشاي للشمس، ثم القيام بعملية أكسدة الأوراق عن طريق الرج

والخلط والضغط، وغالبًا ما يُدعى هذا النوع في اللغة الصينية بالشاي المخمّر، وفي الحقيقة طريقة التخمير هنا تعني عملية الأكسدة. ويُصنَّف هذا الشاي وفقًا لدرجة عملية الأكسدة، مثل الشاي الأحمر (الأسود)، وهو الشاي المُخمَّر بالكامل، ويتميّز برائحة الأزهار والفواكه وطعمه الحلو، ويحتوي على كثير من الكافيين وحمض التانيك، فهو مفيد لتخفيض السكري والكوليسترول. وثمة شاي "أوولونغ" (wū lóng chá, 烏龍茶)، وهو شاي شبه مخمّر، ويتميّز بنكهة رائعة ومذاق حلو. وقد أثبتت الدراسات أنّه مفيد في حرق الدهون في الجسم، فهو جيد للحمية.[44]

3. الشاي المخمّر(hòu fā xiào chá, 後發酵茶): ويُحضَّر بوضع الشاي الأخضر الجاهز في مكان رطب لتخميره فهو شاي مُخمَّر تخميرًا حقيقيًا. ومناطق الإنتاج الرئيسة في الأصل كانت في جنوب الصين، حيث البيئة رطبة وممطرة، وهذا النوع من الشاي معروف أيضًا باسم شاي" بو أر"(pŭ ěr chá, 普洱茶). يتميز شاي "بو أر" بنكهته الخاصة ولونه الأسود الداكن، فيسمّى أيضًا بالشاي الأسود في الصينية. وهناك نكهات مختلفة نظرًا لطول وقت التخمير، لذلك يمكن في كثير من الأحيان رؤية معروضات شاي "بو أر" بشكل قطع دائرية، وقد تكون باهظة الثمن.[45]

4. الشاي العطري (xiāng wèi chá, 香味茶): هو نوع فريد يخلط بالزهور وأوراق الشاي، وهذه المكونات المختلفة تعطي رائحة معطرة، مثل الشاي الأخضر مع زهور الياسمين (mò li xiāng piàn, 茉莉香片)، وشاي "بو أر" مع زهور الأقحوان (pŭ ěr jú huā, 普洱菊花) وشاي "أوو لونغ" مع زهور عبقة أريجية (guì huā wū lóng, 桂花烏龍)، فتفوح من أوراق الشاي رائحة معطرة بعد غمسه بالماء الساخن.[46]

- **صناعة الشاي في تايوان[47]**

نُقلَت صناعة الشاي إلى تايوان من الصين، وخلال عهد أسرة "تشينغ"، أنشأت

الحكومة نظامًا لتصدير الشاي، وخلال فترة الحكم الياباني، وصل تصدير الشاي إلى نسبة عالية. وتُنتج تايوان بشكل أساسي شاي "أوو لونغ" والشاي الأحمر(الأسود)، وأشهر نوع منه هو شاي "أوو لونغ"، كما اشتهرت منتجات تايوان من الشاي في الماضي باسم شاي "فورموزا أوو لونغ" (Formosa Oolong Tea).

إنّ شاي "أوو لونغ" المُنتج من المناطق المختلفة في تايوان له مزايا خاصة؛ نظرًا للبيئات الطبيعية المختلفة في أماكن زراعته بتايوان. وهناك أنواع أخرى أشهرها: شاي "باو زونغ" التايواني (tái wān bāo zhǒng chá, 台灣包種茶) وشاي "دونغ دينغ أوو لونغ" (dòng ding wū lóng chá, 凍頂烏龍茶) وكلها أنواع معروفة وجيدة النوعية. في القرن العشرين، ازدهرت صناعة الشاي في تايوان، ففي ذلك الوقت، كان شاي "أوو لونغ" التايواني محبوبًا من قبل العائلة الملكية البريطانية بسبب مذاقه ورائحته الفريدة، حتى اكتسب شهرة باسم "الجميلة الشرقية" (東方美人) (dōng fang měi rén). وفي يومنا الحاضر، يذهب معظم إنتاج الشاي التايواني بشكل أساسي إلى السوق المحلي بسبب ارتفاع الاستهلاك المحلي لمنتجات الشاي، وحرص الناس على الجودة العالية.

- **منتجات الشاي وثقافة الشاي التايوانية**

عندما يشرب الناس الشاي، فإنهم غالبًا ما يشربونه مع بعض المأكولات الخفيفة، كالمكسرات والبرقوق المجفف والفواكه المجففة الأخرى، أو مع بعض الحلويات التايوانية التقليدية، مثل "كعك الفاصوليا الخضراء المونج" (綠豆糕) (lǜ dòu gāo)، والمعجنات الأخرى. في تايوان، بالإضافة إلى الشاي الأحمر(الأسود) والشاي الأخضر وشاي" أوو لونج"، يصنع سكان "هاكا" أيضًا شايًا خاصًا ولذيذًا يسمّى "لي تشا" (léi chá, 擂茶)[48]. يشير هذا الاسم إلى وضع الفول السوداني والسمسم والمكسرات الأخرى المحمّصة في وعاء خزفي، وتُطحَن بعصا خشبية جيدًا، وتُعرف هذه الحركة بـ "لي" في لغة "هاكا"، ثم تُمزَجُ أخيرًا بالشاي الأخضر. ولهذا النوع من

الشاي مزايا صحية، ويُعدّ تقليدًا خاصًا بالسكان المحليين "هاكا". وفي محافظة "غوانزو" (guǎng zhōu, 廣州) و"هونغ كونغ" في الصين، هناك عادةُ شُربِ شاي الصباح (yǐn zǎo chá, 飲早茶) مع مجموعة متنوعة غنية من المأكولات الخفيفة تسمّى باللغة المحلية بـ"الديم سم" (dim sum, 點心) وهذه المأكولات لها أنواع مختلفة وبعضها يمكن تناولها كوجبة. وكل هذا دليل على شغف الناس بشرب الشاي. وبالإضافة إلى الطريقة التقليدية لتذوق الشاي، يتمتع المجتمع التايواني أيضًا بثقافة جديدة لشرب الشاي، وهي ثقافة المشروبات سريعة التحضير (手搖杯文化) (shǒu yáo bēi wén huà). في الماضي كان الشاي يُوجّه للتصدير بشكل أساسي، وكان الشاي منتجًا استهلاكيًا مكلفًا للجمهور. ومنذ الثمانينيّات من القرن الماضي، حاولت بعض متاجر الشاي أو ما يدعى أيضًا باسم "بيت فنون الشاي" (茶藝館) (chá yì guǎn) إبداع منتجات جديدة من الشاي من أجل تعميم شرب الشاي بين الشعب، وخاصة الشباب، فكان التجار يضعون مكعبات الثلج وسكر الفاكهة في الشاي الأحمر(الأسود) أو الأخضر العادي، ويهزونه للأعلى وللأسفل، فيكون لهذه المشروبات المعدّة بهذه الطريقة كثير من الرغوة (pào mò hóng chá, 泡沫紅茶)[49]، وهي باردة ولذيذة، وهو ما جعل هذا المشروب مشهورًا ومحبوبًا بين الناس. علاوة على ذلك، فإنّ سعره رخيص، وطريقة شربه أسهل مما كانت عليه خطوات تذوق الشاي التقليدية المعقدة، لذلك فهو يحظى بالترحيب بين الشباب منذ مدة طويلة.

وبمرور الوقت غدا الشاي الأحمر بالرغوة شيئًا اعتياديًا لدى الجمهور، فبدأت الشركات المعنيّة في العمل بجد لتطوير منتجات مختلفة للمشروبات، فظهر شاي الفقاعات (zhēn zhū nǎi chá, 珍珠奶茶, bubble tea)[50]: حيث يُضاف الحليب ومكونات الحلوى الشائعة في تايوان كالفقاعات السوداء (fěn yuán, 粉圓)، أو يُطلق عليها اسم "اللؤلؤ" بسبب شكلها المشابه للؤلؤ. ويمكن الاستمتاع بتناول الطعام أثناء شرب هذا النوع من الشاي، فهو طريقة جديدة لشرب الشاي تجذب انتباه الناس.

شاي الفقاعات مشروب تايواني مشهور

بالإضافة إلى ذلك، ونظرًا لسعره الرخيص، فقد صار شاي الفقاعات مشروبًا شعبيًا بين الجمهور، ولهذا تكثر متاجر المشروبات التي تبيعه في كل مكان في تايوان، وغالبًا ما تكون هناك متاجر لبيع الشاي الجاهز لشربه خارج المتاجر(سفري).

من منتجات الشاي المتنوعة في أحد المتاجر

وهذا التنوّع في منتجات الشاي يشير إلى ما يتمتع به التايوانيون من الشجاعة في المحاولة والإبداع والابتكار، فقد كانوا من السّباقين لابتكار العديد من المشروبات الفريدة، فثمة شاي الفقاعات أو المشروبات الأخرى بالمكونات المختلفة، مثل البودنج وبودنج العشب (xiān cǎo dòng, 仙草凍) والحلوى الهلامية وغيرها، أو إضافة عصائر

الفواكه إلى الشاي أو الحليب الطازج ومن بينها حليب البابايا، والشاي المثلّج بفاكهة النجم وغيرها. فكلها تشير إلى ما يمتلكه التايوانيون من روح إبداعية في هذا المجال. وقد أصبح شاي الفقاعات الآن ممثلًا عالميًا لتايوان. وكثير من الدول مهتمة به، وبعض المتاجر تضيف الفقاعات السوداء إلى المأكولات كالبيتزا أو النودلز. فبادر إلى شراء كوب من شاي الفقاعات لتستمتعَ بالمشروبات التايوانية اللذيذة!

ح. المأكولات الشّعبية الخفيفة

شاع القول في تايوان:" الطعام كالسماء للناس"، فالطعام له أولوية في حياة الناس. ويحبّ التايوانيون أن يُحيُّوا بعضهم بعضًا بالسؤال "هل أكلتَ؟" (tsiáh-pá-buē, 呷飽未) ويقصدون: "كيف حالك؟"، لأنّ الإنسان إذا أكل حسن حاله، واستقرّ أمره، وهذا يؤكّد على اهتمام التايوانيين بالطعام، كمظهر من مظاهر السلامة وحسن الحال.

ونظرًا لموقع تايوان الجغرافي المتميز وخلفيتها التاريخية المتنوعة، فقد أخذت تايوان وابتكرت مأكولات من جميع المجموعات العرقية التي عاشت فيها، فيمكن تناول مأكولات من جميع أنحاء العالم في هذه الجزيرة الصغيرة الجميلة.

والمأكولات الشعبية الخفيفة لها مكانة فريدة في الثقافة بالنسبة إلى الشعب التايواني، وتُعرف المأكولات الخفيفة في الصينية بـ"شياو تسي" (xiǎo chī, 小吃)، وهي حرفيًا تعني: الأطعمة الخفيفة، بخلاف الوجبات الثلاث الرئيسة، فكميتها صغيرة وسعرها رخيص مقبول عند الناس. وتشير المأكولات الخفيفة أساسًا إلى أطعمة الشوارع في تايوان، وتتميّز هذه المأكولات بخصائص محلية وتقدّم صورة متكاملة عن ثقافة تايوان الشعبية.[51]

تعود أصول المأكولات الخفيفة التايوانية إلى الماضي القديم حيث كان التّجار عادة يجتمعون في المعابد أو في المهرجانات التي تقيمها المعابد، وغير ذلك من الأماكن التي يحب الناس ارتيادها. وقد أنشأ العديد من التجار أسواقًا بمرور الوقت قرب تلك الأماكن، ثم طوّروا ثقافة السوق الليلي تدريجيًا. لذلك، يمكن الآن رؤية جميع الأشياء المتنوعة والمأكولات الخفيفة التايوانية في الأسواق الليلية.

وعادة تكون مكوّنات المأكولات الخفيفة التايوانية مكوّنات محلية طازجة وسهلة التحضير، على سبيل المثال، يكثر المحار على الساحل الجنوبي الغربي لتايوان، فيطبخه الناس بالطريقة الفوجيانية[52]، مما يجعل عجة المحار (ô-á-tsian, 蚵仔煎) المقلية طعامًا خفيفًا شهيرًا في تايوان. بالإضافة إلى ذلك، تعكس الأطعمة في تايوان التمازج الثقافي الفريد الذي تمتعت به، فقد كانت تايوان تحت حكم بعض الدول، كهولندا، وإسبانيا، واليابان، ولهذا تشتمل المأكولات الخفيفة التايوانية أيضًا على مجموعة متنوعة من الخصائص الغذائية الأجنبية، مثل "تيان بو لا" (tián bù là, 甜不辣) واسمها مأخوذ من اليابانية، وهي نوع من الأطعمة المصنوعة من الأسماك المهروسة على الطريقة اليابانية.[53]

ويشير تنوع المأكولات الخفيفة التايوانية، وسرعة الحصول عليها إلى ما وصلت إليه المأكولات التايوانية من تطور، وهو ما يشجع السياح الأجانب على تناول هذه المأكولات. ومع ذلك، يجدر التنبيه إلى أنّ الطعام التايواني يرتبط كثيرًا بمنتجات لحم الخنزير، ويضاف أحيانًا خمر الأرز للطهي، لذلك يوصى السيّاح والزوار المسلمون بالانتباه عند تناول الأطعمة في الأماكن العامة أو المطاعم، وثمة بعض المطاعم تقدّم أطعمة حلالًا أو مأكولات بحرية أو أطباقًا نباتية، وقد يقع السائح في الحيرة عند اختيارها! ونظرًا للتنوع الكبير في المأكولات الخفيفة في تايوان، فسيتم التعريف ببعضها، كما يمكن الرجوع إلى الفصول الأخرى للتعرف إلى أنواع أخرى منها:

الأرز "تونغ زاي"

● المأكولات المالحة[54]

1. الأرز "تونغ زاي" (tǒng zǐ mǐ gāo, 筒仔米糕): طعمه يشبه طعم مثلثات الأرز، والمواد المستخدمة فيهما متشابهة، فيستخدم الأرز اللّزج، والجمبري المجفف، ولحم الخنزير، والفول السوداني وغير ذلك، في إعداد هذا الطعام.
وثمة اختلاف في الأواني المستخدمة؛ فيتم طهي مثلثات الأرز في أوراق الخيزران، بينما كان طهي الأرز "تونغ زاي" بوضعه داخل أنابيب من الخيزران في الماضي، والآن يوضع في وعاء مقاوم للصدأ. ويتم طهيه بالبخار، وتكون طريقة إخراج الطّعام من الوعاء بقلب الوعاء، ثم تضاف الصلصة الحلوة والحارة والتوابل بلحم الخنزير والكزبرة قبل الأكل.[55]
2. الأرز مع صلصة اللحوم المسبّكة (lǔ ròu fàn, 滷肉飯): يعتبر هذا الطعام ممثلًا للأكل التايواني الشعبي لطعمه الجيد وسعره الرخيص. ويُقدَّم الأرز مع صلصة اللحوم المسبكة بصلصة الصويا وأنواع من البهارات العديدة، وغالبًا تكون اللحوم المفرومة من الخنزير، والآن هناك أصناف بلحوم البقر أو الدجاج، وتُقدِّم بعض المطاعم الإسلامية هذه الوجبة باللحم الحلال ليستمتع بمذاقها المسلمون.[56]

الأرز مع صلصة اللحوم المسبّكة من المأكولات المالحة الشائعة

3. خبز "قوا باو" بالبخار (kuah-pau, 刈包): يُحضَّر الخبز بالبخار، ويقسّم الرغيف إلى جزأين كخبز الهامبرغر، ومن ثمّ توضع شريحة اللحم المطبوخة بصلصة الصويا فيه، بالإضافة إلى بعض المكونات الأخرى، مثل: أوراق الكزبرة والفول السوداني المسحوق، والسكر والخضار المخلّلة، ويسمّى بالهامبرغر التايواني وفقًا لمظهره.[57]

خبز "قوا باو" بالبخار إضافة إلى بعض المكوّنات

4. خبز الفُلفُل (hú jiāo bǐng, 胡椒餅): خبز محشو بلحوم الخنزير، أو البقر والبصل الأخضر والتوابل، ويضعه الناس على جدار التنور لشويه، وطعمه لذيذ.[58]
5. خبز"رون بينغ" (rùn bǐng, 潤餅): في العادات التقليدية، يأكله بعض الناس خلال عيد "تشين مينغ" (qīng míng jié, 清明節)، وهو الآن من المأكولات الخفيفة الشائعة في الأسواق الليلية؛ تُقطّع جميع المكوّنات المتبّلة المقلية من الخضروات واللحوم والتوفو المجفف إلى شرائح رفيعة، ثم تُغلّف هذه المكونات بقطعة كبيرة، أو قطعتين من الخبز الشراك الرقيق. ويضاف إليه الفول السوداني المسحوق، وطعمه لذيذ منعش، وفيه كثير من الخضار. وهناك خبز "رون بينغ" النباتي، فيمكن للمسلمين الاستمتاع بهذا النوع من المأكولات.[59]
6. خبز"قوان تساي بان" المقلي (guān cái bǎn, 棺材板): الاسم بالصينية معناه

" التابوت" بسبب شكله، وبالرغم من اسمه المخيف، إلا أنّه طعام لذيذ ومشهور بين الناس وخاصة بمدينة "تاينان". يقدّم بخبز التوست المقلي، ثم تُوضع الحشوة فيه بالصلصة أو شوربة الدجاج والبحريات.⁶⁰

7. السجق التايواني المشوي (kǎo xiāng cháng, 烤香腸): غالبًا يكون السجق التايواني مصنوعًا من لحوم الخنزير المفرومة، والسكر والملح وصلصة الصويا والتوابل وخمر الأرز، ويُقدّم مشويًا أو مقليًا، وطعمه مالح مائل إلى الحلاوة. وثمة نكهات مختلفة، مثل: السجق مع الحبّار، والسجق مع بيض الأسماك وغير ذلك. ويُفضِّل التايوانيون تناوله مع الثوم.⁶¹

8. شوربة الشعيرية (miàn xiàn, 麵線):وهي طعام شعبي، حيث تُطهى الشعيرية بالحساء، وتوضع فيها مكونات متنوعة أهمها المحار، وتكثر المأكولات المتكونة من المحار نظرًا لوجوده في المناطق الجنوبية الغربية بتايوان. وغالبًا ما يضاف المحار إلى شوربة الشعيرية، وهناك مطاعم تقدّمها مع أجزاء من لحم الخنزير. وتُضاف أوراق الكزبرة أو الثوم المهروس بالخل الأسود قبل تناولها، وتُعطِي المكونات طعمًا لذيذًا رائعًا.⁶²

شوربة الشعيرية بالمحار

9. عجة المحّار المقلية (ô-á-tsian, 蚵仔煎): يخلط الماء بنشا البطاطا الحلو، ثم يوضع الخليط في مقلاة خاصة للقلي، ثم توضع المكونات الأخرى لقليها، وهي: المحار أو الجمبري أو قطع الحبّار، والبيض والخضار. ويُضاف إليها صلصة "البحر والجبل" (hǎi shān jiàng, 海山醬) التي تتكوّن من صلصة الصويا وكاتشب والسكر وغيرها، وطعمها مالح وحلو تناسب العديد من الأطباق.[63]

عجة المحار المقلية

10. عجينة البصل الأخضر (cōng yóu bǐng, 蔥油餅): وهي عجينة تحتوي على البصل الأخضر والتوابل، وقد يُضاف إليها دهن الخنزير. وتُضغط قطعة العجينة إلى رغيف خبز دائري رقيق، كخبز الرشوش اليمني، وغالبًا ما تكون مقليةً بالزيت، وتقدم مع صلصة الصويا أو صلصة حارة.[64]

عجينة البصل الأخضر

11. فطيرة "باو زي" المقلية (jiān bāo, 煎包): وهي فطيرة محشوة بلحم الخنزير، وتُوضع في مقلاة خاصة، يقليها الناس أولًا، ثم يُضيفون كمية من الماء بالنشا وتغطّى المقلاة حتى تنضج الفطائر، فتتميّز العجينة بطعم مقرمش، وحشوة لذيذة.[65]

12. شرائح الدجاج المقلي (jī pái, 雞排): الدجاج المقلي التايواني (鹹酥雞) (xián sū jī): من أشهر المأكولات في الأسواق الليلية، فيقدّم على شكل شرائح كبيرة الحجم، أو قطع صغيرة مع مكوّنات عديدة، مثل: قطع الحبّار و"تيان بو لا" والخضار كالفاصوليا والقرنبيط الأخضر وغيرها. وتقدّم هذه المقليات مع الفلفل الأبيض والملح والتوابل.[66]

شرائح الدجاج المقلي أمام البائعة في أحد الأسواق الليلية

● **الحلويات**

1. الثلج المجروش (bào bīng, 刨冰): يُعدّ الثلج المجروش من الحلوى الشائعة في الصيف في تايوان. واسْتُقْدِم هذا النوع من الحلوى في الأصل من اليابان خلال فترة الحكم الياباني. يتم جرش مكعبات الثلج الكبيرة باستخدام آلة خاصة، ويوضع عليها أنواع مختلفة من الحلويات، مثل: كرات القلقاس (yù yuán, 芋圓) وهي نوع من العجين المصنوع من القلقاس، وهو نبات جذري ذو طعم حلو، والبطاطا الحلوة، والفقاعات السوداء، والبقوليات المعسلة المختلفة، وعادة ما تستخدم البقوليات

المختلفة لصنع الحلويات في تايوان، والحلوى الهلامية وغيرها، ثم يضاف السكر البنيّ السائل، أو تضاف مجموعة متنوعة من الفواكه الحلوة إلى الثلج المجروش، مثل الثلج المجروش بالمانجو فهي حلوى مشهورة يحسن بالسياح أن يجربوها خلال زيارتهم تايوان!

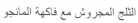
الثلج المجروش مع فاكهة المانجو

نبات القلقاس المكوّن الأساسي لبعض الحلويات التايوانية الشعبية

2. فطيرة "تشى رون بينغ" (chē lún bǐng, 車輪餅): وهي حلوى مصدرها اليابان واسمها "تشى رون" يعني عجلات السيارة نظرًا لشكلها المشابه للعجلات، وشكلها قريب من القطائف في البلاد العربية، ويتكوّن السطح الخارجي من البيض والدقيق، ويتم صنعه في وعاء دائري خاص مليء بالنكهات المختلفة، مثل صلصة الكاسترد الحلوة، أو صلصة الفاصوليا الحمراء المعسلة، أو الخضار المحفوظة المملحة. والآن هناك نكهات عديدة مبتكرة لكل نوع من الأنواع، مثل: القلقاس، والسمسم الأسود، وصلصة الشوكولاتة، وشاي الفقاعات، أو الأطعمة المالحة، مثل: الذرة مع الجبن، والتونة وغيرها، فصارت فطيرة "تشى رون بينغ" مناسبة لجميع الأعمار وتحظى بشعبية كبيرة.

فطيرة "تشى رون بينغ" بنكهات مختلفة

كرات البطاطا الحلوة المقلية

3. كرات البطاطا الحلوة المقلية (dì guā qiú, 地瓜球): تعدّ كرات البطاطا الحلوة المقلية من الحلويات الساخنة. وتُحضّر من قطع عجينة مصنوعة من البطاطا الحلوة أو القلقاس، وقد يكون لونها ذهبيًا وبنفسجيًا. يقلي الناس قطع العجينة وتنتفخ القطع بسبب الحرارة فتتحول إلى كرات صغيرة. وكلها نباتية فيمكن للسياح المسلمين الاستمتاع بمذاقها اللذيذ.

كرات الأرز "ما شو" بنكهات مختلفة

4. كرات الأرز"ما شو" (má shǔ, 麻糬):هي إحدى الأطعمة للهاكا والسكان الأصليين. "ما شو" أو "مواتشي"وهي عبارة عن أرز لزج، يطبخ على البخار، ثم يُعجَن بشكل متكرر، مما يجعله طريًا ومرنًا. وغالبا ما يكون هناك نوعان من "ما شو": الأول بدون حشوة، يُغطّى بالفول السوداني أو السمسم الأسود المسحوق. والثاني محشو بالفول السوداني والسمسم الأسود، ومعجون الفاصوليا الحمراء، وهو حلو ولذيذ، ويوجد مذاقات عديدة جديدة تُلبّي أذواق الناس المختلفة.

وثمة حلويات أخرى مشهورة لدى التايوانيين والزوار الأجانب، وهي ليست من الحلويات التي يمكن أن نجدها في الأسواق الليلية، ولكنها تستحق التذوق والتجربة لمذاقها المميز، ومنها:

كعكة الأناناس من الحلويات التايوانية المشهورة

5. كعكة الأناناس (fèng lí sū, 鳳梨酥): كل الفواكه التايوانية لذيذة وحلوة، وقد كان الأناناس من الفواكه التي تُصدَّر بشكل كبير. وكان طهاة المعجنات في تايوان يصنعون المربى من الأناناس والبطيخ الشتوي (dōng guā, 冬瓜) نظرًا لكثرة إنتاجها، والبطيخ الشتوي نبات ذو طعم خفيف، يمكن تحويله إلى طعام حلو أو مالح مع التوابل.

ويُمزَج المربى مع العجينة، لصنع كعكة الأناناس فيكون طعمها حلوًا لذيذًا، فيفضّل

الناس أكلها مع الشاي الصيني، وهناك أيضًا مجموعة متنوعة من النكهات الجديدة لكعكة الأناناس، لكنَّ النكهات التقليدية هي الأكثر شيوعًا، وقد أصبحت كعكة الأناناس الحلوى الأكثر قبولًا لدى السياح، والأكثر ارتباطًا بذكريات السياح أثناء زيارتهم لتايوان.

6. كعكة الشمس (tài yang bǐng, 太陽餅): الكعكة الذهبية محشوة بالمالتوز، وهو نوع من السكر، ولها مذاق شهي، وقد كانت حلوى الأثرياء في الماضي، وهي الآن حلوى لذيذة لعامة الناس. تسمّى كعكة الشمس وفقًا لشكلها المشابه للشمس. وتعتبر مدينة "تايجونغ" المكان الأصلي لكعكة الشمس، لذا غالبًا ما يشتريها السياح كهدية تذكارية خلال زيارتهم لمدينة "تايجونغ".

أحد محلات بيع الفواكه المتنوعة

ط.   مملكة الفواكه[67]

تمتلك تايوان مصادر طبيعية فريدة ووفيرة نظرًا لعوامل متنوعة أهمها: الموقع الجغرافي والبيئة والتنوع الطبيعي، فثمة العديد من الفواكه المتنوعة التي يمكن الاستمتاع بتناولها، ومع تقدّم التكنولوجيا الزراعية، أصبحت تايوان تنتج كثيرًا من الفواكه بجودة عالية، فلا غرابة أن تشتهر تايوان باسم " مملكة الفواكه". وفيما يلي تقديم عام للفواكه التايوانية الشائعة خلال المواسم المختلفة:

1. الإجاص (الكمثرى): إجاصي الأوراق (shuǐ lí, 水梨)، وهو صنف من الإجاص أو الكمثرى يختلف شكله عن الإجاص في البلاد العربية، وهو قريب من شكل التفاح، وقشره ذو لون بين الأصفر إلى البني الفاتح، ولبّه أبيض مع بذور قاسية سوداء، وطعمه لا يشبه الإجاص في البلاد العربية، وطعمه مزيج من الحلاوة والحموضة ومليء بالعصارة.
يُزرَع هذا النوع من الإجاص في المناطق الجبلية الباردة في تايوان، وهذه الفاكهة غنية بالمواد الغذائية، وعصيرها مفيد لحماية الحنجرة، وتستعمل لإيقاف الكحة في الطب الصيني التقليدي، فيمكن أن تؤكل طازجة أو مطبوخة مع العسل أو الأعشاب الصينية.
ومن الجدير بالذكر أنّ نطقها "لي" (lí, 梨) يشبه كلمة "انفصال" (lí, 離) في الصينية، ويفضّل أن تقدّم على شكل ثمرة كاملة، تجنّبًا لحدوث الفراق أو الانفصال بين الأهل والأصدقاء، فمن المحظور أن تقدّم مقطّعة للضيوف في الثقافة التايوانية التقليدية.[68]

الإجاص في تايوان

2. الأناناس (fèng lí, 鳳梨): من الفواكه التي تثمر طول السنة، ولها رائحة جميلة وطعمها حامض وحلو في الوقت نفسه. وتحتوي على كثير من الفيتامينات والأنزيمات التي تساعد على عملية الهضم، وتحارب الالتهاب والسرطان. وتؤكل طازجة أو معلبة أو مجفّفة، أو مطبوخة مع بعض الأطعمة، أو لصنع الحلويات. ومن بين الحلويات التايوانية

المصنوعة من هذه الفاكهة: كعكة الأناناس (fèng lí sū, 鳳梨酥) وهي من أشهر الحلويات في تايوان، وتُحشى هذا الكعكة بمربى الأناناس، فيكون طعمها لذيذًا جدًّا، وهي تستحق أن يتذوقها الناس ويستمتعوا بمذاقها الفريد. واسم الأناناس باللغة التايوانية "أون لاي" (ông-lâi, 旺來)، ومعناه " الحظ جيد "، ولهذا فالأناناس فاكهة محبوبة وحاضرة في الأعياد والمناسبات السعيدة.[69]

3. البَابّايا (mù guā, 木瓜): فاكهة يناسبها المناخ الحارّ، وهي متوفرة طول السنة، ولها كثير من الفوائد، فهي تساعد على عملية الهضم، وهي أيضًا جيدة جدًا للنساء. يأكلها التايوانيون طازجةً، وتُستخدَم كالعلاج الشعبي أو تُمْزَج بالحليب الطازج كمشروب شعبي شائع يسمى (mù guā niú nǎi, 木瓜牛奶).[70]

مشروب البابايا بالحليب

4. البرقوق الصيني (méi zi, 梅子): هي فاكهة منتشرة في آسيا، وخاصة في تايوان والصين واليابان، وموسم الحصاد لهذه الفاكهة في الربيع، وثمرتها خضراء القشرة، وطعمها حامض، ورائحتها حامضة قوية، فتؤكل طازجة أو مطبوخة أو مجففة، مثل: البرقوق المجفف، أو صلصة البرقوق، وتساعد على عملية الهضم في الجسم وزيادة الرّغبة

في الأكل، كما تستخدم في صنع خل البرقوق أو نبيذ البرقوق.[71]

البرقوق الصيني في تايوان

5. البطيخ (xī guā, 西瓜): يُنتج طول السنة، وخاصة في فصلي الربيع والصيف، وهو غني بالماء، ولهذا يحبّ الناس أكله للتخلّص من الحرارة. والجدير بالذكر أن البطيخ في تايوان صنفان: البطيخ الأحمر كما في الدول العربية، والبطيخ الأصفر، وحجمه أصغر من البطيخ الأحمر، والأحمر أحلى مذاقًا من الأصفر، ولكن البطيخ الأصفر له رائحة خاصة جميلة. وبسبب التطور الصناعي والتقني في مجال الزراعة، يمكن رؤية أشكال مختلفة للبطيخ.[72]

البطيخ الأصفر في تايوان

6. البوملي (yòu zi, 柚子): أو الليمون الهندي، شكله كالبرتقال مع قشرة خضراء وصفراء، ولبّه حامض وحلو وله رائحة كالحمضيات. ويتوفر بكثرة في أواخر الصيف

والخريف، وموسم حصاده قريب من عيد منتصف الخريف، لذلك تؤكل فاكهة البوملي خلال عيد منتصف الخريف، وبعض الناس يقشرونه ويجمعون القشور لصنع المربى، أو توضع في الحلويات، أو لصنع الشاي. [73]

البوملي في تايوان الجوافا ذات اللب الأبيض

7. الجوافا (bā lè، 芭樂): تنبت في المناطق المدارية، فتكثر زراعتها في جنوب تايوان. شكلها دائري وبيضوي، وهي ذات قشرة خضراء، ولها صنفان: الجوافة ذات اللب الأبيض، والأخرى ذات اللب الأحمر مع حبيبات بيضاء في الداخل وطعمها حلو. وتحتوي الجوافة على كثير من المواد الغذائية، وتتميّز بفوائد عدة، مثل: المساعدة في ضبط السكري، والوقاية من أمراض القلب، والمساعدة في عملية الأيض، كما أنها مفيدة للحِمية. ونظرًا لتطوّر تقنية زراعتها في تايوان، فقد تحسنت نوعيتها بشكل كبير، وتصدّر إلى العديد من الدول العربية وغيرها. [74]

8. السِّدر الهندي (qīng zǎo، 青棗): فاكهة أصلها من الهند، شكلها دائري وبيضوي، ولون قشرتها أخضر، ولُبُّها أبيض مع بذور بنية فاتحة. وقد يكون حجمها كبيرًا كالتفاحة الخضراء، ولكنَّ طعمها أحلى من التفاح، وهي غنية بالعصارة. وبدأ استيرادها في تايوان منذ عام 1925م، وبدأت زراعتها في تايوان منذ ذلك الوقت، وبسبب التحسين والتطوير على أساليب زراعتها، تحسنت نوعيتها، وصارت من أجود ما يُنتَج من هذه الثِّمار في العالم، وتُصدّر إلى الخارج. [75]

فاكهة السّدر الهندي

9. عين التنين (lóng yǎn, 龍眼): تنتج في الصيف، وسمّيت بهذا الاسم بسبب شكلها الدائري، مع قشرة تميل من الأصفر إلى البني ولُبُّها أبيض، وبذورها سوداء بنية في الداخل كعين التنين. تؤكل طازجةً بعد تقشيرها، وهي شديدة الحلاوة والعصارة، كما تؤكل مجففةً، فتُستخدم لصنع الحلويات والخبز. ووفقًا لنظرية الطب الصيني التقليدي، فعلى الرغم أن هذه الثمار صغيرة الحجم، ولكنها كبيرة الفائدة، ولهذا فإن عين التنين المجففة مفيدة للجسم، ويمكن أن توفر العديد من العناصر الجيدة لتغذية الجسم، ولكن لا يُنصَح بتناول كثير منها مرة واحدة، فقد يؤدي هذا إلى تأثر الجسم بأعراض جانبية.

فاكهة عين التنين

10. تفاح الجرس (lián wù, 蓮霧)[76]: أو تفاح الشَّمع، وهي فاكهة مدارية تعيش في البيئة الرطبة، وتنبت في جنوب غربي تايوان، وموسم حصادها طول السنة. شكلها كالجرس الصغير، بقشرة وردية حمراء لامعة ولبّها أبيض، تؤكل مع القشرة، وطعمها حلو مقرمش، وهي غنية بالعصارة. وتحتوي على فيتامينات عدة ولها فوائد كثيرة، كالمساعدة في ضبط السكري، والوقاية من الإمساك والمساعدة في عملية الأيض في الجسم.[77]

11. فاكهة القشطة (shì jiā, 釋迦): فاكهة مدارية تُزرع غالبًا في محافظة "تاي دونغ"، وتنضج ثمارها ما بين الصيف والشتاء. قشرتها الخارجية ذات لون أخضر ولبّها أبيض مائل إلى الأصفر، وبذورها سوداء؛ ولأن مظهرها الخارجي يشبه رأس البوظة تُدعى "شي جيا" بالصينية، وهو اسم للبوظة أيضًا، وتؤكل بعد تقشيرها، وطعمها لذيذ وتشبه من الداخل القشطة المطبوخة، وهي غنية بمواد غذائية عديدة، ومذاقها كثير الحلاوة، مما يجعلها محبوبة عند كثير من الناس.[78]

فاكهة تفاح الجرس

فاكهة القشطة

12. فاكهة النجمة (yáng táo, 楊桃): فاكهة مدارية تزرع في المناطق الغربية في تايوان، وموسمها على مدار السنة إلاّ فترة قصيرة بين أواخر الربيع وبداية الصيف. اسمها الأصلي فاكهة الكرامبولا، ومعروفة بـ "فاكهة النجمة" بسبب شكلها المذهل الذي يشبه النجمة عندما

تقطّع. وهي ذات لون أصفر، وطعمها مزيج من الحلاوة والحموضة. تحتوي على نسبة عالية من فيتامين سي، بالإضافة إلى ذلك، هي غنية بالمواد الغذائية، وتساعد في ضبط السكري، وفي عملية الهضم، ومضادة للالتهابات، وهي مفيدة للحنجرة وفقًا للطب الصيني الشعبي. وتؤكل طازجةً أو تقدّم عصيرًا، ويُصنع منها حلوى في الصيف، فتوضع فاكهة النجمة مع السكر والملح والأعشاب، فيكون طعمها مميّزًا.[79]

فاكهة النجمة

13. فواكه التنين (huǒ lóng guǒ, 火龍果): هي فاكهة من المناطق المدارية وشبه المدارية، تتميّز بشكلها الغريب، فيجب إزالة قشرتها الحمراء أولًا قبل الأكل، ويوجد منها صنفان: ذات اللّبّ الأبيض وذات اللّبّ الأحمر، وبذورهما حبيبات صغيرة سوداء يأكلها الناس، ولفواكه التنين فوائد كثيرة، فهي تعزّز عملية الهضم في الجسم، وتعطيه فيتامينات عديدة. وعادة تؤكل طازجةً أو تشرب عصيرًا.[80]

فواكه التنين ذات اللب الأبيض واللب الأحمر

14. الكاكا (shì zi, 柿子): فاكهة أصلها من شرق آسيا، وشكلها دائري، ولونها برتقالي مائل إلى الحمرة. لها أصناف عديدة وكلها محبوبة عند الناس في شرق آسيا، مثل: تايوان واليابان. تنبت في شمال غربي ووسط غربي تايوان، وتكثر في فصل الخريف، فشاع القول بين الناس: "احمرّت الكاكا والخريف على الأبواب". تتميز الكاكا بفوائد عديدة، مثل: تقليل ضغط الدم والوقاية من أمراض القلب والسرطان. ومع أنّها مفيدة للناس، إلا أنها تحتوي على حمض التانيك، وهي مادّة تضرّ الجهاز الهضمي، فغالبًا ما تؤكل الكاكا المقشّرة بعد أن تنضج وهذا يساعد في خفض نسبة حمض التانيك فيها، ولا يُنصح بتناولها على معدة فارغة. وبالإضافة إلى تناولها طازجة ثمة طريقة معروفة لحفظ الكاكا بتجفيفها تحت أشعة الشمس، ومناظر تجفيفها مذهلة رائعة في فصل الخريف، ومحافظة "شينجو" في شمال غرب تايوان هي مكان مشهور بمناظر ثمار الكاكا البرتقالية الذهبية المُجَفّفة، ومناظرها تبعث البهجة، وتبرز جمال تايوان.[81]

منظر لتجفيف فاكهة الكاكا في فصل الخريف

15. الليتشي (lì zhī, 荔枝): فاكهة تُفضّل المناخ المشمس والرطب، وشكلها يُشبه "عين التنين" مع قشرة خشنة حمراء، وهي ذات لب أبيض شفاف، مع بذور بنية تميل إلى السواد في الداخل، وطعمها حلو وحامض. وهي أصلًا تنبت في جنوب الصين، وكانت فاكهة نادرة في العصور القديمة، حتى أنّ هناك قصائد في الأدب الصيني التقليدي تصف سحرية الفاكهة التي كانت النساء في قصر الإمبراطور مولعات بها، وهذا يشير إلى قيمتها الفريدة. ويكثر إنتاجها في الغالب في فصلي الربيع والصيف في تايوان.[82]

فاكهة الليتشي

16. المانجو (máng guǒ, 芒果): تنمو في المناخ الرطب والحار، فتنضج في الغالب في فصلي الربيع والصيف في تايوان، ولها أصناف عديدة، مثل: المانجو المحلية ذات المذاق الحامض، وغالبًا ما تؤكل بعد التخليل بالسكر والملح، وهي أكلة شعبية تقليدية، ومع تطوّر التقنية الزراعية أصبح طعم المانجو في تايوان ذا مذاقٍ حلو. والمانجو غنية بالفيتامينات وفوائدها الغذائية كثيرة، فهي مقاومة للسرطان ومضادة للشيخوخة. وبسبب حلاوتها فهي فاكهة شائعة في الصيف، وتؤكل طازجة أو تستخدم لصنع الحلويات المثلجة، وتوضع مع صلصة الحليب المكثف المُحلّى بالثلج المبشور (bào bīng, 刨冰) للتخلص من الحرارة في الصيف. والجدير بالذكر أنّ عصائر المانجو تحتوي على مواد قد تسبب الحساسية الجلدية، فلا بد من الانتباه إلى ذلك.[83]

فاكهة المانجو

ثمة كثير من الفواكه التايوانية الطازجة اللذيذة، والناس يحاولون استخدام الفواكه كمكونات للطبخ، ويجدون أنّ تحضير الأطباق مع الفواكه يعطي مذاقًا رائعًا. على سبيل المثال، يوضع الأناناس المخمر في حساء الدجاج، فيتم تليين الدجاج بواسطة أنزيمات الأناناس، أو يتم تقديم كرات الجمبري المقلية مع المانجو والأناناس، وفاكهة التنين وغيرها، فتعطي مذاقًا حامضًا وحلوًا.

بالإضافة إلى ذلك، يجمع التايوانيون بين المكونات المختلفة لابتكار مشروبات جديدة، مثل: البطيخ بالحليب، والبابّايا بالحليب. ومع انتشار الثقافة للمشروبات التايوانية الخاصة، تم تطوير أنواع فريدة من شاي الفواكه، مثل: الشاي الأخضر بالبرقوق، والشاي الأخضر بالمانجو، والشاي بالأناناس، فكل هذه تشير إلى الأفكار المبتكرة للتايوانيين. فعندما تزور تايوان، لا تنسَ تجربة الفواكه اللذيذة والمشروبات المذهلة.

هوامش ومراجع الباب

本章參考文獻

1 李登年，《宴席上的中國史》，台北：知遠，2019 年 1 年。

2 康軒，<用餐衛生和禮儀>，載於：https://reurl.cc/q1KMbN (最後瀏覽日：2021.04.15)。

3 陳玉箴，<《「台灣菜」的文化史》：辦桌時的「菜尾」，是長輩心中最台灣味的菜餚>，載於：https://www.thenewslens.com/article/136790（最後瀏覽日：2021.04.15）。

4 林冠吟、尚瑜真、卓芸穎，<『逗陣呷飯』辦桌文化停看聽>，載於：https://reurl.cc/emVjbL（最後瀏覽日：2021.04.15）。

5 張玉欣，《飲食文化概論》，新北：揚智，2015 年 5 月 3 版。

6 教育部，<做牛做馬>，載於：https://reurl.cc/mvkebA（最後瀏覽日：2021.04.15）。

7 交通部觀光局，<節慶活動—傳統節慶>，載於：https://reurl.cc/n5lWbX（最後瀏覽日 2020.08.19）。

8 曹銘宗，《蚵仔煎的身世：台灣食物名小考》，台北：書虫，2016 年 11 月。

9 同上。

10 交通部觀光局，<節慶活動—傳統節慶>，載於：https://reurl.cc/n5lWbX（最後瀏覽日 2020.08.19）。

12 曹銘宗，《蚵仔煎的身世：台灣食物名小考》，台北：書虫，2016 年 11 月。

13 同上。

14 漢典，<年年有餘>，載於：https://reurl.cc/XlavYj（最後瀏覽日：2021.04.14）。

15 曹銘宗，《蚵仔煎的身世：台灣食物名小考》，台北：書虫，2016 年 11 月。

16 同上。

17 同上。

18 同上。

19 同上。

20 劉響，<俯瞰火鍋>，《養生大世界》，1 期，北京：中國老年保健協會，2009 年 1 月，58 頁。

21 交通部觀光局，<節慶活動—傳統節慶>，載於：https://reurl.cc/n5lWbX（最後瀏覽日 2020.08.19）。

23　行政院農業委員會，<百變糯米清明好時光>，載於：https://reurl.cc/OkRxK9
（最後瀏覽日：2021.06.09）。

25　交通部觀光局，<節慶活動—傳統節慶>，載於：https://reurl.cc/n5lWbX（最後瀏
覽日 2020.08.19）。

26　同上。

27　曹銘宗，《蚵仔煎的身世：台灣食物名小考》，台北：書虫，2016 年 11 月。

28　同上。

29　同上。

30　同上。

31　黃鴻湖，《典範鼎泰豐》，台北：商周，2007 年 9 月，174-177 頁。

32　焦桐，《臺灣舌頭》，台北：二魚文化，2013 年 6 月。

33　教育部，<吃豆腐>，載於：https://reurl.cc/GbGMyA（最後瀏覽日：
2021.04.15）。

34　教育部，<刀子嘴豆腐心>，載於：https://reurl.cc/95bgN8（最後瀏覽日：
2021.04.15）。

35　有本香著，蕭照芳、陳惠文、許倩珮譯，《中國茶‧台灣茶》，台北：東販，
2004 年 9 月，11 頁。

36　藤樹楠：《茶的歷史》，TED，2019 年 3 月 22 日，https://reurl.cc/pxKQNd，
2021 年 4 月 14 日讀取。

37　國家教育研究院，<粗茶淡飯>，載於：https://reurl.cc/0xaYq6（最後瀏覽日：
2021.04.14）。

38　漢典，<三茶六禮>，載於：https://reurl.cc/6DbAm5（最後瀏覽日：
2021.04.14）。

39　周重林、太俊林，《茶葉戰爭：茶葉與天朝的興衰》，台北：遠流，2013 年 7 月，
267 頁。

40　同上，76-93 頁。

41　國立自然科學博物館，<臺灣的茶席與茶藝>，載於：https://reurl.cc/KrOVWe（最
後瀏覽日：2021.04.14）。

42　有本香著，蕭照芳、陳惠文、許倩珮譯，《中國茶‧台灣茶》，台北：東販，
2004 年 9 月，14 頁。

43   同上。

44   同上。

45   同上。

46   同上。

47   同上，93 頁。

48   客家委員會，< 台灣客家『茶湯』>，載於：https://reurl.cc/XlavnM（最後瀏覽日：2021.04.14）。

49   葉怡蘭，《Yilan 的台灣生活滋味》，台北：玉山，2003 年 12 月，62-63 頁。

50   曹銘宗，《蚵仔煎的身世：台灣食物名小考》，台北：貓頭鷹，2016 年 11 月，152 頁。

51   黃靖媛，< 台灣傳統小吃探討—以台南、高雄、屏東縣市為例 >，《大同技術學院學報》，16 期，嘉義市：大同技術學院，97 年 12 月，57-58 頁。

53   Nownews，< 台灣夜市臭豆腐登上 BBC 稱台灣為：吃不飽的島嶼 >，載於：https://reurl.cc/n5lW8n (最後瀏覽日：2021.04.14）。

54   台北市政府觀光傳播局，<臺灣必吃小吃 Top 10>，載於：https://reurl.cc/bnN1rd（最後瀏覽日：2021.04.14）。

55   同上。

56   同上。

57   同上。

58   同上。

59   同上。

60   同上。

61   同上。

62   同上。

63   同上。

64   同上。

65   同上。

66   同上。

67   農業易遊網，< 四季水果 >，載於：https://reurl.cc/0xaYrk（最後瀏覽日：2021.04.14）。

     GIann，< 台灣水果 2021>，載於：https://reurl.cc/52Ogm6（最後瀏覽日：2021.04.14）。

68 同上。
69 同上。
70 同上。
71 同上。
72 同上。
73 同上。
74 同上。
75 同上。
76 同上。
77 同上。
78 同上。
79 同上。
80 同上。
81 同上。
82 同上。
83 同上。

11 لمزيد من المعلومات عن كيفية إعداد الزلابية، يرجى الاطّلاع على ص129.
22 لمزيد من المعلومات يرجى الاطلاع على ص149.
24 لمزيد من المعلومات عن هذه القصة يرجى الرجوع إلى ص73.
52 نسبة إلى مدينة فوجيان في الصين.

第五章
الباب الخامس

衛生醫療與觀光
الصحة والسياحة

第五章
衛生醫療與觀光

　　臺灣的衛生醫療以優秀的醫護人員及先進的醫療設備與技術等享譽國際，因此吸引了各國人士到臺灣接受完善的醫療照顧，而這也給予旅客造訪美麗寶島的機會，並體驗臺灣豐富的人文風情。本章首先簡述臺灣的醫療服務及聞名於世的醫療技術，隨後介紹結合陰陽五行觀念並深深影響著人們日常生活的中醫療方，如針灸、刮痧、拔罐等。此外，臺灣在抵擋對抗各種傳染病上也不遺餘力，因此本章也略述臺灣在面對 SARS 等傳染疾病的防疫相關經驗與對策。

　　另一方面，臺灣的觀光資源豐富，從慶祝各大節日的熱鬧活動，如元宵節的燈會和端午節的龍舟競賽，到各地舉辦的民俗儀式，如媽祖遶境儀式，以及部分原住民的慶典活動，如「阿美族的豐年祭」等。而除了人文活動之外，本章最後也介紹旅客來臺灣經常造訪的觀光景點和臺灣著名的國家公園及自然環境保護區。不論是優美的地理環境，或是溫暖真誠的民眾人情味，皆歡迎著世界各地的旅客造訪體驗。

الباب الخامس
الصحة والسياحة

الفصل الأول
الصحة

أ. الخدمات الصّحيّة

تتميّز تايوان بمستوى طبي متميّز عالي الجودة، وتمتلك منظومة طبيّة ذات كفاءة عالية، مكّنتها من تقديم رعاية صحية شاملة لمواطنيها، وللمرضى الذين يزورونها بهدف العلاج. وتحتل تايوان المرتبة الثانية عالميًا في ترتيب مؤشر الصحة العالمي، وهو يعتبر تميزًا وأمانًا لكل المرضى الراغبين في العلاج، لثقتهم في المكان الذي سيتلقون العلاج فيه، وبتكاليف أقل مقارنة بنوعية الخدمات الصحية المُقدّمة. وبحسب تقارير مؤشر الرعاية الصحية "نومبيو" لعام 2019م، فإن تايوان حصدت أفضل علامات (86.69)، وذلك بالنظر إلى عدد من العوامل، من بينها: مهارات الكادر الطبي وكفاءته، والتجهيزات المتوفرة والطرق الحديثة في التشخيص والعلاج، ومدى قرب المرافق الصحية[1].

تستند الرعاية الطبية الشاملة في تايوان إلى ستة عناصر قوة حقّقت لها تميّزًا في مجال الرعاية الطبية، وهي: الجودة العالية للمراكز الطبية والمستشفيات، والتقنية والحداثة للأجهزة الطبية المستعملة في العلاج، والكوادر الطبية الرائدة والمؤهلة، والتخصصات الطبية الشاملة، والاهتمام بمدى رضا المرضى عن الخدمات الطبية المقدَّمة، والأسعار المنافسة للرعاية الصحية في تايوان مقارنة بالخدمات نفسها المقدّمة في الدول الأخرى. فهذه العناصر ضمنت لقطاع الرعاية الصحية التطوّر الدائم والمنافسة العالية.

إلى جانب ذلك، حقّقت تايوان العديد من الإنجازات الطبية، ولديها مهارات طبية متقدمة، في مجالات كثيرة مثل: زراعة الكبد والأعضاء بشكل عام، وجراحة القلب، وجراحة الفم والأسنان،

والجراحة التجميلية وتنظيم الوزن، وتركيب المفاصل وما إلى ذلك. ولهذا تُعدّ تايوان من أشهر الوجهات السياحيّة العالمية للعلاج، وينصح الأطباء بالسياحة العلاجية في تايوان لعلاج كثير من الأمراض، وبها أفضل مستشفيات العالم الحاصلة على شهادات الاعتراف والاعتماد الطبي من المؤسسات الدوليّة، وتستقبل تايوان الملايين من راغبي السياحة العلاجية وخصوصًا، في مجال التجميل وشدّ البشرة.

ومن أوجه التطور التقني في مجال العمليات الجراحية في تايوان فقد تم اعتماد نظام "دافينشي" DaVinci الجراحي في المستشفيات والمراكز الطبية، من خلال استعمال منظومة طبية جراحية روبوتية ذات نظام مصمم لتسهيل العمليات الجراحية المعقدة باستخدام طرق جراحية طفيفة التوغل، ومُسيطر عليها من قبل الجرّاح من وحدة التحكم، وطُبّق النظام الجراحي "دافينشي" على نطاق واسع في تايوان في طب المسالك البولية، وطب النساء والجراحة العامة، وجراحة القولون والمستقيم، وجراحة القلب، وجراحة الصدر، وجراحة الأنف والأذن والحنجرة. وتمتلك تايوان أعلى نسبة في استعمال هذا النظام بين جميع دول آسيا. وتتوفّر في المستشفيات طرق شتّى للعلاج، سواء كان ذلك بالطرق الحديثة والعقاقير، أو بالطب الصيني التقليدي، كالوخز بالإبر، والأعشاب. ويمكن الإشارة إلى بعض الخدمات الطبية المتميزة المقدمة في تايوان في المجالات الآتية:

● استبدال المفاصل

يمتلك الجراحون التايوانيون خبرة عالية في عمليات استبدال المفاصل، وتجرى آلاف العمليات لاستبدال المفاصل في تايوان سنويًا، وبفضل التكنولوجيا المستعملة يستفيد المرضى من الجراحة الطفيفة، ووقت التعافي السريع، ومن ذلك جراحة استبدال مفصل الركبة، فبعد إدخال تقنية مفصل الركبة الاصطناعية في روبوت الذراع، لا تساعد هذه الخدمة فقط على دقة الجراحة، بل تجعل الجرح أصغر أيضًا، وعملية الشفاء أسرع من ذي قبل. وإلى جانب ذلك، فإن المواد الطبية الحيوية التايوانية مناسبة من حيث جودة المواد المستعملة في صناعة المفاصل. ومقارنة بالدول الأخرى في العالم تتوافر في هذه الخدمة الطبية التكنولوجيا العالية والسمعة المميزة والسعر المنخفض.[2]

● **معالجة السرطان**

تمتلك تايوان خبرة متقدمة في علاج السرطان، إضافة إلى إستراتيجيات طبية دقيقة لعلاج المرضى المصابين به، حيث تقدّم للمصابين رعاية متكاملة، كما تعمل المراكز الطبية على تجربة أدوية السرطان الجديدة. ومعدل البقاء على قيد الحياة بعد الإصابة لمدة خمس سنوات لمرضى السرطان في تايوان هو 73%، وهو أعلى من المتوسط في أوروبا وأمريكا الذي يصل إلى67%. [3]

● **عمليات زراعة الكبد**

تحظى تكنولوجيا زراعة الكبد في تايوان بشهرة كبيرة في العالم، فقد وصل معدل البقاء على قيد الحياة للمرضى في مجال زراعة الكبد لمدة عام واحد إلى 86%، ومعدل البقاء على قيد الحياة لمدة خمس سنوات إلى74%، وهي إنجازات أفضل من الولايات المتحدة وأوروبا واليابان. وقد جاء العديد من الأطباء إلى تايوان لتعلم هذه التكنولوجيا. إضافة إلى ذلك، يتمتع الفريق الطبي التايواني أيضًا بخبرة كبيرة في زراعة القلب والرئة والكلى. ومعدل البقاء على قيد الحياة لمدة خمس سنوات بعد زراعة الكبد في تايوان هو 82%، وهي نسبة أفضل من مثيلاتها في أمريكا وأوروبا. [4]

● **عمليات التجميل**

يقع أول مركز لترميم القحف الوجهي في جنوب شرق آسيا في تايوان. كما أنّ نسبة النجاح في عملية علاج الشفة الأرنبية تَصِلُ إلى 100%، ويُشرف على العملية فريق طبي كامل من المتخصصين المحترفين. [5]

ب. الطبّ الصيني

توفر المستشفيات والمراكز الطبية في تايوان خدمات العلاج بالطب الصيني التقليدي، للراغبين في الحصول على هذه الخدمات، والطب الصيني هو دراسة فسيولوجيا الإنسان، وعلم الأمراض، وتشخيص الأمراض والوقاية منها. وقد تأثر بالفلسفة الصينية القديمة القائمة على نظرية "الين واليانغ" وربطها بخطوط الطول في الجسم. ويمكن القول إن تاريخ الطب الصيني التقليدي يعود إلى

آلاف السنين، ومع ذلك فقد حافظ على كثير من خصائصه الأساسية وطرقه العلاجية، فلم يتغير كثيرًا على مرّ القرون، ويُرجِع البعض اكتشاف الأعشاب والطب والاستشفاء إلى ثلاثة أباطرة أسطوريين عاشوا في الفترة الممتدة بين 2500 و4000 عام قبل الميلاد. الأول: هو إمبراطور كان يعالِج بطريقة الوخز بالإبر، وهو "فو شي" (fú xī, 伏羲) الذي أعطى الصينيين الحكمة الكونية ليحلّلوها، ثمّ ليفسروا الظواهر الطبيعية، وهو أول من عالج بوخز الإبر، والثاني "شين نونغ" (神農 shén nóng) المعروف بالمزارع الناسك، وكان أول من علّم الجنس البشري كيفية زراعة الحبوب، فكان يتذوق مئات الأنواع من الأعشاب ليتأكّد من الخواص الشفائية، ثمّ جاء الإمبراطور الثالث، وهو "هوانغ دي"(huáng dì, 黃帝) الذي قدّم الموسيقى والطب والرياضيات والكتابة والأسلحة للناس[6].

ويعتمد المفهوم الأساسي للطب الصيني على أن قوة حيوية من الحياة تسمى "تشي" (qì, 氣) تنتشر في الجسم، وأي خلل في "تشي" يمكن أن يسبب المرض، وغالبًا ما يُعتَقَد أنّ هذا الخلل ناتج عن تغيير في القوى المعاكسة والتكميلية التي تشكل "تشي"، وهذه تسمّى "الين" (yīn, 陰)، و"اليانغ" (yáng, 陽)، وعند تشخيص المرض، لن يعالج الطب الصيني المرض نفسه فحسب، بل سيأخذ شكله وتطوره وتغيراته والبيئة المحيطة به في الاعتبار.

الطبّ الصيني التقليدي

ومن وجهة نظر الطب الصيني، فإن البشر هم صورة مصغرة للكون المحيط، وهم متصلون بالطبيعة ويخضعون لقواها، ويعدّ التوازن أساسًا للصحة، وفقدانه يؤدي إلى المرض، ويسعى العلاج في الطب الصيني التقليدي إلى استعادة هذا التوازن، من خلال العلاج الخاص بالفرد بتحقيق التوازن

بين أعضاء الجسم الداخلية، والعناصر الخارجية: الأرض والنار والماء والخشب والمعادن، وقد يشمل العلاج: الوخز بالإبر والكي والحجامة والتدليك والعلاج بالأعشاب[7].

صورة رمزية لـ"الين واليانغ"

- **نظرية "الين واليانغ"**

تُستخدم هذه النظرية لشرح الوظائف الفسيولوجية والتغيّرات المَرضيّة، وكذلك تعليمات التشخيص والعلاج. وهما جزء مهم من الطب الصيني. ويُعدّ "الين واليانغ" من مفاهيم الفلسفة الصينية القديمة، ويشيران إلى أنّ كل شيء في العالم متصل ومتكامل ومتوازن، ولكنه متناقض أيضًا. وهما يدلان على مفهوم مجرد وليس شيئًا ملموسًا، ويمثّلان العلاقة بين السالب والموجب، وهما أقرب إلى المؤنّث والمذكّر، والبارد والسّاخن، بحيث لا يمكن أن يوجد طرف دون الطرف الآخر، فالليل لا معنى له دون النّهار، والذّكَر دون الأنثى، وهكذا تَتجاور وتَتوازن وتَتكامل الأضداد وصولًا إلى مرحلة الانسجام الكلّي بين ما هو داخل الإنسان وخارجه.

وفي الطب الصيني، الماء والنار هما رمزا "الين" و"اليانغ". فالماء "ين" والنار "يانغ". "الين" يعني: الهدوء الداخلي البارد والظلام، ولكن "اليانغ" يعني: نشاط خارجي تصاعدي حار ومشرق. بالمقارنة مع النار، يكون الماء أكثر برودة وهدوءًا، لذا فإن الماء ينتمي إلى "ين"، والنار تنتمي إلى "يانغ".

وفي تطبيقات الطب الصيني، تَرى نظرية "ين و "يانغ" أنّ جسم الإنسان كائن حيّ متطور متغير العلاقات بين "ين" و "يانغ"، كما يعتقد الطب الصيني أنّ العملية الطبيعية للجسم تقوم على الانسجام بين هذين العنصرين، وتتغير العلاقات في الجسم السليم بينهما بصفة مستمرة، فحين نقوم بتمرين رياضي نصبح أكثر "يانغ"، بينما إذا حجزنا أنفسنا داخل البيت سنصبح أكثر "ين". وهاتان الطاقتان هما قوتان تتكيّفان وتنسجمان معًا، مع حاجتنا المستمرة إلى التغيير بما يسمّى في الطب الصيني بالتّحفظ المتبادل، حيث يضبط أحدهما الآخر. وفي حالة المرض والعدوى ينهار هذا التّحفظ المتبادل، فيصبح "ين" أو "يانغ" خارج السيطرة. ويشير الطب الصيني إلى أربعة أشكال من "ين" و "يانغ" غير المتوازنة في حالات المرض التي تصيب الإنسان.

● **خطوط الطول**

الخطوط الطولية نظام شبكي داخل جسم الإنسان، وهو مسؤول عن نقل "تشي" ويعني تدفق الطاقة والدم إلى كل جزء في جسم الإنسان، وكثير من الخطوط الطولية تبدأ من اليد أو تنتهي فيها، وتكمن أهمية الخطوط الطولية في أنها تشكّل أساسًا لشبكة معقدة من خطوط الطاقة في الجسم للحفاظ على الوظيفة الفسيولوجية للجسم، وعندما يتعطّل هذا التدّفق من الطاقة الحيوية تحدث الأمراض، ويضعف الجسم. وبناء على معرفة هذه الخطوط ووظائفها الحيوية يتم العلاج بالوخز بالإبر.

● **طرق العلاج**

تتنوّع طرق العلاج في الطب الصيني التقليدي، ويبدو أن ذلك التنوّع كان بسبب تنوّع المناطق الجغرافية أكثر من أيّ شيء آخر، فقد كانت الصين بلادًا شاسعة الأرجاء، وكان انتشار الأمراض متباينًا بين المناطق، وقد شاعت في كل منطقة طرق تتناسب مع طبيعة الأمراض التي كانت تنتشر فيها، ففي شرق الصين كانت الحرارة والرطوبة عاليتين، مما سبب انتشار أمراض القرحة والدمامل، وشاع لعلاجها الوخز بالإبر، في حين استُعملت الأعشاب لعلاج الأمراض في المناطق الجبلية في غرب الصين، كأفضل

خيار متوفر في ذلك الوقت. وفي الشمال البارد شاع استعمال الإبر المحروقة، بينما استُعملت إبر براعم الخوخ، في جنوب الصين حيث كانت الطريقة المفضلة هناك. فيما شاع استعمال التدليك والضغط بالأصابع والعلاج بالتمارين في وسط الصين حيث كانت الأمراض الرئيسة هي الشلل والبرد والحمّى[8].

وما زالت تلك الطرق العلاجية منتشرة في المجتمع التايواني حتى يومنا هذا، باعتبار أن تايوان وريثة القيم والعادات الصينية الأصيلة، وتستقطب تلك الطرق العلاجية أعدادًا لا بأس بها من المرضى الذين ينشدون الصحة، أو الاستشفاء من الأمراض. وفيما يلي بعض طرق العلاج في الطّب الصيني:

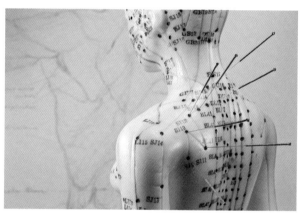

الوخز بالإبر

1. الوخز بالإبر (zhēn jiǔ, 針灸)

هو أقدم علاج طبي صيني تقليدي، ويُعتقد أن العلاج بوخز الإبر يعود إلى فترات زمنية قديمة جدًّا، وقد دوّن الإمبراطور "هوانغ دي" طرق العلاج بوخز الإبر في كتابه "هوانغ دي نَي جينغ" (huáng dì nèi jīng, 黃帝內經) وهو أول كتاب عُرف بتدوينه لنصوص تصف طريقة الوخز بالإبر. وكان هذا العلاج يعتمد أساسًا على شق البثور، وإراحة المنطقة المصابة، مع مراعاة الخطوط الطولية، وقد بلغت نقاط الوخز ثلاثمئة وإحدى وستين نقطة، ولكل نقطة وخز اسم يميّزها.

ويكون العلاج بإدخال الإبر في الجلد بعمق مختلف[9].

لا شك في أن الوخز بالإبر من صور العلاج الحيوي في الطب الصيني، لكنه لا يزال مثيرًا للجدل حتى الآن، لأنه لا يوجد دليل علمي واضح على فوائد هذا العلاج. من وجهة نظر الطب الصيني، يُعتقد أن إدخال الإبر بطريقة مناسبة يمكن أن يُعيد تدفق الطاقة "تشي" مرة أخرى، ويجعل الجسم يعمل بشكل وظيفي. وعلى الرغم من صعوبة تفسير تأثير الوخز بالإبر بطريقة علمية، فإن الكثير من الدراسات أشارت إلى أنه يمكن أن يخفف بعض الآلام، أو يعالج بعض الأمراض.

القشط في الطبّ الصيني

2. القَشط (guā shā, 刮痧)

يُطلق على القَشْط في اللغة الصينية اسم "قوا شا" (guā shā, 刮痧)، ويعني: إزالة الاختلال، و "شا" من وجهة نظر الطب الغربي، يعتبر اختلالًا في توازن الحرارة، ولكن من وجهة نظر الطب الصيني، تعني "شا" تراكم خلل في "ين" و"يانغ". ببساطة تعني "شا" أن هناك خللًا في الأحشاء أو الأجهزة أو الأعضاء الجسمية، بحيث لا يمكن للجسم امتصاص التغذية بشكل طبيعي، ولا يمكن طرد النفايات الناتجة عن التمثيل الغذائي من الجسم.

خلال فصل الصيف في تايوان يكون الجو حارًا وخانقًا في الخارج، لذلك من السهل التعرض لضربة شمس، فيعتبر القشط الطريقة الأكثر شيوعًا بين التايوانيين

لتخفيف الانزعاج من ضربة الشمس. وقبل البدء في القشط، تُوضع بعض الزيوت على الجسم، وتُستخدَم أداة "قوا شا" للخدش، ثمّ يقوم المعالج بخدش الجلد برفق، ويزيد القوة تدريجيًا. ويُحظر الحك ذهابًا وإيابًا، بل يكون الخدش أحادي الاتجاه فقط، كما يجب ألّا يكون طويلًا.

الحجامة في الطبّ الصيني

3.   الحِجامة (bá guàn, 拔罐)

على الرغم من كون الوخز بالإبر من أشهر طرق العلاج في الطب الصيني، إلا أنه توجد طرق أخرى للعلاج التقليدي ومنها الحجامة، فهي إحدى الطرق العلاجية القديمة، والهدف منها تنشيط الدورة الدموية في الجسم، وإزالة الركود الموضعي عن طريق صنع تخلخل جزئي للهواء داخل كؤوس زجاجية صغيرة مثبّتة فوق الجسم، لتقوم بشفط الدّم والسوائل من خلال الجلد لتملأ الفراغ داخل الكؤوس[10]. واستعمل العلاج بالحجامة لإزالة الأمراض المتولّدة بسبب شرور خارجية، كالرّيح والبرد، وتثبّت لهذه الغاية كؤوس فوق الصدر للتخلّص من الاضطرابات التنفسية. ولا تصلح الحجامة كل يوم، بل يجب أن يكون الفاصل بين كل حجامة وأخرى يومين أو ثلاثة أيامٍ على أقل تقدير.

ج. السّياحة العلاجية

تحظى تايوان بسمعة مرموقة عالميًا وإقليميًا في مجال السياحة العلاجية، بما تمتلكه من عناصر جذب أهمها المنتجعات الطبيعية التي تعدّ محور السياحة العلاجية في تايوان، إضافة إلى ما يتوفر من خدمات علاجية متميزة تشكل حافزًا للزائرين. فالسياحة العلاجية في تايوان تتمتع بالعديد من المزايا تُشجّع المرضى الوافدين على القدوم لتلقي العلاج، كما شهد القطاع الصحي خلال السنوات الماضية نقلة نوعية على صعيد البنى التحتية، وتجهيز المستشفيات بأحدث الأجهزة والتقنيات الطبية. ومن المناطق التي يرتادها الزوار للحصول على الاستجمام والعلاج الطبيعي، منتجعات المياه الحارة، إذ تقع تايوان في المنطقة الزلزالية المُحيطيّة الواقعة بين الصفيحة الأوراسية والصفيحة الفلبينية؛ لذلك فإن الطاقة الحرارية الأرضية موجودة في جميع أنحاء تايوان.

وتُظهر بعض الأبحاث العلمية أن الينابيع الحارة تسهم في تخفيف الآلام، وتؤدي إلى تحسّن واضح في الدورة الدموية والتنفس والجلد والعضلات والمفاصل ونظام المناعة. ولأن الينابيع الساخنة تحتوي على الكثير من المعادن، فقد عُدَّت سببًا لفعالية الينابيع الساخنة في العلاج الطبيعي. وفي بعض البلدان الأوروبية واليابان وغيرها من دول العالم تُسْتَخْدَم الينابيع الحارة للوقاية والعلاج من بعض الأمراض المزمنة، مثل التهاب المفاصل الروماتويدي[11] والسكري والتهاب الجلد. وفي تايوان تقع الينابيع الحارة الأكثر شعبية في المنطقة الشمالية والشرقية، وفي تايبيه هناك بعض الينابيع في مقاطعة "يانغ مينغ شان" و"بيتو".

- **ينابيع "بيتو" (běi tóu, 北投):** تُصنّف على أنها ينابيع حارّة بدرجة حرارة تتراوح بين 37-40 درجة، ويمكن تقسيمها إلى ثلاثة أنواع مختلفة من المياه العلاجية: المياه التي تحتوي على الكبريت الأبيض، ويُستخدم لعلاج الأمراض الجلدية والتهاب المفاصل والأمراض النسائية. والمياه التي تحتوي على الكبريت الأخضر، وهي ينابيع الكبريتات، وتُستخدم لعلاج التهاب الجلد وتخفيف آلام العضلات. والمياه التي تحتوي على كبريت الحديد، وهو نبع ملح كربونات محايد، وتُستخدم لعلاج الألم العصبي والتهاب الجلد والروماتيزم.[12]

● **ينابيع جبل "يانغ مينغ شان":** يقع هذا الجبل في منطقة بركانية، وقد نُحِتَت فيها مناظر طبيعية للينابيع الحارة. وهناك أنواع من الينابيع الحارة في هذه المنطقة، وهذه الأنواع تحتوي على معادن مختلفة، ولها درجات حرارة مختلفة أيضًا، وتُستخدم في مجالات علاجية متنوعة.[13]

د. تجربة تايوان في الوقاية من الأوبئة[14]

شهد العالم في العصر الحديث انتشار بعض الأوبئة، ومنها: سارس، وكوفيد 19، وقد كانت استجابة النظام الصحي في تايوان لهذه الأوبئة فعّالة، ممّا جنّب البلاد ويلات الانتشار الوبائي نسبيًّا. وقد أسهم هذا في نشر الممارسات الصحية المناسبة بين المواطنين، وجعلها ثقافة يتبعها الناس في حياتهم اليومية لتجنب انتشار الأمراض.

ومن المعروف أن العالم قد شهد في نهاية سنة 2019م بداية انتشار الالتهاب الرئوي المعروف عالميًّا بكوفيد 19 أو ما يُعرف أيضًا بفيروس كورونا، ومنذ إعلان انتشار هذا الوباء تعاملت السلطات الصحية في تايوان بطريقة حدّت من تأثر البلاد بهذا الوباء مقارنة بالدول الأخرى في العالم، مستفيدة من تجاربها الصحية السابقة في مواجهة الأوبئة، وهو ما جعل تايوان منطقة أكثر أمانًا نسبيًّا من الناحية الصحية، وأكثر محافظة على سير الحياة الطبيعية للمواطنين والمقيمين، على الرغم من القرب الجغرافي من مكان انتشار الوباء الأصلي.

فعلى سبيل المثال لم تُعطّل الدراسة في البلاد إلا لفترة محدودة في بداية العام الدراسي 2019، ولم تزد عن أسبوعين، كما لم يُفرَض أي حظر للتنقل على المواطنين، إلا فيما بعد، في بداية العام الدراسي لعام 2021 حين بدأت أعداد المصابين بالفيروس تتزايد، مما جعل الحكومة تفرض قيودًا على المطاعم والأماكن العامة لحماية المجتمع من انتشار الوباء. كما أنّ الدراسة والعمل قد تم تحويلهما عن بعد.

وفي الوقت نفسه نفذّت إستراتيجيات الوقاية ذات الصلة، كالمراقبة والتشخيص المِخبري، ومراقبة الحدود، وانتقال المواطنين، كما اهتمت السلطات الصحية بجوانب أخرى، كالحرص على استجابة النظام الطبي والتأهب لمواجهة الوباء، والتخزين والتخصيص للمعدات الطبية اللازمة،

ومعدات الحماية الشخصية. إضافة إلى التثقيف الصحي والدورات التدريبية، وإدارة المعلومات الصحيحة حول الوباء.

وكان لمركز السيطرة على الأمراض في تايوان الذي أنشئ بعد انتشار وباء "سارس" في عام 2003م إسهامًا رئيسًا في إدارة الأزمة بالتعاون مع الأجهزة الحكومية الأخرى.

وشملت الإجراءات الصحية لمواجهة الوباء إجراءات متنوعة أظهرت مدى التعاون بين الإدارات الحكومية في معركتها ضد الوباء، شكّلت هذه الإجراءات أساسًا للنجاح النسبي في منع انتشار الوباء، وتقليل عدد الوفيات مقارنة بمعظم دول العالم، ويمكن القول إن سر هذا النجاح في التجربة التايوانية كان من خلال الاستفادة من الخبرات المتراكمة في مواجهة الأوبئة السابقة، إضافة إلى التعاون بين الإدارات المختلفة في تنفيذ البروتوكولات الصحية، ووعي المواطنين لأهمية التباعد الاجتماعي، وارتداء الكمامات. ومن الإجراءات التي قامت بها الحكومة:

1- أمن الحدود: حيث تم تنفيذ إجراءات التشغيل الاحترازيّة في مطارات تايوان المتفق عليها في حالات انتشار الأوبئة، كتعزيز فحص الحمى للركاب القادمين، وفحص الحالات المُشتبه بها من خلال الاستفسار عن تاريخ سفرهم، والاتصال بهم والمخالطين لهم، وإجراء التقييمات الصحية المستمرة.

2- تقييد انتقال المصابين: فقد عُزِل الأشخاص الذين كانوا على اتصال بالحالات المؤكدة. وكانت وكالات الصحة المحلية تقوم بمتابعة الأشخاص الموجودين في العزل المنزلي للتحقق من صحتهم مرتين في اليوم، وفي حال ظهور أعراض تؤكد الإصابة بالوباء، فسيتم وضعهم في المستشفى للعزل والمعالجة حسب تطور الحالات.

3- إطلاق نظام مراقبة الأمن الإلكتروني لتحديد مواقع الأشخاص في الحجر الصحي عن طريق الكشف عن إشارة الهاتف المحمول. وإذا اكتشف النظام مغادرة الشخص لموقع الحجر الصحي المخصص له، فسيتلقى الشخص وعامل مكتب الشؤون المدنية المسؤول إشعارًا عبر الرسائل القصيرة. وسيتحقق العامل

المسؤول والشرطة من موقع الشخص على الفور. ويغرّم المخالفون الذين لا يلتزمون باللوائح منعًا لانتشار المرض.

4- تخزين وتخصيص معدات الوقاية الشخصية واللوازم الطبية الأخرى.

كما تم توفير مخزون كاف من أجهزة التنفس والكمامات الطبية، والألبسة الواقية لأفراد الطب والصحة العامة. ومن أجل ضمان وجود كمامات طبية كافية للكوادر الطبية العاملة على الخطوط الأمامية لحماية أنفسهم، نفّذت الحكومة أيضًا حظرًا على تصدير الكمامات الطبية في الفترة من 24 كانون الثاني إلى 31 أيار 2020م. وتم زيادة إنتاجها من خلال توفير السيولة النقدية اللازمة والأيدي العاملة من العسكريين، إضافة لمساعدة الشركات المُصنّعة.

وتم توفير الكمامات الطبية لعامة الناس والمقيمين من خلال الشراء من الصيدليات باستخدام بطاقات التأمين الصحي الوطنية الخاصة بهم. علاوة على ذلك، تم إنشاء آلية الطلب عبر الإنترنت للأشخاص الذين لا يستطيعون الشراء من الصيدليات. مع الاهتمام بتوفير المواد المُعقِمة في الأماكن العامة التي يرتادها الناس، وفي الجامعات والمدارس، والمطاعم والفنادق. ورافق تلك الإجراءات أيضًا اهتمامٌ حكوميٌّ بالتثقيف الصحي ومكافحة المعلومات المضللة حول الوباء، عبر إحاطات صحفية يومية لنشر المعلومات المتعلقة بـCOVID-19 للجمهور. كما استُخدمت وسائل الإعلام مثل التلفزيون والمنشورات والملصقات والراديو وكذلك وسائل التواصل الاجتماعي مثل:"Facebook" و"Line" و"Twitter"على نطاق واسع.

يمكن القول إنّ نجاح تايوان النسبي في مواجهة الوباء لم يأتِ من فراغ أو من باب الصدفة أو الحظ، بل بفضل نظامها الصحي المتقدم، ووعي شعبها المتحضر، وخبراتها المتراكمة من تجارب وبائية سابقة، ناهيك عن نظامها الديمقراطي القادر على التعامل مع الأزمات بشفافية وثقة. ومن هنا استحقت إشادة العالم بها لمواجهتها الناجحة والسريعة للوباء وتُمكّنها من تجاوز تداعياته بأقل الخسائر الممكنة. ولم يقتصر أداء تايوان المتميز في مواجهة الوباء على الجبهة الداخلية فحسب، بل سارعت لمد يد العون إلى الدول المتضررة بالوباء عبر تزويدها جوًّا بشحنات من الكمامات والمعقمات وأجهزة

التنفس الصناعية وغيرها، للإسهام في تخفيف آلام الدول الأخرى في مواجهة الوباء، مما جعلها بحق

رائدة في مجال التعاون الدولي والإنساني.

الفصل الثاني
السياحة

تتمتع تايوان ببيئة متعددة الثقافات مما جعلها غنية بالاحتفالات والمهرجانات المتنوعة طول العام، وغالبًا ترتبط هذه الاحتفالات والمهرجانات بالعادات التقليدية الموروثة لدى القوميات المكوِّنة للنسيج الوطني في تايوان كالمهرجانات الخاصة بالأغلبية الصينية، أو المهرجانات المتعلقة بالسكان الأصليين، إضافة إلى المهرجانات والاحتفالات المرتبطة بالمناسبات الدينية. وفيما يلي عرض لأبرز الأنشطة التي تجري في المهرجانات والأعياد والمناسبات في تايوان.

أ. المهرجانات والمناسبات[15]

- **الأعياد التقليدية**

1. عيد الفوانيس

إضافة إلى تناول الكرات المصنوعة من الأرز اللزج المعروف بـ"يوان شياو" خلال مهرجان الفوانيس، فإن مشاهدة الفوانيس وحلّ ألغاز الفوانيس من الأنشطة الممتعة التي تقام في هذه المناسبة. وعادة ما يكون هيكل الفوانيس التقليدية مصنوعًا من الخيزران، ومُغطّى بالأوراق، وتزيّن بالألوان والرّسومات أو الخط الصينيّ التقليدي، وتوضع فيها شموع، وأمّا الفوانيس اليوم فتصنع من مواد عديدة، فأشكالها وأحجامها أكثر تنوّعًا وابتكارًا؛ خلال عيد الفوانيس ثمة مهرجانات للفوانيس في كثير من الأماكن، حيث تُشاهد مناظر ليلية مضيئة وجذابة. وبالإضافة إلى مهرجانات مشاهدة الفوانيس، يقام أيضًا أنشطة لإطلاق الفوانيس السماوية (tiān dēng, 天燈) في منطقة "بينغشي" (píng xī qū, 平溪區) في مدينة تايبيه الجديدة.

منظر لإطلاق الفوانيس السماوية

تتشابه طريقتا صنع الفوانيس السماوية والفوانيس العادية، ولكنّ الفوانيس السماوية تختلف عن الفوانيس العادية في شيء واحد، إذ يضع الناس فيها الوقود، وعند احتراقه يتولد منه الهواء الساخن، مثل ما يحدث في منطاد الهواء الساخن، فتبدأ الفوانيس السماوية في التصاعد إلى السماء رويدًا رويدًا. ويقال إنّ الهدف من استخدام الفوانيس السماوية من قبلُ كان وسيلة للتواصل بين الناس في الجبال والغابات، أو للتهنئة بالعام الجديد. والآن تُستخدَم في الغالب للمباركة والدعاء بالخير. وفي السنوات الأخيرة، تقام مهرجانات الفوانيس السماوية للاحتفال بهذا العيد لأغراض سياحية، وأصبحت مدينة" بينغشي " من المعالم السياحية المشهورة بهذا المهرجان. ونظرًا لحماية البيئة والطبيعة، تشجّع الحكومة استخدام الفوانيس المصنوعة من مواد صديقة للبيئة، فيمكن مشاهدة المناظر الجميلة، وفي الوقت نفسه يُحافَظ على الطبيعة.

ومن المهرجانات الأخرى التي تقام في هذا العيد، مهرجان ألعاب النحل النارية (fēng pào, 蜂炮) في منطقة "يان شوي" (yán shuǐ qū, 鹽水區) بالقرب من مدينة "تاينان"، ولهذا شاع القول: الفوانيس السماوية للشمال، وألعاب

النحل النارية للجنوب. وهذه الألعاب من النشاطات الفولكلورية المعروفة خلال أيام عيد الفوانيس، وسمّيت بهذا الاسم لاستخدام عدد كبير من المفرقعات النارية، فصوتها يشبه طنين النحل، ولذلك أطلق عليها اسم "فونغ باو" أي: ألعاب النحل النارية.

منظر لألعاب النحل النارية

يمكن إرجاع أصل هذا النشاط إلى عهد أسرة "تشينغ". فبسبب انتشار الطاعون الشديد في هذه المنطقة في ذلك العصر، كان الناس يتوجهون إلى المعابد من أجل مباركة الآلهة، وكانوا يقومون بنقل الآلهة خارج المعبد أيضًا للتجول في الأماكن المختلفة في مواكب مهيبة لنشر البركة بين الناس أينما كانوا، وعندما كانت تلك المواكب تمر بالأحياء والأماكن المختلفة، كان النّاس يطلقون الألعاب النارية طول الليل حتى الفجر. وبعد ذلك اختفى الطاعون، فكان الناس يتوجهون بالشكر للآلهة، واستمروا في ممارسة هذا التقليد منذ ذلك الزمن، فما زال الناس يقيمون هذا النشاط في عيد الفوانيس كل عام. فتُطلق كميات كبيرة من الألعاب النارية في المهرجان، فيكون المشهد مذهلًا، ويتسم هذا النشاط بالخطورة نظرًا لكمية المفرقعات الكبيرة التي تُستخدم في هذه الاحتفالات، لذلك يجب اتخاذ تدابير الأمان عند المشاركة في هذا النشاط.

وفي شرق تايوان يقيم الناس احتفالًا مشابهًا لألعاب النحل النارية في الجنوب، وهو مهرجان للإله "هان دان" (hán dān, 邯鄲) في محافظة "داي دونغ". والإله "هان دان" في الثقافة الصينية هو إله الثراء، والناس يؤمنون بأنه يخشى البرد، وإشعال الألعاب النارية تعطي الحرارة والدفء، فكلما مر موكب هذا الإله في جولة، يطلق الناس الألعاب النارية لحمايته من البرد، وبشكل عام فإنّ المفرقعات النارية في الثقافة المحلية في تايوان تعبّر عن الأمنيات السعيدة، وجلب الحظ الجيّد، فكلما أطلقت الألعاب النارية، كان الأمل معقودًا للحصول على حظ أفضل. وهو ما يفسّر اهتمام الناس بالمحافظة على هذه العادة حتى يومنا هذا، وعلى الرغم من خطورة هذا النشاط، إلا أن ذلك لا يقلّل من رغبة الناس في القيام به.[16]

سباق قوارب التنين

2.   عيد قوارب التنين

يحرص الناس على تناول مثلثات الأرز الملفوفة خلال عيد قوارب التنين، كما يحرصون على إقامة نشاط رياضي مشهور، وهو السباق بقوارب التنين. فوفقًا للأسطورة القديمة، فإن أصل قارب التنين: أن الناس كانوا يجدفون في قواربهم في النهر للبحث عن الشاعر العظيم "تشيو يوان" الذي ضحّى بنفسه في النهر، ثم

أصبح هذا السباق الرياضي عُرفًا متّبعًا في هذا العيد. وتُقام مسابقات قوارب التنين في بحيرة "بيتان" (bì tán, 碧潭) بتايبيه، ونهر"دونغ شان هى" (dōng shān hé, 冬山河) بمحافظة "إيلان" (yí lán, 宜蘭)، ونهر "أي هى" (ài hé, 愛河) بكاوشيونغ كل عام. وخلال عيد قوارب التنين يتجمع لاعبون من كل أنحاء العالم للمنافسة، مما يجعل هذا النشاط ليس موسمًا لممارسة الرياضة لتقوية الجسم فحسب، بل فرصة للمنافسة بين الفرق والمجموعات المشاركة أيضًا، مما يعطي هذا الحدث مزيدًا من المتعة والطرافة.[17]

3. عيد الأشباح

تُقام الطقوس الدينية في هذه المناسبة في كل مكان من أجل الدعاء بالبركات والسلامة وتجنّب الشرور والكوارث، والناس في هذا العيد يُعدُّون الزهور والطعام حتى تستمتع الأشباح بها، حيث يعتقد الناس أنها تخرج في هذا الشهر. وهذا يُظهر تعاطف الناس وإنسانيتهم وإحساسهم بمن ماتوا. بالإضافة إلى الطقوس الدينية التي تُقام في كل مكان في الخامس عشر من الشهر السابع من التقويم القمري، هناك طقوس خاصة في مدينة "كيلونغ". وخلال هذا الشهر، يضع الناس فوانيس المياه على الشاطئ لتقود الأرواح من البحر إلى البرّ للاستمتاع بالطعام المقدَّم من الناس حسب المعتقدات الدينية التقليدية في تايوان.

وثمة نشاط "تشيان قو" الذي يُقام في اليوم التاسع والعشرين من الشهر السابع من التقويم القمري، ولا يُشاهد هذا النشاط حاليًا إلا في "توشنغ" (頭城) (tóu chéng) بمحافظة "إيلان" و"هنغتشون" (恆春 ,héng chūn) بمحافظة "بينغدونغ" (píng dōng, 屏東). وقد كان النشاط الذي يُقام في "توشنغ" بمحافظة "إيلان" من أكبر الأنشطة حجمًا. وكان يُقام في الأصل من أجل العبادة والشكر للمهاجرين السابقين، حيث كانت" توشنغ " أول مكان تتم الهجرة إليه في محافظة "إيلان".

يتألف مكان النشاط من 12 عمودًا مغطاة بالزبدة، وسيعلّق الناس الأطعمة أولاً على الأعمدة لتكريم الآلهة، وبعد ذلك ستكون هناك فرق لبدء أنشطة المنافسة، ويجب على كل مجموعة مكونة من خمسة أشخاص مساعدة أعضاء الفريق في التسلق إلى قمة العمود، وأخذ العَلَم المنصوب على قمة العمود لتحقيق الفوز. ومشهد هذا النشاط مذهل، ونظرًا لخطورته، فإنه لا يُعقد كل عام.[18]

● **المهرجانات الدينية[19]**

1. مهرجان "داجيا ماتزو" الثقافي (大甲媽祖文化節)

(dà jiǎ mā zǔ wén huà jié)

البوذية والطاوية هما الديانتان الرئيسيتان في تايوان، وفيهما تحتل إلهة البحر "ماتزو" (mā zǔ, 媽祖) مكانة محورية. وفي العصور القديمة كان كثير من الناس يَعْبُرون مضيق تايوان من الساحل الجنوبي للصين إلى تايوان بالقوارب، ونظرًا للمخاطر والأهوال التي كان يواجهها العابرون لهذا المضيق، فقد اكتسب سمعة سيئة جدًّا. ولهذا يحرص الناس على الطقوس الدينية للإلهة "ماتزو" وهي المسؤولة عن الشؤون البحرية، وفي الوقت نفسه هي ترعى الشعب فصارت معتقدًا مشتركًا في تايوان بين الطاوية والبوذية.

تمثال إلهة البحر "ماتزو"

ويوجد كثير من المعابد للإلهة "ماتزو" في تايوان، وفي كل عام يكون عيد ميلاد "ماتزو" في الشهر الثالث من التقويم القمري، وتقيم المعابد في جميع أنحاء البلاد طقوسًا مثل: تقديم البخور للعبادة (jìn xiāng, 進香) ومواكب التجوّل الإلهي (rào jìng, 遶境). ومن بينها احتفالات "ماتزو" في معبد "داجيا جين لان قونغ" (dà jiǎ zhèn lán gōng, 大甲鎮瀾宮) وهو من أكثر المعابد عراقة وأكبرها من حيث عدد المشاركين، ويعتبر المهرجان من التراث العالمي لدى اليونسكو. ويستمر تسعة أيام وثماني ليالٍ، ويشترك نحو مليون شخص في هذا المهرجان الثقافي المهم.

من المهرجانات الدينية مواكب التجوّل الإلهي

ويقدّم فريق عربة الإلهة المصحوبة بالعديد من العابدين والفرق الثقافية الطقوس الدينية الفولكلورية التراثية، وعندما تتجول العربة الدينية، يقوم المشاركون بإعداد الهدايا وإطلاق الألعاب النارية لتقديم الشكر والاحترام والامتنان للإلهة. ويُعِدّ الناس المآدب في كل مكان للترحيب بالمشاركين، فيكون المهرجان ليس فرصة للعبادة وشكر الآلهة فحسب، بل لتعزيز العلاقات بين الناس أيضًا.[20]

2. مهرجان توديع الإله في حيّ "دونغ قانغ" (東港迎王平安祭) (dōng gǎng yíng wáng píng ān jì)

يقام هذا المهرجان الفولكلوري في مناطق الساحل الجنوبي الغربي بتايوان، في الشهر التاسع من التقويم القمري كل ثلاث سنوات في "دونغقانغ" (東港) (dōng gǎng) بمحافظة "بينغدونغ" (píng dōng, 屏東). وكان الغرض منه في الأصل إرسال إله الطاعون إلى البحر، وقد تطوّر الآن إلى نشاط للدعاء بالنعمة والبركة. ويستمر المهرجان ثمانية أيام وسبع ليال، وفيه طقوس كثيرة، وأشهرها: حرق سفينة الملك (shāo wáng chuán, 燒王船)، فالسفينة مبنية من الخشب والورق على غرار السفن الحربية القديمة. وأخيرًا، تُطْلَق المفرقعات النارية في وقت محدد، وتُبحر سفينة الملك في البحر، ثم يُشعل المشاركون في الاحتفال النار في سفينة الملك أملًا في القضاء على جميع الأوبئة السيئة والدعاء بالسلامة والصحة.

حرق سفينة الملك في مهرجان توديع الإله

بالإضافة إلى الاحتفالين المذكورين، هناك العديد من المهرجانات والاحتفالات ذات الأبعاد التاريخية والثقافية العريقة التي تستحق المشاركة والاستكشاف في كل أنحاء تايوان.[21]

● **مهرجانات السكان الأصليين**[22]

لقد أنجبت البيئة الجغرافية الجميلة لتايوان ثقافات السكان الأصليين الغنية، حيث قُسّم السكان الأصليون إلى العديد من القوميات العرقية وفقًا للغة والعادات التاريخية الخاصة بهم. وقد اعتمد السكان الأصليون على الطبيعة في معيشتهم في العصر القديم، كما أنّ ارتباطهم بالطبيعة جعلهم أكثر حبًا لها ومحافظة عليها، ونظرًا للاختلافات في أسلوب المعيشة للسكان الأصليين، فإنهم يُقيمون العديد من الاحتفالات والمهرجانات التي تعبّر عن التنوّع الثقافي الغني والخصوصية لكل قومية.

1. مهرجان الرماية لقبيلة "بو نون"

(bù nóng zú dǎ ěr jì, 布農族打耳祭)

يقام المهرجان خلال شهري نيسان وأيار من كل عامٍ، وعلى القبيلة أن تعلّق آذان الفرائس على الشجرة حتى يتمكن الشباب في القبيلة من رمايتها بالأقواس والسهام. وغالبًا ما تكون الفرائس هي غزلان بسبب حجمها الكبير، وعادةً ما تكون آذان الغزلان هدفًا للرماية. ويقام هذا المهرجان من أجل حصاد جيد للصيد، وأيضًا يُؤهِّل الشباب لمهارات الرماية، ويتنافس المشاركون من خلال مجموعات. لذلك، فإن مهرجان الرماية ليس تدريبًا جسديًا فحسب، بل يعطي أيضًا كثيرًا من المعاني الاجتماعية والتعليمية.[23]

2. مهرجان الأسماك الطائرة لقبيلة "دا أوو"

(dá wù zú fēi yú jì, 達悟族飛魚祭)

تعيش قبيلة "دا أوو" بشكل أساسي في جزيرة "لانيوو" قبالة محافظة "تاي دونغ"، فهم يعيشون قرب البحر ويعتمدون عليه بشكل كامل. والأسماك الطائرة هي أسماك تستطيع القفز من الماء والطيران لمسافات محدودة بواسطة زعانفها، وهي أسماك مهاجرة توجد بشكل شائع في شرق تايوان، ويعتقد شعب "دا أوو" أن الأسماك الطائرة نعمة من الآلهة، لذلك يعلّقون أهمية كبيرة على اصطياد هذه الأسماك،

ويحدّدون شروط الصيد للمحافظة على استدامة الثروة السمكية. ويقام موسم صيد الأسماك الطائرة غالبًا في الشهرين الثاني والثالث من التقويم القمري، ويرتدي رجال القبيلة ملابس وإكسسوارات خاصة، ويجدّفون في البحر في قوارب خاصة للدعاء من أجل حصاد جيد.[24]

قوارب قبيلة "دا أوو" لصيد الأسماك الطائرة

3. مهرجان الحصاد لقبيلة "آ مي"

(ā měi zú fēng nián jì, 阿美族豐年祭)

هو نشاط كبير للعبادة وتَذكُّر الأجداد، يقام في شهري تموز وآب، ويتضمن احتفالات للبالغين في القبيلة ورقصات للدعاء وشكر الآلهة على الحصاد الجيد، وأصبحت الآن بعض الاحتفالات كسباقات الركض، وشد الحبل، وغيرها مفتوحة للمشاركة مع السياح؛ حتى يتمتعوا بكرم ضيافة القبيلة.

4. مهرجان الصيد لقبيلة "بَيْ نان"

(bēi nán dà shòu liè jì, 卑南大狩獵祭)

يقام مهرجان الصيد لقبيلة "بَيْ نان" في شهر كانون الأول من كل عام، وكانت فترة الصيد تطول لعدة أشهر، وأمّا الآن فأصبحت ثلاثة أيام فقط. يحتاج الشباب في هذا المهرجان إلى الخروج إلى البر والغابات للتخييم، وتعلّم مهارات الصيد والمشي مع كبار السن، وتقتصر المشاركة في هذا المهرجان على رجال القبيلة فقط، ومن خلال بعض اختبارات الصيد يتمّ اختبار اللياقة البدنية والشجاعة لدى الشباب، وبعد انقضاء مهرجان الصيد، تستقبل نساء القبيلة والأطفال المشاركين بالترحيب وبالقلائد المصنوعة من الزهور، وتقدم النساء الأطعمة والمشروبات. ويُعتبر الشاب المشارك في المهرجان بالغًا ومستعدًا للزواج.[25]

ب. الحدائق الوطنية والمتنزهات[26]

بدأت تايوان بإجراءات عملية للحفاظ على الطبيعة بعد إعلان القوانين لإنشاء الحدائق الوطنية في عام1972م، ثم بدأ إنشاء الحدائق الوطنية رويدًا رويدًا. وحتى اليوم، يوجد في تايوان 9 محميات وطنية، معظمها محميات طبيعية باستثناء مُتَنَزَّه "جينمَن" الوطني (金門國家公園) (jīn mén guó jiā gōng yuán) الذي يشتهر بالمتنزه التاريخي لـ"جينمن" ويشمل تاريخ الحروب والمعارك التي وقعت فيها. ويمكن الإشارة إلى بعض الحدائق والمتنزهات في أرجاء تايوان كما يلي:

- **المنطقة الشمالية**

حديقة جبل "يانغ مينغ شان" الوطنية (陽明山國家公園)

(yáng míng shān guó jiā gōng yuán)

تشتهر الحديقة بتضاريسها البركانية الفريدة، فهي تحافظ على الحُفر والبراكين الزاخرة بالطاقة الحرارية الأرضية، والينابيع الساخنة والمناظر الطبيعية الجيولوجية الأخرى. ونظرًا لقربها من حوض تايبيه، فإنها تتمتع بتاريخ مبكر جدًا من العمران البشري، فيمكنك أن ترى آثارًا لمجموعات مختلفة، كالسكان الأصليين و"الهان"

والهولنديين والإسبانيين واليابانيين. بالإضافة إلى ذلك، يوجد في جبل "يانغ مينغ شان" مجموعة متنوعة من النباتات والحيوانات، وفي الحديقة العديد من المناطق للرياضة والترويح، فهي أفضل مكان للناس في منطقة تايبيه للاسترخاء والترويح عن النفس والاستمتاع بالطبيعة.[27]

الينابيع الحارة في حديقة جبل "يانغ مينغ شان" الوطنية

- **المنطقة الوسطى**

1. حديقة "شوي با" الوطنية (雪霸國家公園)
(xuě bà guó jiā gōng yuán,)

وهي حديقة وطنية جبلية ذات تضاريس وعرة، ويوجد في الحديقة 51 جبلًا مرتفعًا يزيد ارتفاعها على 3000 م. ونظرًا للتغيرات الطبوغرافية الوفيرة، تحتوي الحديقة على مصدر للعديد من الأنهار والروافد، لذلك تحافظ هذه الحديقة على العديد من النباتات والحيوانات الخاصة المهددة بالانقراض، مثل سلمون تايوان (yīng huā gōu wěn guī, 櫻花鉤吻鮭)، كما تحافظ على الغابات العذراء والبيئة الحرجية الكاملة.[28]

2. حديقة جبل "يوشان" الوطنية (玉山國家公園)

(yù shān guó jiā gōng yuán)

هي حديقة وطنية جبليّة، فيها جبال شاهقة، أعلاها جبل "يوشان"، وهو أعلى جبل في شرق آسيا، ويوجد 30 جبلًا مرتفعًا يزيد ارتفاعها على 3000م في الحديقة. ونظرًا للتغيرات والأنشطة العنيفة في الطبقات الأرضية، تضمّ الحديقة العديد من المنحدرات والأودية وغيرها من التضاريس، وبسبب الاختلافات الطبوغرافية الشديدة، فثمة نباتات وحيوانات فريدة متنوّعة، ومن بين تلك الحيوانات الفريدة في تايوان: الدب الفورموزي الأسود (tái wān hēi xióng, 臺灣黑熊) الذي يعيش في هذه الحديقة.29

قمة جبل "يوشان"

● المنطقة الجنوبية

1. حديقة "تايجيان" الوطنية (台江國家公園)

(tái jiāng guó jiā gōng yuán)

تقع الحديقة في منطقة "تاينان"، وتتميز تضاريس هذه المنطقة بوجود السهول والجزر الحاجزة والبحيرات الشاطئية، التي تكوّنت بسبب تراكم الأتربة التي

تجلبها الأنهار في المنطقة الساحلية الغربية لتايوان، المُشرفة على مضيق تايوان خلال جريانها، وتكثر في الحديقة مصبّات الأنهار مما أسهم بتشكّل الجزر الحاجزة والبحيرات الشاطئية أو الحواجز الرملية. لذلك، تحتوي الحديقة على العديد من الأراضي الساحلية والمناظر الطبيعية الخاصة بالأراضي الرطبة. بالإضافة إلى ذلك، فإن الأراضي الرطبة عند مصبات الأنهار غنية بالمغذيات التي تحتاجها الحيوانات والنباتات، ولهذا تكثر في هذه المنطقة كائنات مختلفة، فهناك عشرة أنواع من الحيوانات والنباتات البرية الخاصة، أشهرها السرطانات المَدِّية. علاوة على ذلك، يُعدّ هذا المكان موطنًا للعديد من الطيور المهاجرة إلى تايوان لتجنّب الشتاء والجو البارد في موطنها الأصلي، وغالبًا يمكن رؤية العديد من الطيور الفريدة خلال موسم الهجرة.[30]

حديقة "كين دينغ" الوطنية

2. حديقة "كين دينغ" الوطنية (墾丁國家公園)
(kěn ding guó jiā gōng yuán)

تقع في الجزء الجنوبي من شبه جزيرة "هينغ تشوين بان داو" (恆春半島)
(héng chūn bàn dǎo,)، وهي الحديقة الوطنية الواقعة في أقصى الجنوب في

جزيرة تايوان، وهي أوّل حديقة وطنية تم إنشاؤها. تتأثر الحديقة بحركة الطبقات الأرضية، وتضمّ العديد من المناظر الطبيعية الساحلية المذهلة، وبسبب مناخها المداريّ، تمتلئ معظم مناطق الحديقة بالنباتات الساحلية المداريّة الخاصة. وتتأثر المنطقة البحرية في الحديقة بالتيار الدافئ "كوروشيو" الذي يساعد على إيجاد بيئة بحرية غنية، فيمكن رؤية الشِّعاب المرجانية الجميلة في كل مكان في قاع البحر، بالإضافة إلى العديد من الكائنات البحرية، مثل: الأسماك المدارية والسلاحف، فتَتَلألأ منطقة الشعاب كجواهر البحر.[31]

منظر للصخور الرخامية في حديقة أخدود "تا رو كو" الوطنية

- **المنطقة الشرقية**

حديقة أخدود "تا رو كو" الوطنية (太魯閣國家公園)

(tài lŭ gé guó jiā gōng yuán)

وهي حديقة وطنية جبلية قريبة من المحيط الهادئ. تكثر الجبال الشاهقة التي تنتمي إلى سلسلة الجبال الوسطى بسبب كثرة حركة الطبقات الأرضية في المنطقة، وتتكوّن جيولوجيا المنطقة في الغالب من الصخور الرخامية، وبسبب التآكل الذي

ينجم عن السيول ومياه النهر "لي أوو" (lì wù xī, 立霧溪)، فقد أدى ذلك إلى تشكّل منحوتات طبيعة ذات جمال سحري مذهل في تلك الجبال الشاهقة والأودية العميقة. وفي الحديقة، يمكنك غالبًا رؤية الأودية الضيقة والمرتفعة الحوافّ. والصخور في الحديقة لها لون خاص بسبب مكوناتها الجيولوجية، وجريان مياه النهر، فهي تتلألأ وتجذب انتباه الناس. كما وفّرت الطبيعة الجغرافية الخاصة بالحديقة ملاذًا لمجموعات متنوعة من الكائنات الفريدة، مثل: طائر العقعق الأزرق التايواني (tái wān lán què, 臺灣藍鵲)، وقرود المَكَاك التايوانية (tái wān mí hóu, 臺灣獼猴). وفي هذه الجبال العالية يعيش سكان "تاروكو" الأصليون (tài lŭ gé zú, 太魯閣族) منذ أكثر من مئتي عام، وهم يعيشون على اصطياد الحيوانات والزراعة.[32]

- **منطقة الجزر**

منظر لأحد الأنفاق البحرية في حديقة "جينمَن" الوطنية

1. حديقة "جينمَن" الوطنية (金門國家公園)
(jīn mén guó jiā gōng yuán)

وهي جزيرة صغيرة تقع على حافة الساحل لمقاطعة "فوجيان" في بر الصين، وهي الآن حديقة وطنية محميّة للآثار الحربية التاريخية. ونظرًا لموقعها الجغرافي

المحاذي للبرّ الصيني، فقد كانت الجزيرة خطّ المواجهة في المعارك، بين حزب "الكومنتانغ" الممثل لجمهورية الصين والحزب الشيوعي الصيني، فكانت أول من تحمّل وطأة الحرب، وواجهت العديد من المعارك للدفاع عن استقرار مضيق تايوان.

في هذه الحديقة الوطنية، ونظرًا لموقعها الإستراتيجي، غالبًا يمكن رؤية العديد من الإنشاءات العسكرية، مثل: الطرق الإستراتيجية تحت الأرض، والقواعد العسكرية على التلال في الجزيرة. وبعد استقرار الوضع ما بين جانبي مضيق تايوان، فقد أصبحت هذه المنشآت في الوقت الحاضر أماكن لزيارة السياح والذكريات. بالإضافة إلى الآثار العسكرية، احتفظت "جينمَن" أيضًا بنمط المعيشة الثقافي لمقاطعة "فوجيان"، فالهندسة المعمارية هناك هي مزيج من الثقافات الصينية والغربية، وهناك أيضًا آثار تُظهر التاريخ والثقافة الخاصة بالجزيرة، مثل أسد الريح (fēng shī yé, 風獅爺) الذي يعكس خصائص المعتقدات المحلية، وتروي هذه الآثار والمواقع التاريخية قصة الجزيرة الشيّقة منذ عهد أسرتي "مينغ" و"تشينغ" إلى يومنا الحاضر. [33]

الصخور البركانية في حديقة الجزر الأربع جنوب "بنغهو" الوطنية

1. حديقة الجزر الأربع جنوب "بنغهو" الوطنية (澎湖南方四島國家公園)

   (pēng hú nán fāng sì dǎo guó jiā gōng yuán)

   تشمل الجزر الأربع الرئيسة في جنوب "بنغهو"، وتضم أيضًا الجزر الصغرى
   والشعاب المرجانية المحيطة. بسبب عدم وجود المواصلات الكافية بين هذه الجزر
   والمناطق الأخرى في جزيرة تايوان، فقد انتقل كثير من سكان هذه الجزر إلى
   مناطق أخرى، ولم يبق فيها إلا أعداد قليلة من السكان، ويزورها عدد قليل من
   السيّاح أيضًا. ولذلك، حافظت البيئة الطبيعية والمناظر الجيولوجية لهذه الجزر
   على مظهرها الأصلي، مثل البازلت الناجم عن النشاط البركاني، وهناك كثير من
   الشعاب المرجانية في قاع البحر.[34]

2. حديقة شعاب "دون شا" الوطنية (東沙環礁國家公園)

   (dōng shā huán jiāo guó jiā gōng yuán)

   تقع جزيرة شعاب "دون شا" في شمال بحر الصين الجنوبي، ويستغرق نمو
   الشعاب المكوّنة لهذه الجزيرة المرجانية وقتًا طويلًا، وتبدو الجزيرة كأنها بدر،
   وتُعدّ موطنًا لمجموعة متنوعة من الكائنات البحرية، كما يوجد فيها العديد من أنواع
   الطيور. وبالإضافة إلى ذلك، ونظرًا لوقوعها على قناة بحر الصين الجنوبي. فقد
   كان يزورها كثير من قوارب الصيد والسفن التجارية منذ العصور القديمة، ومع
   ذلك، ونظرًا للتضاريس الخطيرة، والأعاصير القوية، هناك أيضًا العديد من السفن
   الغارقة، وفيها كثير من الأماكن الأثرية. ولأنّ جزيرة "دون شا" صغيرة الحجم
   وتقع بعيدة عن الجزر الأخرى، فهي غير مأهولة بالسكان منذ فترة طويلة باستثناء
   الموظفين الحكوميين الذين يقومون بمهام خاصة، وليس من السهل على السياح
   العاديين الوصول إلى هذه الجزيرة، ولعل هذا السبب أسهم في الحفاظ على جمالها
   من التلوث والدمار.[35]

ج. وجهات سياحية

تُعدّ تايوان وجهة مثالية للسفر وللسياح والزائرين، بما تتميّز به من تطور حضاري، وإرث ثقافي متنوّع، وبنية تحتية متقدمة كالمطاعم والفنادق، ووسائل المواصلات المريحة والمتطورة، إضافة إلى تنوّع مناطقها الطبيعية الجميلة، كالجبال والسهول والشواطئ. كما يلحظ الزائر الأمن الذي تنعم به البلاد، وحسن الضيافة والترحيب الذي يلقاه الأجانب من التايوانيين.

وتشجيعًا للسياحة فقد سمحت الحكومة لمواطني 60 دولة بالدخول إلى البلاد لـ 30 يومًا أو 90 يومًا دون الحاجة إلى الحصول على تأشيرة[36]، وتوفّر الحكومة أيضًا خطوطًا هاتفية ساخنة ومواقع إلكترونية متعددة اللغات على مدار السّاعة لخدمة الزائرين، والإجابة عن استفساراتهم، كالموقع الإلكتروني لهيئة السياحة[37]، والخط الساخن لمعلومات السّفر إلى تايوان، والموقع الإلكتروني لهيئة الهجرة[38]، والخط الساخن للمعلومات لخدمة الأجانب، كما توجد برامج إرشادية خاصة للسيّاح، وخدمات مميزة يجدها الزائر في الفنادق والمرافق العامة التي يزورها، كالمأكولات الصينية واليابانية والغربية، ووسائل التسلية والترفيه المختلفة، وخدمات الانتقال وتأجير السيارات.

لعل من المفيد الإشارة إلى بعض الأماكن الأكثر زيارة من السيّاح وفقًا لتقرير هيئة السياحة في وزارة المواصلات والاتصالات في عام 2019م[39]:

1. سوق "شيلين" الليلي (shì lín yè shì, 士林夜市)

من أشهر الأسواق الليلية في تايوان، تم إنشاؤه عام 1899م، ويشتهر بالعديد من الوجبات الخفيفة والمطاعم، ويأتي العديد من الزوار إلى سوق "شيلين" الليلي للاستمتاع بالأطعمة اللذيذة، فهو دائم الازدحام، وخصوصًا خلال العطلات، حيث ترى العائلات وهي تتسوّق وتستمتع بالوجبات اللذيذة. ويغطي السوق مساحة كبيرة. فعندما يسير المرء في الممرات والأزقة الضّيقة غالبًا يجد شيئًا غير متوقع من حيث أنواع السلع والأطعمة والألعاب.[40]

2. برج تايبيه101 Taipei 101 (tái běi yī líng yī, 台北 101)

يقع برج تايبيه101 في أرقى حي في تايبيه، وهو أكبر مشروع هندسي على

الإطلاق في تاريخ أعمال البناء في تايوان. وهو وجهة التسوق الدولية الأولى في تايوان، ولذلك يسمّى باسم مركز تايبيه التّجاري، حيث يجمع المركز في طوابقه بين أرقى المتاجر، والسلع الفاخرة، والأزياء ذات العلامات التجارية المشهورة والمطاعم الراقية. يُعدّ البرج من ناطحات السحاب العالية، تمّ بناؤه بأسلوب يجمع بين الطراز الأوروبي الحديث والآسيوي التقليدي، والبرج مُصمَّم لتحمل الزلازل والأعاصير، حيث وضعت كرة كبيرة في الطوابق العلويّة، وهي تعمل على مقاومة حركة البرج الناتجة عن الرياح أو الزلازل، فإذا تحرك البرج لليمين تتحرك الكرة بدورها لليسار، وبالتالي تعمل على تخفيف الميلان في قمة البرج بطريقة تُمكّن الأشخاص من تناول طعامهم دون الإحساس بحركة المبنى. ومن الأحداث التي يشهدها البرج سنويًا الألعاب النارية التي تُطلق منه في ليلة رأس السنة الميلادية، حيث يُنْقل الحدث من كثير من القنوات التلفزيونية المحلية والعالمية.

برج تايبيه 101

ويوفر طابق المراقبة للزوار في الطابق التاسع والثّمانين إطلالة رائعة على المدينة ومناطقها في جميع الاتجاهات. والطابق مُجهَّز بمناظير عالية الدّقة،

ومطعم وبار للمشروبات، وخدمات تصوير وأدلة سياحية صوتية مُسجَّلة مسبقًا بسبع لغات، ومتاجر للهدايا التذكارية. كما أن المصاعد عالية السرعة في البرج دخلت موسوعة غينيس للأرقام القياسية في عام 2004م، حيث يستغرق الوصول من الطابق الأرضيّ إلى الطابق التاسع والثمانين 37 ثانية فقط.[41]

لحظة إطلاق الألعاب النارية من برج تايبيه 101

3. "شي من دينغ" (xī mén dīng, 西門町)

تعد هذه المنطقة من أكبر المراكز الترفيهية والتجارية في تايبيه، يرتادها الشباب غالبًا للتسوق والترفيه، ولهذا ينتشر فيها كثير من المتاجر الكبرى والمحلات الترفيهية، فهي تُلبّي كثيرًا من حاجات الزائرين في هذا المجال، وكانت هذه المنطقة مشهورة في الماضي بدور السينما، وما زال فيها الكثير من دور السينما المشهورة.

منطقة "شي من دينغ" التجارية

4. "جوفين" (jiǔ fèn, 九份)

تقع داخل التلال شمال شرق تايوان، يقال إن هذه المنطقة كانت نائية، ولم يكن يسكنها في الماضي البعيد سوى تسع عائلات. ولأنّ كل عائلة كانت تحتاج شيئًا ضروريًا واحدًا، فكان هذا يعني أنهم سيحجزون تسع قطع لشرائها من وسط المدينة، ولهذا سمّي المكان بجوفين؛ لإنّ جو (jiǔ, 九) بالصينية تعني (تسعة)، وفَنْ (fèn, 份) تعني قطعة.

واشتهرت جوفين بكونها مركزًا لتعدين الذهب، ففي عام 1890م عثر على الذهب بالقرب منها، وسرعان ما جذبت القرية الفقيرة التي كانت تضم تسع عائلات فقط المنقبين، فكانت القرية ذات يوم مدينة الذهب في آسيا، وكانت تسمّى "شنغهاي" الصغيرة، أو "هونغ كونغ" الصغيرة. ومع انخفاض أنشطة تعدين الذهب أخذت أهمية جوفين تتلاشى، ومع ذلك بقيت تحتفظ بسجلها التاريخي، فقد اختار مخرجو العديد من الأفلام التصوير هناك، وحصلت تلك الأفلام على تقدير دولي. على سبيل المثال، فاز فيلم "مدينة الأحزان: A City of Sadness" بالجائزة الأولى في مهرجان البندقية السينمائي، فأيقظ هذا ذكرى جوفين، وأحيا اسمها من جديد.

منطقة "جوفين" السياحية

يبدو أن الشوارع القديمة المزدهرة والمباني والمناجم وأيام التنقيب عن الذهب الفاتنة تومض أمام أعيننا، فكأنّ المكان يهمس بماضيه الذهبي، وهناك العديد من المقاهي الفريدة في جوفين. وهذه المقاهي هي أفضل محطات التوقف أثناء زيارة هذه القرية الجبلية. وهناك أيضًا إطلالة جميلة من المدينة على المحيط، وأكثر مناطق التسوق ازدهارًا في المدينة هو شارع جوفين القديم، الذي يمر عبر معظم مناطقها، ويكتظ الشارع بالكثير من الزوار عادة، وعلى طول الشارع توجد متاجر تبيع أشهر الوجبات الريفية الخفيفة، والعديد من الأطباق المحلية. [42]

متحف القصر الوطني

5. متحف القصر الوطني (gù gōng bó wù guǎn, 故宮博物館)

يضمّ متحف القصر الوطني في تايبيه أكبر مجموعة من الكنوز الفنية الصينية التي لا تقدّر بثمن، وتمتدّ عبر تاريخ الصين الذي يقارب 5000 عام. وكانت معظم القطع الفنية الموجودة في المتحف التي يزيد عددها على ستمئة ألف قطعة من المجموعة الإمبراطورية الصينية، وأقدمها تعود إلى عهد أسرة "سونغ"

التي كانت تحكم قبل أكثر من 1000 عام تقريبًا. ونظرًا للعدد الكبير من التحف المحفوظة في المتحف، تُعرض كل مجموعة ستة أشهر، وتُستبدل بمجموعة أخرى بعد ذلك. [43]

البوابة الرئيسة لقاعة "شيانغ كاي شيك" التذكارية الوطنية

6. قاعة "شيانغ كاي شيك" التذكارية الوطنية (中正紀念堂)

(zhōng zhèng jì niàn táng)

تقع القاعة التذكارية الوطنية في قلب مدينة تايبيه، وتبلغ مساحة المنطقة 250,000م[2]، وهي أكثر مناطق الجذب التي يزورها السياح الأجانب. والهندسة المعمارية لقاعة "شيانغ كاي شيك" التذكارية مستوحاة من معبد السّماء (tiān tán, 天壇) في بكين، والجوانب الأربعة للقاعة مستوحاة من الأهرامات في مصر، والمادة المُستخدَمة في البناء من الرخام الأبيض، وقد تم تزيين الأسطح بزجاج أزرق داكن، كجزء من انعكاس السماء الزرقاء والشمس الساطعة. والحديقة مزروعة بالزهور الحمراء، [44] وفي ساحاتها يقع نصب الحرية خارج بوابة القاعة التذكارية، وهو مجموعة من الأعمدة المبنية بطريقة هندسية تقليدية جميلة.

7. بحيرة الشمس والقمر (rì yuè tán, 日月潭)

تقع بحيرة الشمس والقمر في وسط تايوان، في مدينة "نانتو" (南投) (nán tóu) ، وتبعد من تايبيه حوالي 250 كم، وهي أكبر بحيرة طبيعية في تايوان، والجزء الجنوبي من البحيرة على شكل القمر حين يكون هلالًا، والجزء الشمالي على شكل الشمس؛ ومن هنا جاء اسم البحيرة، وحول البحيرة كثير من المحلات والمتاجر والخدمات الترفيهية.[45]

منظر لبحيرة الشمس والقمر

8. "يي ليو" (yě liŭ, 野柳)

وهي منطقة يبلغ طولها حوالي 1700 متر على شكل تلال تصل إلى عمق البحر، وعندما يُنْظَر إلى المكان من أعلى، يكون مثل سلحفاة عملاقة مغمورة في البحر، ولهذا يُطلق عليه أيضًا "سلحفاة يي ليو". ونظرًا لأن الطبقة الصخرية لشاطئ البحر تحتوي على الصخور الرملية ذات الطبيعة الجيرية، فهي عرضة للتآكل بسبب مياه البحر، والعوامل الجوية وحركات الأرض، ولذلك فهناك كثير من الحفر التي تشكّلت في هذه الصخور على شكل أوعية، وبعض الصخور

على شكل شموع. وبعضها يشبه تاج الأميرة، فيما يشبه بعضها الآخر حذاء الأميرة، أو رأس التنين.[46]

صخرة تاج الأميرة في منطقة "يي ليو"

9. تامشوي (dàn shuǐ, 淡水)

وهي منطقة تقع شمال غرب تايبيه، وكان يطلق عليها قديمًا "هوووي" (滬尾) (hù wěi) ويعني مخرج النهر. ولكن "تامشوي" هو الاسم الأكثر شيوعًا لها الآن، وقد أُخِذ من اللغة التايوانية المحلية، وتسمى بلغة الماندرين الصينية "دانشوي". و"تامشوي" محاطة بالجبال والأنهار، وفيها قلعة "هونغ ماو تشين" (hóng máo chéng, 紅毛城)، وهي موقع تاريخي شاهد على تنوّع القوى التي حكمت تايوان في فترات تاريخية سابقة، فقد بنى هذه القلعة الإسبان عام 1626م، وأعاد بناءها الهولنديون إبان حكمهم لشمال تايوان. وعند المشي في الشوارع القديمة على طول ضفة النهر، يمكن للزوار مشاهدة المباني القديمة، أو تناول الأطباق المحلية اللذيذة، كما يمكنهم متابعة غروب الشمس الرائع، أو ركوب القوارب بين "تامشوي" و"بالي" (bā lǐ, 八里).[47]

غروب الشمس في منطقة "تامشوي"

10. معبد "لونغ شان سي" (lóng shān sì, 龍山寺)

وهو من المعابد القديمة المشهورة في تايوان لعبادة "قوان شي ين بو ذا" (guān shì yīn pú sà, 觀世音菩薩) والأرواح الإلهية الأخرى، وقد بُنِيَ في عام 1740م، خلال عهد أسرة "تشينغ"، وبسبب الكوارث الطبيعية والأضرار التي حلّت به، فقد تم ترميم المعبد عدة مرات، والأبواب والعوارض والأعمدة في المعبد مزيّنة بشكل جميل. ويوجد زوج من أعمدة التنين البرونزية في القاعة الأمامية، وأربعة أزواج من أعمدة التنين في القاعة الوسطى. والتماثيل الموجودة في المعبد غاية في الروعة والإتقان، وكذلك المنحوتات الخشبية. وهناك معارض مصابيح زخرفية رائعة. وفي احتفالات السنة الصينية الجديدة يأتي الزوار لحضور المهرجانات، ومراسم العبادة التي تقام في اليوم الأول والخامس عشر من بداية العام القمري. وتزخر الشوارع حول المعبد بالمتاجر التقليدية، ومحلات التحف ومحلات لبيع الأدوات الدينية، ومتاجر الأدوية الصينية، فزيارة هذا المعبد توفّر فرصة ثمينة لزيارة المحلات المحيطة به الغنية بالتحف الفنية الشعبية.[48]

هوامش ومراجع الباب
本章參考文獻

2　台北市政府衛生局，<醫療服務—特色醫療>，載於：https://reurl.cc/dxqdz8（最後瀏覽日：2021.01.07）。

3　同上。

4　同上。

5　同上。

12　台北市政府衛生局，<養身台北>，載於：https://reurl.cc/jgmXMZ（最後瀏覽日：2021.01.07）。

13　同上。

14　衛生福利部疾病管制署，<Prevention and Control of COVID-19 in Taiwan>，載於：https://reurl.cc/XlaOD0（最後瀏覽日：2021.01.07）。

15　交通部觀光局，<傳統節慶>，載於：https://reurl.cc/OkR2b7（最後瀏覽日:201.04.15）。

16　同上。

17　同上。

18　同上。

19　交通部觀光局，<宗教慶典>，載於：https://reurl.cc/q1K9Dg（最後瀏覽日:201.04.15）。

20　同上。

21　同上。

22　交通部觀光局，<原住民活動>，載於：https://reurl.cc/95bdzO（最後瀏覽日:201.04.15）。

23　同上。

24　同上。

25　同上。

26　內政部營建署，<國家公園簡介>，載於：https://reurl.cc/yeK5yD（（最後瀏覽日：2021.04.14）。

27　內政部營建署，<陽明山國家公園>，載於：https://reurl.cc/l57L1j（最後瀏覽日：2021.04.14）。

28　內政部營建署，＜雪霸國家公園＞，載於：https://reurl.cc/kLa56b（最後瀏覽日：2021.04.14）。

29　內政部營建署，＜玉山國家公園＞，載於：https://reurl.cc/mv0dgA（最後瀏覽日：2021.04.14）。

30　內政部營建署，＜台江國家公園＞，載於：https://reurl.cc/95Rzlx（最後瀏覽日：2021.04.14）。

31　內政部營建署，＜墾丁國家公園＞，載於：https://reurl.cc/OkjbOr（最後瀏覽日：2021.04.14）。

32　內政部營建署，＜太魯閣國家公園＞，載於：https://reurl.cc/bnl6vE（最後瀏覽日：2021.04.14）。

33　內政部營建署，＜金門國家公園＞，載於：https://reurl.cc/1oGQ9Q（最後瀏覽日：2021.04.14）。

34　內政部營建署，＜澎湖南方四島國家公園＞，載於：https://reurl.cc/ye6y38（最後瀏覽日：2021.04.14）。

35　內政部營建署，＜東沙環礁國家公園＞，載於：https://reurl.cc/V54adn（最後瀏覽日：2021.04.14）。

37　交通部觀光局，＜入出境須知＞，載於：https://reurl.cc/r1Kzlk（最後瀏覽日：2021.04.14）。

38　內政部移民署，＜常見問題＞，載於：https://reurl.cc/1oknQW（最後瀏覽日：2021.04.14）。

39　交通部觀光局，＜中華民國 108 年來臺旅客消費及動向調查＞，載於：https://reurl.cc/jgmXdZ（最後瀏覽日:2020.12.15）。

40　交通部觀光局，<Shilin Night Market>，載於：https://reurl.cc/XlaOX0（最後瀏覽日：2020.12.15）。

41　交通部觀光局，<Taipei 101>，載於：https://reurl.cc/WX8e4e（最後瀏覽日：2020.12.15）。

42　交通部觀光局，<Jiufen>，載於：https://reurl.cc/NZN5j6（最後瀏覽日：2020.12.15）。

43　交通部觀光局，<The National Palace Museum>，載於：https://reurl.cc/WX8edD（最後瀏覽日：2020.12.15）。

44　交通部觀光局，<National Chiang Kai-Shek Memorial Hall>，載於：https://reurl.cc/

V5mG6Y（最後瀏覽日：2020.12.15）。

45 交通部觀光局，<Sun Moon Lake National Scenic Area-Xiangshang Vistor Center>，載於：https://reurl.cc/mvkWn7（最後瀏覽日：2020.12.15）。

46 交通部觀光局，<Yehliu Geopark >，載於：https://reurl.cc/73bZXN（最後瀏覽日：2020.12.15）。

47 交通部觀光局，<Tamsui >，載於：https://reurl.cc/vgKyDj（最後瀏覽日：2020.12.15）。

48 交通部觀光局，<Lungshan Temple>，載於：https://reurl.cc/dxqd0M（最後瀏覽日：2020.12.15）。

1 الجزيرة، 2019، تصنيف النظم الصحية في 89 دولة، https://reurl.cc/pxKqna، تاريخ الوصول:٢٠٢١.٠٤.١٣.

6 شهاب، محمد، 2005. كتاب الطب الصيني: الروح- العقل- الجسد، ط1، رشاد برس، للطباعة والنشر والتوزيع، بيروت، ص7.

7 المرجع نفسه، ص13.

8 المرجع نفسه، ص102.

9 المرجع نفسه، ص97-96.

10 المرجع نفسه، ص102.

11 التهاب المفاصل الروماتويدي: مرض التهابي مُزمِن يُمكِن أن يُؤثِّر على ما هو أكثر من المفاصل. فقد يُدمِّر هذا المرض مجموعة واسعة من أجهزة الجسم، بما في ذلك الجلد، والعينان، والرئتان، والقلب، والأوعية الدموية.

وتاريخ الوصول:٢٠٢١.٠٤.١٣.https://reurl.cc/6DbpVM

36 وزارة الخارجية، 2018، لمحة عن تايوان، جمهورية الصين ،ط1، مجلّة بانوراما تايوان، تايوان، ص78.

خاتمة

• •

قدّم هذا الكتاب صورة عن تايوان: الأرض والإنسان في مجالات متنوعة، وطوّف بكم في أرجاء هذا البلد الجميل.

يمكنك في تايوان أن تتمتّع بالبيئة الطبيعية الفاتنة، كالجبال الشاهقة الخضراء، أو الغابات العذراء، أو السواحل الجذّابة، كما يمكنك أن تتنسّم عبق التاريخ والثقافة العريقة بزيارة المتاحف الوطنية، أو الأسواق الليلية، وإذا كنت تبحث عن المرافق السياحية، فالمتاحف والمعابد، والحدائق والمتنزّهات، ومنتجعات المياه الحارّة، خيارات متاحة أيضًا. وتُعدّ المطاعم من الوجهات الأساسيّة لاستكشاف المطبخ التايواني المميّز بنكهاته وجودة المواد الغذائية الطازجة المستعملة في الطبخ. كما أن تايوان من الوجهات الجيّدة في مجال السياحة العلاجية والدراسة.

وفي تايوان يبهرك شعبها الطيّب بالابتسامة الصادقة، والترحيب الحارّ، والتعامل الرّاقي، والضيافة الأصيلة، مما يزيد من متعة الإقامة والسياحة في ربوع هذا البلد. ومن أهم ما يميّز هذا البلد أيضًا مسيرته الناهضة في التقدم والتطور والبناء، فمؤشر التنمية ما زال مستمرًّا في معظم القطاعات الحيوية، يشهد بذلك واقع الحياة في تايوان، والبنية التحتية التي يلحظها الزائر في طول البلاد وعرضها، وهو ما جعل هذا البلد في طليعة البلدان المتقدمة علميًا وصناعيًا، ولكل هذه الميزات؛ فإنّ تايوان تستحق الزيارة لاستكشاف جمالها، والتّمتع بما فيها من مزايا فريدة. فأهلًا ومرحبًا بكم في ربوع الجزيرة الجميلة.

الباب الأول: الطبيعة والإنسان

الباب الثاني: الدين والثقافة والعادات والتقاليد

الباب الثالث: الفن والحياة

الباب الرابع: الطعام والشراب

الباب الخامس: الصحة والسياحة

الفصل الأول: الصحة

الفصل الثاني: السياحة

國家圖書館出版品預行編目資料

الثقافة التايوانية بالعربية: رحلة إلى فورموزا
用阿拉伯語說臺灣文化：福爾摩沙探索之旅 / 馬穆德
（محمود طلب عبد الدين）、傅怡萱（إي شوان فو）編著
-- 初版 -- 臺北市：瑞蘭國際, 2022.07
224 面；17×23 公分 --（繽紛外語系列；109）
ISBN：978-986-5560-69-0（平裝）

1.CST：阿拉伯語 2.CST：讀本 3.CST：臺灣文化

807.88　　111004856

繽紛外語系列 109

الثقافة التايوانية بالعربية: رحلة إلى فورموزا

用阿拉伯語說臺灣文化：福爾摩沙探索之旅

編著者｜馬穆德（محمود طلب عبد الدين）、傅怡萱（إي شوان فو）
審訂｜蘇怡文（إي ون سو）
責任編輯｜潘治婷、王愿琦
校對｜馬穆德、傅怡萱、李祥豪、潘治婷、王愿琦

視覺設計｜劉麗雪
內文排版｜陳如琪

瑞蘭國際出版
董事長｜張暖彗 · 社長兼總編輯｜王愿琦
編輯部
副總編輯｜葉仲芸 · 主編｜潘治婷
設計部主任｜陳如琪
業務部
經理｜楊米琪 · 主任｜林湲洵 · 組長｜張毓庭

出版社｜瑞蘭國際有限公司 · 地址｜台北市大安區安和路一段 104 號 7 樓之一
電話｜ (02)2700-4625 · 傳真｜ (02)2700-4622 · 訂購專線｜ (02)2700-4625
劃撥帳號｜ 19914152 瑞蘭國際有限公司
瑞蘭國際網路書城｜ www.genki-japan.com.tw

法律顧問｜海灣國際法律事務所　呂錦峯律師

總經銷｜聯合發行股份有限公司 · 電話｜ (02)2917-8022、2917-8042
傳真｜ (02)2915-6275、2915-7212 · 印刷｜科億印刷股份有限公司
出版日期｜ 2022 年 07 月初版 1 刷 · 定價｜ 480 元 · ISBN ｜ 978-986-5560-69-0

PRINTED WITH SOY INK 本書採用環保大豆油墨印製

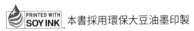